夢魔の牢獄

西澤保彦

講談社

夢魔の牢獄

装幀
坂野公一＋吉田友美
（welle design）

コラージュアート
Q-TA

第一部

光陰

それは就寝中の夢のなか限定で発揮される能力だったのだ。そのため田附悠成《たづきゆうせい》は当初、自分が単に夢を見ているだけだとばかり思い込んでいた。

なにしろ自分が、自分ではない、他人になっているのだ。田附悠成ではない、まったくの別人としてあれこれ喋《しゃべ》ったり、行動したりする。なのに周囲の者たちは誰もそれを訝《いぶか》ったりせず、至極当然のようにそれを受け入れている。そのときそのときの己れの姿を自分では視認できないものの、状況から類推する限りでは老若男女、さまざまな役柄のパターンがあるようだ。

もしも現実世界で自分が突然、じたばた両手のなかで暴れる軍鶏《しゃも》をかかえて畑を歩いていたり、一度も使ったことのないはずの織機に座って布を織っていたりしたらさすがに、これはいったいなにごとかと驚愕《きょうがく》しただろう。自分が自分以外の他者に変身してしまうなんて、そんなSF映画みたいな奇天烈《きてれつ》な事態にパニックに陥っていただろう。

が、なにしろそのあいだ本人は、ぐっすり睡眠中。目が覚めれば、いつもの田附悠成のままだ。ああ、なんだ、夢を見ていたんだなと納得して、それで終わり。そういえば昔、母方の祖父が趣味で闘鶏をやっていたなとか、染屋だった家業を祖母が機織りで手伝っていたなとか。しばし幼少の頃の記憶をあれこれ反芻《はんすう》するわけである。

たとえ海外への渡航経験が一度もない生粋《きっすい》の日本人である自分がネイティヴはだしの流暢《りゅうちょう》な

英語をまくしたてていたとしても、そこは夢のなかのこと、なんでもありだ。パステルカラーのスモック姿の園児たちが群れているので、ああ、そういえば子どもの頃に通っていた幼稚園がカトリック系で、顔はよく憶《おぼ》えていないが、いつも黒いスタンドカラーの寛衣姿の神父がいたっけ。なるほど。おれはいま、あいつになっているわけだ。そう思い当たるという具合。

しかし、いくら夢とはいえ、ちょっとリアル過ぎないか……いつしか悠成はそう感じるようになる。見るもの、聞くもの、そして触れるもの。嗅覚《きゅうかく》や味覚も、自分の拙《つたな》い記憶を基に再構成されているとするには、あまりにも真に迫っている。

ひょっとしてこれは単に夢を見ているのではなく、実際に意識を過去へと遡行《そこう》させているのではないか？　そして、その過去の出来事を追体験しているのではないか……悠成がそう思い当たったきっかけは、くだんの幼稚園時代の外国人神父だ。

そのドイツ系アメリカ人の男のなかに入った自分が澱《よど》みない英語をまくしたてる分にはなんの不思議もない。どうせただの夢だとばかり思い込んでいるから、その科白《せりふ》の内容を再検証してみようなんて発想は湧《わ》いてこないし、仮に一言一句思い返してみたところで、それが正しい英語なのか否《いな》か自体、仮にも英文学専攻としては忸怩《じくじ》たるものがあるけれども、判断しようがない。

だがそれが、どう考えてもその神父本人にしか手に触れる機会がなかったはずのものを目の当たりにした……となると話は別だ。悠成がその夢を初めて見たのは大学生のときだった。「ベックさーん」と口々に歓声を上げるスモック姿の園児たちに囲まれているので、ああ、おれはいま例の神父になっているんだなと、すぐに判《わか》る。

ベックというのはその神父のファーストネームなのかファミリーネームなのか、それとも単なる愛称なのか当時は判らなかったが、手を伸ばして、じゃれてくる園児たちのなかには四歳か五歳とおぼしき悠成自身の姿も認められる。

ときおり拙い日本語をまじえて子どもたちの相手をしていたベックはやがて、どこか建物のなかに入る。当時の幼稚園の敷地内にあった、住居を兼ねた司祭館だ。

悠成自身はこの司祭館に実際に入ったことは一度もない。が、なにしろすべては夢なのだから、目にする内装や家具などはその都度、想像で適当に補完されているのだろうと、そんなふうに理解していた。書斎らしき室内には大きな書棚があって、おびただしい数の洋書が並べられている。

ベックはおもむろに、そこからなにかを手に取る。一見ハードカヴァーの洋書を模した文箱《ふばこ》だ。小さな耳掻《みみか》きのようなデザインの鍵《かぎ》を使って、ベックはそれを開ける。なかに入っているのは新書ほどのサイズの印画紙。十数枚はありそうなそれらのモノクロ写真をベックはいつも一枚いちまい、ゆっくり見てゆく。

写っているのは、いずれも同じ少女。十代半ば、中学生か高校生くらいだろうか。胸もとと股間《こかん》を手で覆い隠すポーズの全裸姿ばかりだが、肌が円く張りつめた健康的な身体《からだ》つきと、いわゆるカメラ目線で微笑《ほほえ》む頑是無《がんぜな》さとが醸し出す穏やかでレトロな雰囲気のせいか、少なくとも悠成にとっては、あまり猥褻《わいせつ》な感じはしない。

とはいえ、毛深い手の甲と指の動きしか見えないベックがそれらの写真を自慰行為のお供としている気配もはっきりと窺《うかが》い知れるため、謂《い》われなき罪悪感が沸き起こる。ほんの一瞬なのか、永遠に続きそうなほど長いのかよく判らぬ、いたたまれない気分を持て余していると、そこで目が覚め、現実へと戻る。正確な数は不明だが、そんな夢を何回か見たことを悠成はしばらくのあいだ、すっかり忘れていた。

その少女のヌード写真のことを憶《おも》い出したのは大学を卒業し、母校の私立〈迫知学園《さこち》〉に英語の常勤講師として就任した後だ。ある夜、眠りに落ちるのとほぼ同時に強烈な既視感を覚えていると、悠成はあの幼稚園の司祭館のなかにいた。すぐに目がゆくのは問題の書棚だ。

しばらくご無沙汰《ぶさた》だったが、ここでベックがおもむろに洋書ふうの文箱を手に取るあのシーンになるな……とばかり思っていたら、ちがった。書棚へ伸びたのは毛深い男のそれではなく、明らかに若い女性のものと知れる繊手だ。あれ？　これは、と悠成が戸惑う暇もない。女の手は、音で中味を確認しているのか文箱を数回振ると、さっさとそれを手提げバッグに放り込む。

ぐるりと旋回するカメラさながら、視界が書斎のインテリアをひと舐《な》め。キャビネットの引出しを幾つか開けては閉め、閉めては開けをくり返した繊手は一瞬、視界から消えたかと思うや、ドアノブを摑《つか》む。女が書斎から廊下へ出たとおぼしきところで、悠成は目が覚めた。

そのシークエンスの夢を何度か見ているうちに、くだんの繊手が引出しを開閉していたのは文箱の鍵を探すためなんだな、と思い当たる。え。おれってそんなに、あのモノクロでレトロなヌード写真が欲しいのかよ、と苦笑を禁じ得ない。この時点で悠成はまだ、すべてが単なる夢だとばかり思い込んでいたからである。そのときどきで男になろうが女になろうが、自分自身が視点人物であることに変わりはないのだ、と。

その認識が一変したのは一九九六年、悠成が三十六歳のときである。人生初購入の3LDK分譲マンションへ引っ越すために荷物を整理していると、収納の奥から段ボール箱が出てきた。開けてみると中味は古いスクラップブックや壊れた腕時計、結婚以前の独り暮らしの住所が記載された名刺の残り、空《から》の眼鏡ケース等々。要するに、そのまま箱ごと廃棄処分してしまっても問題なさそうな、がらくたばかりだったのだが。

そのなかに、ひとつ気になるものがあった。英語の飾り文字が表紙に躍っている、見慣れぬ洋書ふうの文箱。悠成が「見慣れぬ」とかんちがいしたのは、まさか自分の夢に登場する文箱と同一のものであるなどとは思いもよらなかったからで、このときはまだ、それが書物ではないことにすら気がついていなかった。

名刺の残り入りケースといっしょに手に取っていたせいで、内部でかたかた写真のたてる音も掻き消される。妻の紀巳絵《きみえ》に「なんだこれ。おまえの？」と訊《き》いてみたが、「え。知らないよ、そんなの」と、ろくに確認もせずに一蹴《いっしゅう》される。「ユウくんじゃあるまいし。あたしが英語の本なんか、持っているわけないじゃん」

しかし悠成にも覚えはない。適当に処分するつもりが、無意識にどこかへ仕舞い込んで、それっきりになっていた。

問題の文箱と再会するのはそれから十二年後の二〇〇八年、やはり引っ越しのときだった。3LDKマンションを売却し、郊外に構えた一戸建て。五十歳の大台を目前にした悠成の頭にはいやでも「終《つい》の住処《すみか》」という言葉が浮かんでくる。結婚したときは二十代半ばだった紀巳絵も四十《よそ》路《じ》に入った。

自室の造りつけの書棚に、段ボール箱から取り出した本を数冊ずつ並べてゆく。と、持ち上げた単行本が、からん、と本来あり得ないはずの音を発した。正確に言うと音をたてたのは単行本ではなく、それといっしょに手に取った文箱だ。このときは悠成もさすがにそれを洋書だとはかんちがいしなかったものの、鍵孔《かぎあな》の周囲の錆《さび》に眉《まゆ》をひそめただけで、特に中味の詮索《せんさく》はしなかった。

しばらくブックスタンドがわりに使っていたその古ぼけた文箱が、いまも自分がときおり見る幼稚園時代の夢に登場する、ベックのあれと同一のものなのではないか……そんな妄想めいた考えに囚われるようになったのは、一戸建てへの引っ越しからさらに二年後。五十歳になった悠成にとって、あの司祭館は、すでに四十五年以上も遠い昔の風景だ。

ベックはもう何歳なのか、いまでも幼稚園の神父を続けているのか、そもそも存命なのか等々。とりとめなく、いつもの夢のルーティンをなぞっていて、ふと悠成は目を覚まし、ベッドから、ひとり、起き上がった。

結婚当初に四年ほど住んでいた賃貸マンションでこそ部屋数の関係で紀巳絵とは同じ寝室だったが、それ以降は別の部屋で寝ている。照明を点《つ》けた悠成は、すぐに造りつけの書棚から文箱を取り出した。そっと振ってみる。かたかた、という音の確認もそこそこに、ドライバーの先端を蓋《ふた》の隙間《すきま》に捩《ね》じ込んだ。梃子《てこ》の要領で押すと、鍵は意外にあっさりと壊れる。

古ぼけた印画紙の束が出てきた。全部で十五枚。いずれも、あの少女のヌード写真だ。夢で見るものに比べるとずいぶんセピア色に変色したり、輪郭が掠《かす》れたりしているが、どの表情もポーズもまちがいなく、ベックが見ていたものとまったく同じ。これは……これはいったい、どういうことなのだろう？

そもそもベックの私物がなぜこうして、いま悠成の手もとにあるのか。しかも、ただの私物ではない。西暦二〇一〇年現在の視点からすると猥褻物どころか、美術教材に使われても差し支えなさそうなほど牧歌的な構図だが、ヌード写真にはちがいない。モデルの女性が撮影時に未成年だったかどうかまでは判断できないものの、どう見ても、しろうとっぽい。一九六四年か六五年頃という時代背景に鑑《かんが》みると、プライベートで所持しているだけでも充分インモラルでスキャンダラスな代物《しろもの》だ。

いや、悠成にとっては、この文箱がベックから自分のもとへと渡ってきた経緯の謎《なぞ》以上に重要なことが他にある。それは鍵を壊す前から、文箱の中味がなんであるかを自分がちゃんと知っていた、という事実だ。

こんなレトロなヌード写真がなかに入っていると、どうして知っていたのか？　それは昔から幾度となく夢のなかで目撃していたからだ、と。どれほど馬鹿《ばか》げて聞こえようとも、そうだとしか考えられない。

これが鍵の掛からない文箱だったのなら、まだ判る。憶えている限り司祭館のなかに入ったことは一度もないはずだが、何者かの手によって外部に持ち出された文箱の中味を、なにかの拍子に園児だった悠成が目の当たりにしてしまうという可能性はゼロではない。記憶している自覚はないものの、幼い頃に目にしたヌード写真のイメージは深層意識下に強く刻み込まれ、それがときおり夢というかたちで顕《あらわ》れる、というふうに一応は合理的に説明がつく。

しかしそのインモラルな中味がゆえ常に鍵が掛けられていたと思われる文箱となると、一介の園児にこっそり覗《のぞ》き見するチャンスがあったとは、ちょっと考えにくい。可能性だけの話ならば、幼い頃の悠成が自己評価以上に早熟かつ小利口で鍵をこっそり拝借していたとか、誰か心ないおとな、もしくはベック本人が面白半分に園児にいかがわしい写真を見せていたとか、いろいろ想定し得るものの、そういう場合は、もっとストレートなかたちで記憶に残るのが自然な気がする。やはり実際に文箱に手を触れる機会すら一度もなかった、と判断するのが妥当だ。

つまり悠成が見ていたのは、単なる夢ではなかった、ということになる。眠りのなかで彼が見聞するのは、でたらめな夢想ではない。過去に実際に起こった出来事なのだ。

たとえ悠成自身はその場に居合わせていなかった事柄であっても、夢のなかで意識を過去へと遡行させ、そして当事者の身体に憑依《ひょうい》する。一種のタイムリープとでも称すべき追体験が可能となる、特殊な現象……どうやら悠成には、そういう超常的な能力が具《そな》わっているらしい。

司祭館の書斎から、問題の文箱がベックとは別の人物によって持ち出された一件にしても同じだ。悠成は当初その夢は、ヌード写真を自分のものにしたいという己れの下種《げす》な願望の顕れかと思っていたのだが、どうやらちがう。

あの女性は写真のモデルの関係者、もしくは本人なのではないだろうか。写真の和やかな表情からして、撮影は少女の同意の下に行われたものと推察される。おそらくベックは相手の精神的未熟さに付け込み、うまく言いくるめた。己れの欲望を充たすために、彼女に裸体を曝《さら》させたのだ。一旦《いったん》はたぶらかされた少女も、やがて己れの愚行を後悔し、なんとかベックから写真を奪還せんとする。実行したのが彼女本人なのか、その関係者なのかは、視点人物の身体に憑依するものの、その顔までは見ることのできない悠成には判らない。

そうか。そういうことだったのか。悠成には、ほんとうにタイムリープ能力が具わっているのだ。

夢のなかの意識を通じてのみという変則的なかたちではあるものの、実際に過去へ遡行し、その時代の出来事を当事者の五感を通じて追体験できるのだから、一種の時間旅行者であることはまちがいない。もしも他人からそんなもっともらしい説明をされたとしても相手の正気を疑うだけだが、こうしてセピア色のヌード写真という確固たる証拠を突きつけられた悠成としては、どれほど突拍子がなかろうとも、これは現実なんだと、ただ受け入れるしかない。

それにしてもこの洋書を模した文箱は、いったいどういう事情で、いま自分の手もとにあるのだろう？　もともとはベックのものだった。それをモデルの少女、もしくはその関係者が汚点隠滅のために司祭館からこっそり持ち出した、という推測が当たっているのだとしたら、その後、どうなったのか。

普通なら悠成がしたように、すぐに文箱の鍵を壊して中味を取り出し、すべて焼却するなりなんなりして処分しそうなものだ。でないと、わざわざ盗み出す意味がない。それとも、ほんとうは処分するつもりが、なにか不測の事態で、しそびれてしまったとか？

そういえば文箱のなかには見当たらないが、ベックはネガフィルムをどうしていたのだろう。写真とは別の場所に保管していたのか。あるいは、仮に撮影したのがベック以外の人物だったとしたら、最初からネガは所持していなかったのかもしれない。

いずれにしろ灯子《ともこ》、もしくはその関係者はネガも回収しておいてから、全部まとめて焼却処分するつもりだったのではあるまいか。それがネガの在《あ》り処《か》をなかなか突き止められないでいるうちに、うやむや……え？

トモコ？　唐突に浮かんできたその名前に悠成は困惑する。え。なんだって。灯子……って。誰だっけ、それ。まさか。これの……再度セピア色のヌード写真の束を捲《めく》ってゆく。一枚ずつ、ゆっくりと時間をかけて。少女の笑顔を凝視する。

もこもこ節くれだった三つ編みの髪や、ふっくらした丸顔が田舎臭いイメージを前面に押し出している。こんな垢抜《あかぬ》けない少女のことを自分は知っているのだろうか？　どこで会ったんだ？　そういえば、ひと懐っこそうな垂れ気味の、ひとえ瞼《まぶた》の双眸《そうぼう》に見覚えがあるような気もする。が、中学生や高校生のとき、周囲にこんなタイプの知り合いはいなか……あ。まてよ。

もしもこの写真が撮影されたのが悠成の幼稚園の頃ならば、被写体の彼女は彼よりも優に十歳は上ということになるのでは。そうか。トーコ先生だ、これは。

母校の中高一貫教育校、私立〈迫知学園〉で音楽教師だった雫石《しずくいし》灯子。下の名前はトモコが正しい読み方だが、彼女が顧問だった悠成たち吹奏楽部の生徒はみんな、彼女のことをトーコ先生と呼んでいた。

たしかに面影はある。アイドルグループのメンバーのタイプに譬《たと》えるなら、お笑いヴァラエティ番組担当がぴったり嵌《は》まりそうな愛嬌《あいきょう》たっぷりの笑顔など、あの灯子の十代の頃の写真でまちがいない。

そう確信しながらも、やはり彼女のイメージはおとなの女性のそれが強い悠成にとっては、なかなか納得し難いものが残ることもたしかだ。といっても写真のなかの灯子がヌードという、非日常的な恰好《かっこう》である事実はあまり関係ない。その裸体は彼女の教師としての姿とのギャップが激しすぎるようでいて、なんのエロスも感じさせない健康的な明るさを放つ。それが皮肉にも、おとなのほうの彼女の豊艶《ほうえん》さを対照的に引き立てる結果になっているのだ。

そう。悠成にとって、教師の灯子は常に不可思議な色香を纏《まと》う女だった。良く言えば童女のようなあどけなさが、どうかすると泥臭くさえ映るのに、だ。

悠成が〈迫知学園〉中等部と高等部のとき、彼女は二十代後半から三十代前半だったが、その若さにもかかわらず、ショートカットで小柄の丸顔は、おばさんっぽかった。親しみやすくはあるが、決して美しくはない。なのに、そこにはなぜだか、毒々しいばかりの雌のフェロモンが同居している。少なくとも十代だった悠成にとっては底無し沼さながらに官能的な女性だった。

当時はそれを、さほど不思議だとは思わなかった。思春期の少年が性欲や幼稚な独占欲に振り回されるのは当然だし、灯子が結婚したときなど、中等部二年生だった悠成は、ただ全身を引き裂かれるような無力感にさいなまれるしか為《な》す術《すべ》はなかったものだ。

これから自分以外の男があのトーコ先生の身体を思うさま貪《むさぼ》り尽くすのか、と。嫉妬《しっと》と羨望《せんぼう》が、逃げ道のない欲望と絶望を煽《あお》り立てる。際限のない自慰、また自慰。実際には目の当たりにできない灯子の裸身を必死で想像しながら、いったい何度、虚《むな》しい精を放ったことか。文字通り寝ても覚めても、それは夢のなかでも……え。あれれ。まてよ。

いまさらながら悠成は、とんでもないことに気がついた。これまでに夢では幾度となく灯子とは交合した。ときに彼女を組み伏せ、ときにその臀部《でんぶ》をかかえ上げ。己れの怒張を幻の肉塊に突き立ててきた。いや。

いや、てっきり夢幻だとばかり決めつけていたのだが、もしかして……もしかして自分は彼女の夫の身体に憑依して、灯子を抱いていたのではないか？　知らず知らずのうちにタイムリープ能力を駆使して、夢のなかで意識を遡行させ、雫石和歩《かずほ》の身体に憑依した。そして同衾《どうきん》する妻の灯子のすべてを、彼の触覚を通して、この掌中に……あれは。

あれは単なる夢ではなかった。自分は、ほんとうに体験していたのだ。灯子とのセックスを。改めてそう自覚するや、掌《てのひら》に包み込んだ灯子の乳房の感触が鮮烈に甦《よみがえ》る。膝立《ひざだ》ちの姿勢で腰を前後に動かす悠成の眼下で、たぷたぷと灯子の逆ハート形の尻《しり》たぶらが波打っている。防波堤よろしくその細波《さざなみ》を受け止めるたびに、彼女の背中からは油のような汗のきらめきと、各種体液の混ざった独特の臭気が立ち昇ってくる。

興奮を抑えられなくなり、悠成は何年ぶりかで紀巳絵を求めた。一九九二年に彼女と結婚して十八年。夫婦生活がいつから途絶えているか、記憶は定かではないが、二十四歳だった紀巳絵も四十二歳。

「急にどうしたの、ユウくん。変なビデオでも観た？」と苦笑しながらも受け入れてくれる妻の、若いときとはまた趣きの異なる、女盛りの肉体に悠成は感動にも似た衝撃をもって溺《おぼ》れた。

行きつけの書店で紀巳絵にひとめ惚《ぼ》れしたとき、彼女は大学を卒業して、書店員として働き始めたばかりだった。当時からスレンダーで伸びやかな、均整のとれた肢体ではあったが、どちらかといえばアスリート寄りで、うっかり蹂躙《じゅうりん》しようとすると弾《はじ》き返されそうな、中性的な硬さがあった。それがいまや、ほどよくこなれた肉置《ししお》きの肌という肌が、ミリ単位でこちらに吸いついてくる。

困惑していた紀巳絵も全身で歓喜の音色を奏でる。が、まるで自慰行為を覚えたての中学生ばりに際限なく求めてくる夫の姿には、やはり違和感を覚えたようだ。

こういう唐突な求愛行為の裏事情の定番としては、もしや妻が浮気をしているのではないかとの疑心暗鬼にかられたからとか、それとも夫自身が他の女に心奪われているその胸中を糊塗《こと》する狙《ねら》いがあるとか。そのどちらかなのではないかと紀巳絵は疑っているかもしれない。が、言い訳しようにもできないし、なによりも悠成にとっては気がかりなことが他にあった。

四十二歳。四十二歳……か。なぜだか、その年齢が、ひどく引っかかる。

なぜだろう。紀巳絵ではない、誰か他の女が四十二歳のとき、なにか重要な出来事があったのだ。そうだ。他でもない、トーコ先生こと雫石灯子が四十二歳のとき。

あれは一九八八年、悠成が二十八歳の年だ。灯子の義理の息子、雫石龍磨《たつま》が実家で何者かに殺害されるという事件が起きて、それで……あれは。

あの事件は結局、迷宮入りしてしまって、未《いま》だに解決していない。あれは結局、どういうことだったのだろう。

精という精を搾り尽くして、疲労困憊《ひろうこんばい》。自室へ戻る暇もあらばこそ、紀巳絵のベッドで深い眠りに引きずり込まれる。悠成の意識は過去へと遡行する。

二十二年前の、あの日。一九八八年、十月へと。

第二部

夢魔

「どうぞ、メニューでぇす」と悠成は言った。いや、正確にはそれは悠成が憑依している身体の持ち主の科白だ。

接客用にオクターヴひとつ上げた、女性とおぼしき発声。丸っこく太めの指などからそうと窺い知れるのだが、なによりもその視点人物がメニューを手渡した相手は他ならぬ田附悠成なのである。

他者の目を通して見る自分自身の姿は、なんとも居心地が悪い。独特の違和感がある。というか、違和感しかそこにはない。

五十歳の立場から見る二十八歳の自分には、若さという名の気色悪さがへばりつく。特に肥《ふと》っているわけではなく中肉中背なのに、無駄な生命力とでも称すべきものでその存在がぱんぱんに張りつめていて、やたらに邪魔臭く、目障りに感じる。スーツやネクタイの趣味も、必要以上に背伸びしているようで鼻につく。

もちろん批判対象が自分自身のせいで、つい見る目が厳しくなるという側面もあるのだが、必ずしもそればかりではない。メニューの表紙に〈モルテ・グラツィエ〉と記された店内の隅っこのテーブルに集った〈迫知学園〉吹奏楽部OBの面々はいずれも二十代後半から三十。各々がいっぱしのおとなのつもりで振る舞っているのが手に取るように判るが、すでに二十一世紀という時代を経験している悠成の目には、ままごと並みに幼く映る。なにしろこの場では最年長の元顧問、雫石灯子でさえ、まだ四十代前半なのだ。

「でも、すごい。ラッキーじゃない、ほんとに。あんなすてきなマンションを新居にできるなんて」

ペイズリー柄の大判ストールを二重顎《にじゅうあご》気味の首から外し、華やいだ声を上げたのがその灯子だ。「ねえ。しかもタダなんでしょ。家賃は要らない、なんて。すごい。すごおい。ふとっぱらで、かっこいい叔父《おじ》さまね。雪花《ゆか》ちゃん、幸せ者だわ。ねえ。その雪花ちゃんをお嫁さんにしたスイくんはもっと、もっと幸せ者なわけだけど」

灯子が微笑みかけたのは、コートを脱いで彼女の隣りの席に座った碓井徳幸《うすいのりゆき》だ。この日、華燭《かしょく》の典を挙げたばかりの新郎は、右隣りにかつての恩師である灯子、そして左隣りには新婦の旧姓乗富《のりとみ》雪花と両手に華状態にもかかわらず、お疲れ気味なのか、ちょっと心ここにあらずといった態《てい》の愛想笑い。

この日は午前十一時から〈ホテル・サコチ・ハイネス〉のチャペルで挙式、午後一時から同ホテルの広間で披露宴、午後四時から場所を市内の中華料理店へ移し、徳幸と雪花の元クラスメート有志たち合同主催の二次会と、次々にスケジュールをこなして、すべておひらきとなったのが午後八時半。

新郎新婦を、いちばん親密だった吹奏楽部OBのメンバーたちでホテルへ送り届ける途中、三次会がわりに軽く一杯、と腰を落ち着けたのが深夜営業のビストロ〈モルテ・グラツィエ〉だ。

「ほんとにタダってわけじゃないんですよ」雪花もやはり疲れているのか、一日中愛想を振りまき続けてはいるものの、受け口が心なしか不満げに尖《とが》り気味だ。「ちゃんと光熱費、払わなきゃいけないし」

「実費でしょ。あたりまえじゃない、そんなの。あ。どうもありがと」と灯子は、悠成が憑依している視点人物に軽く会釈《えしゃく》してメニューを受け取った。

「もったいないくらいよね。新婚さんとはいえ、あんなに広い、豪華な5LDKに、たったふたりで住むなんて。ねえ。あんなゴージャスな」

「先生、なんだかまるで、実際にその部屋へ行ったことがあるみたいですね」

真面目くさった口ぶりでそう指摘したのは、灯子の真向かいに座った美濃越陸央《みのこしりくお》だ。

悠成の一学年上の先輩で、昔から常に仏頂面を崩さない。知らない者の目には怒っているように映る。ある種の近寄り難さが、鼻筋の通った端整な顔だちも相俟《あいま》って、神秘的でストイックな雰囲気を醸し出すのか、女子生徒たちからの人気は絶大だった。

が、悠成の見るところ、陸央の実像は昔気質《むかしかたぎ》の職人タイプ。彼らがティーンエイジャーの七〇年代にはまだオタクという呼称はなかったが、陸央は本来の担当であるトロンボーンだけでなく、同じ音域のユーフォニアムも器用にこなす二刀流。そんなクラブ活動だけでは飽き足らず、エレキギターや作詞作曲で学外でのバンド活動にもいそしむという、筋金入りの音楽オタクだった。

「実際に行ったことなんてないけど」披露宴と二次会でだいぶきこしめしているせいで、本気で揶揄《やゆ》されたとでも受け取ったのか、灯子にしては珍しく眇《すがめ》で陸央を睨《にら》みつける。「駅前の〈中央レジデンス〉といえば、みんなの憧《あこが》れじゃない。ね。なんでも校長先生も入居したかったそうだけど、抽選に洩《も》れて、奥さんとお嬢さんが残念がってた、って」

「タマちゃんも言ってるんだよね。何階でもいいから、来年までにあそこ、どこか空かないかしら、って」

やはり一学年上の賀集惣太郎《かしゅうそうたろう》が、ごくあたりまえのようにそう口にしたものだから、彼の真向かいに座っている二十八歳の悠成は首を傾《かし》げた。

「誰ですか？　タマちゃん、って」

あ、ぼくは水割りを、と注文しながらメニューを返す悠成は、まさかその女性従業員のなかに、二十二年後の未来の自分自身の意識が憑依して、すべてを見物している、などとは夢にも思わない。

「タマちゃん、つったら、おま、ひとりしか。ん。あれ。ユウはひょっとして」雪花の真向かいに座った、パンツスーツ姿の藤得未紘《とうとくみひろ》は脚を組み替え、右隣りの悠成の顔を覗き込んでくる。「知らないのか？　ソーやんが婚約したことを」

「え」悠成は眼を瞠《みは》り、せわしなく未紘と、ソーやんこと惣太郎を見比べた。「え。婚約って、ほ、ほんとに？」

「ものすごい良縁なのよ、これが」テーブルの向こうの端からこちらの端まで跳び移ってきそうな勢いで灯子は身を乗り出した。「お相手は、なんと、あの〈ヘッズエイト〉の社長令嬢。すごいでしょ。ね。すごいでしょお？　ソーやんったら、お嬢さまキラーなんだから。んもう、凄腕《すごうで》ッ。絵に描いたような逆玉《ぎゃくたま》の輿《こし》ッ」

悠成はこのとき、〈ヘッズエイト〉が県下最大手の不動産仲介業者であることや、惣太郎が勤めている会社が〈八頭司《やとうじ》グループ〉傘下であることなどもまったく知らなかった。が、とっさに得心げに頷《うなず》いてしまったため、この場では誰もそれ以上は詳しく説明してくれようとしない。

社長の娘婿になることが決まっている惣太郎が、婚約者の八頭司珠緒《たまお》のことをみんなの前で「タマちゃん」と、ことさらに気安く呼んでみせるのは、これが出世欲ではなく、あくまでも純粋恋愛の賜物《たまもの》であると強調したい心理の顕れなのだと知るのも、かなり後になってからだ。

それよりも悠成にはこのとき、気になることが他にあった。未紘と惣太郎だ。ふたりは男女関係にある、と。これまで悠成は、そう思い込んでいた。〈迫知学園〉の吹奏楽部に入って以来、ずっと。

藤得未紘は悠成より二学年上。惣太郎よりひとつ歳上だが、ふたりの母親が友人同士で、互いに幼少時から親しいらしい。未紘の五つ上の兄、惣太郎のふたつ下の弟、それぞれのきょうだいが結婚する際には親子揃《そろ》って相手側の挙式披露宴に出席するなど、家族ぐるみの付き合いだという。

実際ふたりは実の姉弟《きょうだい》のような親密さを、校内外問わず隠さなかった。未紘は、ひと足先に卒業して女子大生になった後も夏休みのクラブ合宿などに帯同し、なんやかや惣太郎の世話を焼いたりしていた。そんなふたりの姿を恋人同士として捉《とら》えていたのは、なにも悠成だけではないはずである。

加えて、どことなく陰のある宝塚《たからづか》歌劇の男役ばりの未紘と、メイク無しで少女漫画のヒロイン役が務まりそうな惣太郎という、性別逆転的な組み合わせの妙も相俟って、見れば見るほどお似合いのカップルだ。少なくとも悠成は、ふたりがお互いを生涯のパートナーと固く定め合っているものと、信じて疑っていなかったのだが。

「そうでしょ、そうでしょう。ほらね。あたしだけじゃないでしょ。〈ヘッズエイト〉のお嬢さまだって、新居は絶対、あそこがいいのよ。ね。判る。判るよねえ。けど。うーん。ま、むずかしいでしょうねえ、これ。入るのはなかなか」

悠成と同じくらい、いや、きっとそれ以上にふたりの親密な関係に接してきたはずの灯子は、その惣太郎が未紘以外の女性との結婚を決めたことに、なんの疑問も抱いていないようだ。灯子ばかりではない。この場で困惑しているのは明らかに悠成ひとりだけで、惣太郎の逆玉の輿の件はどうやら、とっくに周知の事実だったらしい。

「ま、仕方ない。ソーやんも、がんばって、いまから〈中央レジデンス〉に負けないくらい、すてきな新居を探さなきゃね。お嬢さまのために。あ。職業柄、タマちゃんのお父さまに頼んだほうが早い、なんてズルはなし、ね。あーあ。やっぱり、うらやましいなあ。スイくんと雪花ちゃん。家賃はタダで豪華マンションに住めるうえに、新婚旅行はハワイだなんて。どこまでリッチなのよ。いいなあ、いいなあ。あたしなんかこの歳で、未だに海外旅行の経験ゼロなのに」

各人のオーダーをとっては順次メニューを回収してゆく女性従業員のなかにいる悠成にはこのとき、憑依している身体が逆向きなため二十八歳の自分の表情が見えていないが、その心情は手に取るように判る。惣太郎の婚約の件で生じた微《かす》かな疎外感が、灯子のそのひとことで、さらに増幅されたのだ。

「え。でも先生、ヨーロッパ一周したんですよね？　ご結婚されたときに。たしかご主人といっしょに……」

「うん？　ああ、あれ。実は結局、計画倒れになっちゃって。行っていないんだ。まあ、いろいろあってね。あの頃は、長男が小学校に上がる前だったし」

旧姓上薄《かみすき》灯子が有名な声楽家、雫石和歩と結婚したのは、この十四年前。悠成が〈迫知学園〉中等部二年生のときだ。二十八歳だった灯子は初婚だったが、和歩は再婚で、先妻とのあいだにもうけた連れ子がいた。それが当時六歳だった雫石龍磨だ。

実はこの雫石龍磨と悠成とは、浅からぬ因縁がある。一九八三年。大学卒業後、悠成が母校〈迫知学園〉の常勤講師として赴任した年のこと。

初めて英語の授業を受け持った中等部三年生のクラスに龍磨がいた。ちなみにこのクラスの生徒には、後に悠成の妻となる居郷《いごう》紀巳絵もいたのだが、悠成には制服姿の彼女の想い出はまったく残っていない。紀巳絵の大学卒業後に再会し、かつて悠成の授業を受けたことがあると明かされても、まったく憶い出せない。それほど彼女の印象が薄かったのは、やはり対照的に雫石龍磨の存在が、あまりにも大きかったせいだ。しかも極めて悪い意味で。

悠成のほうでは最初から龍磨のことを意識していた。意識せざるを得なかった。

あのトーコ先生が、家族とはいえ血のつながっていない十代の若い男とひとつ屋根の下で暮らしているのかと思うだけで、全身の血液が下腹部へと雪崩《なだ》れ落ちる。なにしろ年齢は八つしかちがわない男同士、悠成としてはどうしても我が身を龍磨の立場に置き換えて妄想してしまう。

継母《ままはは》とその息子とのタブーだなんて、そんな安手の官能小説ばりの馬鹿げたあやまちが実際に起こるはずはないと自戒しつつも、若い褐色の男根が熟れ切った灯子の白い柔肌を侵食してゆく、なんともグロテスクなイメージが払拭《ふっしょく》できない。そんなつもりはなくとも学校で無意識に、他の生徒たちと差別して龍磨に接したりしていないかと、ときおり真剣に不安になるほどだった。

龍磨のほうでも、英語の新任講師が継母のかつての教え子であることくらいは知っていただろうが、特に悠成の存在を意識しなければならない理由はなかった。龍磨がずっと片想いしていた長瀧沙椰《ながたきさや》という女子生徒が、どういう気まぐれか、悠成に熱烈なアプローチを仕掛けてきたことで、予想外かつ不本意な三角関係のいざこざに巻き込まれてしまうまでは。

結局、長瀧沙椰の好意を勝ち取れなかった龍磨は、中等部修了を機に〈迫知学園〉から去った。高等部に進級しなかったばかりか、県外の全寮制の男子校へ入ることで、地元とは完全に訣別《けつべつ》してしまったのである。

以来、四年半。悠成は一度も龍磨には会っていない。くだんの全寮制の男子校を卒業後、東京の私大へ進学したと風の便りに聞こえてきている。まるで家族すらをも避けるように迫知には、たとえ年末年始であっても絶対に帰省しないという話だ。

従って、この日も龍磨は東京にいる、と。誰もがそう思い込んでいた。父親の和歩も継母の灯子も、妹の里桜《りお》も。

ましてや赤の他人のうえ、すっかり疎遠になっている悠成に予想などつくはずはない。一九八八年、十月のこの日。碓井徳幸と乗富雪花の結婚式と披露宴のあった、まさにその日の夜に雫石龍磨がここ迫知で、しかもひと晩中、無人となるはずだった実家の雫石邸内で何者かに殺害されることになろうとは。

しかもみんな、警察に疑われることになるのだ。この三次会に出席した八人のメンバーのなかに、雫石龍磨を手にかけた犯人がいるのではないか……と。

「息子は主人の実家にあずけていこうって話になってたのよね、最初は。ところが」

まさか、あと数時間後にそんな悲劇的な未来が待ち受けているなどとは知る由《よし》もない灯子、お気楽に龍磨の話題を続ける。

「頼みにいったら向こうの両親に、せっかくの海外だから龍磨も連れていってやれ、これも情操教育の一環だ、みたいなことを言われて。えーっ。こっちはもう、えーっ、よ。なにそれ。かんべんして。仮にも新婚旅行なのに、コブつきだなんて。なにが哀しゅうて。絶対にイヤだ、って。うーん。まあ、いま思うと、ね。そんなにこだわらなくてもよかったかなあ、という気もするんだけど。あの頃は、あたしも若かったからね」

「へえ。そういう理由で、やめちゃったんですか？　せっかくのヨーロッパ旅行を」

呆《あき》れながらもそう笑ったのは、徳幸の真向かいに座った乗富木香《このか》だ。

雪花の妹で、学年は悠成よりふたつ下だから、灯子が結婚したときはまだ小学生、〈迫知学園〉中等部への入学前だ。初めて聞くエピソードに前のめりで興味津々といった態だが、そんな彼女でも、灯子が新婚旅行を取り止めたこと自体は知っていたらしい。

「コブつきだなんて冗談じゃない、それならばいっそ、行かないほうがましだ、あたしは子守をしにゆくわけじゃないんだぞ、って喧嘩《けんか》して」

「いや、あのね、コノちゃん。そんな、ひと聞きの悪い。そこまで過激じゃありません。まあ、それでケチがついたっていうのは、ほんとだけど。なんとか行こうとはしたのよ。けれど、夫婦揃って仕事も忙しいし。時間の調整がなかなかつかないでいるうちに、いつの間にか立ち消えになっちゃってた。要するに、そういうこと」

「それ以来、全然チャンスがないんですか、海外旅行は」

「えーえー、そうですよ。一度もありませんよ。仕事だけじゃなくて、そのうち娘も生まれちゃったしさ。ふと我に返ってみれば、日々の生活に追われて、身動きなんてとれやしない。だから、うらやましいんじゃない、本気で。いいなあ、いいなあ。ハワイ。いいなあ。明日、出発かあ。ねえ、スイくん。雪花ちゃん。ねえ。あたしも連れてってよ。ねえねえねえ。今日からあたし、おうちでひとりぼっちなのよお。家族が、だーれもいなくなっちゃってさあ」

「え。ご主人は。あ、いま演奏旅行でしたっけ。それこそヨーロッパのほうに」

「そうなのよ。ひどいでしょ。旦那《だんな》だけ、いい思いしてやがるのよ。あたしのこと、ほったらかして」

「いや、それがお仕事ですから。お嬢さんのほうは？」

「里桜は今日から修学旅行」

そう。ここで重要な情報が一同に、もたらされるのだ。すなわち、この日の夜、灯子は自宅で独りになるはずだ、という。

「寂しいよお。帰っても、ほんっとに、だーれもいないんだもん」

その雫石家の内情を知り得たのは灯子本人も含め、三次会に出席していた八人。

「つっても、この後、帰ったら、ばたんッ、きゅー、って寝るだけだけどね」

そこで一旦、悠成は目が覚めた。

はっ、と首だけ起こすと、紀巳絵のベッドに寝ていて、二〇一〇年、五十歳の自分のなかへ戻っている。

天井の明かりが眩《まぶ》しい。悠成ひとりだ。時計を見ると、眠り込んでいたのはほんの十分ほどだったようだ。寝室から廊下へ出ると、紀巳絵はシャワーでも浴びているのか、バスルームのほうから水音がする。

そのまま悠成は自室へ向かった。両掌で顔面をぐるりと撫《な》で回しながら自分のベッドに腰かけ、先刻の夢を反芻する。

いや、あれは単なる夢ではない。五感すべてに訴えかけてくる、尋常ならざる臨場感。自分はやはり過去へとタイムリープしているのだ。たったいま実際に遡行してきたのだ、一九八八年十月のあの日へと。

あの後……逸《はや》る気持ちを抑え、悠成はベッドに横たわった。あの後、三次会は二時間ほどで終わる。

〈モルテ・グラツィエ〉を出た後、花婿を囲んで男たちだけで、もう一軒行こう、と話がまとまる。いっぽう女性陣は、花嫁をホテルへ送り届けてから、あとの三人はそれぞれ帰路につく、という。

少なくとも表面的にはそういうかたちで散会した一同だったが、実際にはそこに各々の思惑が蠢《うごめ》き、複雑に入り乱れていたことが後々、明らかとなる。

すぐに寝なおしたら、なんとかあのシーンの続きを見られないだろうか。そう期待して悠成は眼を閉じた。眠りに引きずり込まれながら、しかしまてよ、と思い当たる。

仮に再び一九八八年十月のあの日にタイムリープできたとしても、先刻と同じようにあの〈モルテ・グラツィエ〉の女性従業員に憑依した場合、八人の様子を観察できるのは店内での二時間限定になってしまうわけだ。それだと、あまり意味がない。

やきもきしながら眠りに落ちた悠成は、再び夢のなかで過去へとタイムリープ。すると先刻とは異なる風景が眼前に広がったものだから、一瞬これは全然別の時代と場所なのかとも思ったが、手もとには〈モルテ・グラツィエ〉のメニューがある。

テーブルの真向かいに座っているのは、陽焼けしたような色合いの肌と強い眼ぢからのエキゾティックな顔だちの若い娘、乗富木香だ。そして悠成の視点人物を挟み込むかたちで左隣りの雪花が「ほんとにタダってわけじゃないんですよ。ちゃんと光熱費、払わなきゃいけないし」と唇を尖らせ、右隣りの灯子が「実費でしょ。あたりまえじゃない、そんなの」と、それに応酬している。

そうか。再びここは、一九八八年十月のあの日で、悠成はいま二十九歳の碓井徳幸の身体に憑依しているのだ。新居の〈中央レジデンス〉に関するやりとりということは、厳密には先刻の続きではなく、少し時間が巻き戻ったようだ。

「コーヒー」とその徳幸が注文してメニューを返した相手は、先刻悠成が憑依していた女性従業員だ。満月並みにまん丸い顔にロイド眼鏡、うなじを刈り上げたおかっぱ頭で、制服の蝶《ちょう》ネクタイヤベストのボタンがいまにも弾け跳びそうな体型。肌艶《はだつや》からして多分若いのだろうが、なんとも年齢不詳。もう二十二年も前とはいえ、こんなに特徴的な風貌《ふうぼう》の娘に接客してもらったことを全然憶えていないのが少し不思議な気もする。

憶えていないといえば、徳幸の声音が思ったよりも低いのが悠成には意外だ。「砂糖とミルクは無しで」と付け加える。スイさんて、こんな声だったっけ？　テノールとまではいかないが、どちらかといえば高めという印象が残っているのだが。それともこれは悠成がいま、徳幸の内側で彼の声を聴いているからだろうか。録音再生された自分の声には違和感があるのと同じ原理で。

そして、この店で徳幸が注文したのがコーヒーだったという事実も全然、記憶にない。てっきり、なにかアルコール類だとばかり思い込んでいた。

酔い醒《ざ》ましのつもりだろうか？　ただ、披露宴と二次会でどれほど飲んだのかは不明なものの、このときの徳幸の身体はさほど酔っているふうでもなく、むしろしっかりとしているように悠成には感じられる。

「いいなあ。明日、出発かあ。ねえ、スイくん。雪花ちゃん。ねえ。あたしも連れてってよ。ねえねえねえ」

二十二年前にテーブルの反対側の端から悠成自身の立場で見聞きしていたときには、灯子の口調も態度も、如何《いか》にも気安い冗談を言っているとしか映らなかった。だが、すぐ隣りの徳幸のなかに入ってみると、なにやら熱気を帯びた媚態《びたい》が灯子から伝わってくる。しかもテーブルの下の空間で。

なにかがしきりに徳幸の右足を、つっついてくる。ズボンの裾《すそ》を掻き分けて潜り込んできた異物が靴下をずり下げ、ぐりぐり、ぐりぐりと足首に擦りつけられる。普通ならば驚いて、テーブルの下を覗き込みそうなものなのに、徳幸はまるでなにごともないかのように平然と、みんなとのお喋りに興じている。

憑依している身体がそちらへ視線を転じようとしないので悠成には確認しようがない。が、どうやらそれは灯子の爪先《つまさき》のようだ。ハイヒールを脱いだ足を、他の者たちには見えないテーブルの下でこっそり、徳幸に擦りつけてきている。もぞもぞ足首を這《は》い回っているのはストッキングの生地の感触だ。

しかし位置的には灯子の仕業でしかあり得ないと察しても、悠成にはなかなか信じられない。酔っぱらっているにしても、悪ふざけの度が過ぎている。徳幸のすぐ隣りには挙式したばかりの新妻、雪花が座っているのだ。もしも彼女に見咎《みとが》められたりしたら、酒席での無礼講では済まない。灯子よりも不可解なのは徳幸だ。この場でことを荒立てて、気まずくなったりしても嫌だから素知らぬふりをしているのかとも思ったが、どうもちがう。

秘密めかした、淫《みだ》らがましい刺戟《しげき》をかつての恩師から受けて興奮しながらも徳幸には、どこか余裕が感じられる。少なくとも困惑はしていない。悠成にはそれが、はっきりと判った。

なんなんだ、これは……もやもやしているうちに散会となる。

「えーと。もしもよければ、どなたかもう一軒、付き合ってもらえませんか?」悠成は引出物の手提げ袋を持って、立ち上がった。「トーコ先生じゃないけど、おれもこれから帰ったら、ひとりぼっちなんで」

男たちだけでもう一軒の言い出しっぺが自分だったことを悠成は、すっかり忘れていた。加えて、徳幸の眼を通して二十八歳の自分の表情を見て、初めて思い当たった。

このとき悠成はなにも、はしご酒をしたかったわけではないし、男ばかり四人で雁首《がんくび》を揃えるつもりもなかった。もしかしたらそのぼやきに灯子が「じゃあ、ひとり者同士で、どこかへ行きましょうか」と乗っかってきてくれないものかと、ムシのいい期待を抱いていただけだったのだ。

もちろん、ことがそれほどうまく運ぶわけはない。

「おれがボトルキープしているところでよければ、行くか？」と応じたのは陸央だ。いつも通り、さして乗り気でもなさげに。

「じゃあ、ぼくも」「あ。おれも」と惣太郎と徳幸が次々挙手したものだから、即座に話がまとまる。

「もうちょっと飲みたかったんだ。男たちだけで、じっくりやろう」という徳幸の言い種《ぐさ》は、彼が〈モルテ・グラツィエ〉でコーヒーばかりおかわりしていたことを知ったいまとなっては、二十二年前とはちがって、なんだか胡散臭《うさんくさ》く響く。もちろん、たとえその身体の内部にいようとも、徳幸の心の裡《うち》までは悠成には読み取れないが。

「あんまりハメを外しちゃだめよ、スイくん。明日はもう、ハワイへ出発なんだから」

ストールを羽織りながらの灯子のそんな言葉も、当時はまったく不自然には感じなかったのだが。

「花嫁を待たせすぎないように。ほどほどに、ね」

〈ホテル・サコチ・ハイネス〉へと向かう女性陣とは店の前で別れた。

「さて、と」新妻たち四人が夜の雑踏に消えるのを確認してから、徳幸は他の三人を振り返った。「おまえたち、先に行っててくれ。ちょっと野暮用があるんだ。すぐに追いつく。例のリキッドなんとかってところだろ？　ＯＫ、オーケイ。じゃあ後で」

誰の返事も待たずに徳幸は踵《きびす》を返した。悠成本人を含めた三人の姿は、徳幸に憑依している悠成の視界から消える。

これから、どこへ行くんだろ？　もう一軒いっしょに行くはずだった徳幸がここで離脱したのは悠成の記憶にもある通りだ。そしてこの夜、後ですぐに追いつくと言っていた徳幸はついに合流しなかった。

翌日、予定通り雪花とハワイへ旅立った徳幸はその一週間後に帰国。迫知へ戻ってきたその足で悠成のところへやってきて、頼むのだ。この夜のアリバイの口裏合わせを。

雫石龍磨が殺害されたこの夜、自分は〈モルテ・グラツィエ〉での三次会の後も、ずっと悠成たちといっしょに朝まで飲んでいたと警察には証言してくれ……と。

もちろん嘘《うそ》をつくのは本意ではないが、自分にはなにも疚《やま》しいところはないんだから、痛くもない腹を探られたくない。おまえたちには迷惑をかけないから、ここはひとつ、便宜を図ってくれ、と先輩に懇願されたら悠成には断り切れない。警察の事情聴取には徳幸、惣太郎、そして陸央との四人でずっといっしょにいた、という供述を押し通した。

が、結局徳幸はこの夜、どこでなにをしていたのだろう？　それが本人の口から語られる機会は、ついになかった。雫石龍磨殺害事件が迷宮入りするのと前後して、悠成も碓井徳幸とはすっかり疎遠になってしまったからである。

徳幸の野暮用とはいったい、なんだったのか。〈モルテ・グラツィエ〉の前で悠成たちと別れて、どこへ彼は向かったのか。

二十二年間、ずっと謎だったその答えが、いま明らかになる。そう思うと悠成は、睡眠中にもかかわらず、変な緊張をしてしまった。ここでうっかり目が覚めたりしたら、肝心のシーンが見られなくなってしまう。それは困る。せめて徳幸の目的地がどこなのかを確認するまでは眠り続けなければ。

やきもきしているあいだにも徳幸は、しっかりとした足どりで繁華街を抜ける。ひとけのない児童公園へ来ると、ポケットからライターとタバコを取り出した。

火を点けて、一服。まるで時間潰《つぶ》しでもしているかのようにゆっくり、ゆっくりと紫煙をくゆらせる。

吸い殻を靴の踵《かかと》で潰した徳幸は、やがて大通りへ出た。歩道を進む。

このルートだと一旦〈ホテル・サコチ・ハイネス〉へ逆戻りすることになるなと悠成が思っていると、なんと徳幸はそのホテルの建物へと入ってゆくではないか。あれれ？

フロントを素通りし、エレベータに乗り込む。すると野暮用というのは、雪花さんになにか用事があったのか？

たしかに一九八八年に携帯電話は、まだ一般的には普及していなかった。しかし公衆電話はあちこちにたくさんあるから、新妻と話したいのなら外からフロントにかけて客室に取り次いでもらえば済む。わざわざ直接ホテルまで戻ってくる必要もないように思われるのだが。はて？

悠成の戸惑いを尻目に徳幸は客室階でエレベータを降りた。部屋番号の案内表示を横目に、森閑とした廊下を進む。

〈８１３〉のナンバープレートの前に立ち、ドアをノックした。数秒遅れて、ロックを外す音が響く。

開いたドアの隙間から女の顔が顕れた。その大きな眼ぢからのある瞳《ひとみ》に射竦《いすく》められ、ショックのあまり悠成は、そこで目が覚めてしまった。「こ……こ」

コノちゃん？　と言おうとして、声の塊りが喉《のど》の奥に詰まる。ホテルの客室で徳幸を迎え入れたのは、なんと、彼の新妻の妹、乗富木香ではないか。

二〇一〇年に戻ってきても、衝撃はいっこうに軽減されない。挑むように吊《つ》り上がった木香の双眸の残像が、悠成の網膜に焼きついている。

あれはブラジャーだろうか、それともキャミソールだろうか、肩に掛けられた黒いストラップから露出した鎖骨や二の腕、その浅黒い肌から、いまにも彼女の体熱で蒸発する汗が匂《にお》い立つかのようだ。

木香の表情から推し量る限り、徳幸が一方的に彼女のところへ押しかけた、という雰囲気ではない。むしろ彼女のほうもその気満々で待ち受けていた、という印象。

事前に示し合わせての密会なのだろう。なるほど、道理で。徳幸が〈モルテ・グラツィエ〉でコーヒーしか飲まなかったのも納得。木香との肉弾戦を控えてアルコールはセーヴしていたわけだ。にしても翌日には雪花と新婚旅行へ出発しようという夜に、彼女の実の妹と逢瀬《おうせ》とはまた、なんとも大胆というか。インモラルの極みというか。

いつの間にふたりは、そんな禁断の関係に陥っていたのだろう。もちろん〈迫知学園〉在学中は同じ吹奏楽部だから、親しくなるチャンスはいくらでもあった。徳幸がトランペット、木香はフルートと担当楽器はちがうが、生徒たちは別にパートごとに互いに隔離されていたわけではない。しかし木香と同じフルート担当だった悠成としては、どうしても釈然としない気分になってしまう。

徳幸は木香より三つ歳上だから、ふたりの中等部高等部を通してのクラブ在籍期間は三年間しか重なっていない。いっぽう悠成は彼女のふたつ上だから都合、四年間いっしょだった。担当楽器が彼女と同じで、共通在籍期間が徳幸よりも一年間長い自分のほうが木香と親密になれるチャンスはもっとたくさんあったはずなのに、という理不尽な思い、いじましい口惜《くや》しさが湧いてくる。己れの嫉妬の念の予想外の激しさに気づいた悠成は呆れ、失笑してしまった。おいおい、なにをいまさら。

たしかに木香の、円みのない鉛筆のような細い身体つきは、男によってはぎすぎすし過ぎと敬遠するかもしれないが、女の子っぽい可愛《かわい》げに欠ける分、バタ臭い面差しのエキゾティックなムードがあった。ある種、二次元的にデフォルメされたかのようなスタイルのシャープさは将来の爆発的な色香の萌芽《ほうが》を予感させたし、事実、二十六歳の彼女は十代の頃に比べると格段に小悪魔的なフェミニンさを増していた。

あの肉体を、密室に籠《こ》もって思うさま貪る徳幸に対する嫉妬と羨望の念を、悠成としては抑え切れない。二十一世紀となったいま、どこでどうしているか知らないが、もしも健在ならば木香も、もう四十八歳か。さぞや熟れ落ちんばかりの、いい女に成長しているんだろうな、とピンク色の妄想に浸りかけて悠成は、はたと我に返った。

もやもやと埒《らち》もなく興奮している場合ではない。いまは、もっと真剣に考えるべきことがある。アリバイだ。事件のアリバイ。一九八八年、十月のあの日の。

徳幸はあの夜、ずっと悠成たちといっしょにいたと警察には供述した。悠成も陸央も、そして惣太郎も口裏を合わせて、徳幸のアリバイを偽証した。

まさか、徳幸が龍磨殺しの犯人なんかであるはずはないと信じていたからこそだが、正直なところ、少し不安でもあった。問題の夜、徳幸がどこでどうしていたか、ついに教えてくれなかったからだ。が、長年のもやもやも、これですっきり解消できた。

徳幸がよりによって花嫁の妹と不適切な関係にあったというのは超弩級《ちょうどきゅう》のショックではあるが、ともかく〈ホテル・サコチ・ハイネス〉にいた彼に犯行が不可能だったのはたしかだ。その事情は、徳幸といっしょに客室に籠もっていた木香も同じ。少なくともこれで二名、確実に容疑者リストからその名前が消えたわけだ。

となると……悠成は俄然《がぜん》、賀集惣太郎のことが気になり始めた。

実は惣太郎も、男だけの四次会には同席していない。〈モルテ・グラツィエ〉の前で徳幸が野暮用だと言い置いて立ち去った後、三人で一旦は、陸央がボトルキープしている〈OPリキッド〉というバーラウンジへ向かったのだが、その途中で惣太郎も離脱したのだ。「ごめん。ぼくもちょっと、ここで。あ。後で行くから」と通行人たちが男女問わず振り返りそうな蠱惑的《こわくてき》な微笑の残像とともに、夜の雑踏へと消えてゆく。

結局、陸央と悠成、ふたりだけで〈OPリキッド〉へ行ったのだ。店内はボックス席がどれもいっぱいで、たまたまふたつ空いていたカウンター席へ案内される。

「これも怪我《けが》の功名というか、あのふたりが抜けてくれて人数的には、ちょうどよかったのかな」と陸央はおもしろくもなさそうに軽口を叩《たた》いたが、従業員からおしぼりを受け取りながら悠成は気もそぞろだ。

「なんなんでしょうね？　スイさんも、ソーやんも」

碓井徳幸をスイさん、賀集惣太郎をソーやんと昔の通り名で呼ぶのもひさしぶりだ。陸央も含めた三人が悠成より一年早く卒業して以来だから、十一年ぶりか。

「決まってるだろ、そんなの。男が野暮用、つったら、ひとつしかあるまい」陸央はネクタイを外した。「女だよ」

「え。女……って」冗談だろと悠成は思ったが、陸央の仏頂面から発せられると、そうは聞こえない。「お、女って。まさか。ソーやんはともかく、今日結婚式を挙げたばかりのスイさんが？　あ。いや、ソーやんだって、どこか偉いさんのお嬢さまと婚約した、とか言ってたじゃないですか」

「だからこそ、だろ。結婚したり、結婚が決まったりした途端《とたん》、他の女へ目がゆく。それが男の性《さが》ってもんで」

「でも、だ、誰なんです？　具体的な心当たりでもあるんですか、美濃越さんは」

陸央の十代の頃の、コッシーという愛称で呼ぶのは思い止《とど》まる。昔は先輩でも気安くそう呼べたが、おとなになってみると、なんとなく抵抗がある。

さきほど徳幸をスイさん、惣太郎をソーやんと、すんなり呼べたのとは対照的だ。その相違がなにに由来するのか、悠成は自分でもよく判らない。

「こういうのはたいてい、身近な存在と相場が決まっている。存外、おまえも知っている女だったりして、な」

「おれも知っている……ですか」

まてよ。そうか。惣太郎のほうは未紘と逢《あ》い引《び》きするんじゃないか？　ふと、そんな考えが浮かんだ。

きっとそうだ。勤務先の親会社の社長令嬢、タマちゃんと婚約したものの、やはり惣太郎は未紘のことが忘れられないのだ。それでこうして、お互いに夜更かししても差し障りのない機会を選んで。なるほど。

しかし、惣太郎の場合はそれでいいとしても、徳幸は？　徳幸はいったいどんな女性と浮気しようというのだろう。わりと身近な存在で彼が手を出そうという気になるとしたら、それはどういうタイプの女かと真剣に考えている自分が、悠成はそのうち、ばからしくなった。

徳幸の野暮用が女だというのは、陸央の無責任な放言にすぎない。いくらなんでも挙式と披露宴を終えたばかりの新郎がその日のうちに、そんな野放図な暴挙には及ぶまい。そうだ。あり得ない。安手のメロドラマじゃあるまいし。そう納得した悠成はこのとき、それ以上、悩むのは止めたのだが。

あれから二十二年。夢のなかのタイムリープという不思議な能力によって、陸央の言い分が正しかったことが証明されてしまった。こうなると、同じ夜、惣太郎も悠成の推測通りに未紘と逢い引きしていたのかどうかを、この目で確認してみたくなる。

〈モルテ・グラツィエ〉の女性従業員、そして碓井徳幸に続き、なんとか賀集惣太郎の身体にも憑依できないものだろうか。その後、何日間か、就寝するたびに意識を一九八八年の十月に集中させてみたが、思うようにタイムリープ現象は起こってくれない。

たまに起こっても、自分がいつ、どこの誰になっているやら、よく把握できなかったりする。どうやら過去への遡行はランダムであり、特定の時代や人物をピンポイントで狙えるわけではないようだ。

またそのうち、あの夜の〈モルテ・グラツィエ〉へ行けるだろう。そう期待していたら、ある夜、念願通りの舞台へとタイムリープすることができた。しかし悠成が憑依したのは、希望通りの人物ではなかった。

「先生、なんだかまるで、実際にその部屋へ行ったことがあるみたいですね」

皮肉っぽいのか無関心なのか、いまいち判別のつかない口調と表情の陸央が真正面にいた。斜め向かいが乗富木香。隣りには碓井徳幸が座っている。壁際のテーブルの、いちばん奥に座っていた、この人物は。

灯子だ。悠成はいま、一九八八年、十月のあの日の、四十二歳の雫石灯子の身体のなかに入っている。

「実際に行ったことなんてないけど、駅前の〈中央レジデンス〉といえば、みんなの憧れじゃない。ね」と、はたして悠成の視点人物は陸央にそう反論した。彼女に憑依して内側から聴く灯子の声は、やはり響き方に微妙な違和感がある。

いや、声のことなんてどうでもいい。悠成が抱いてきた灯子のイメージは、この時点ですでに瓦解《がかい》レベルで激変していた。

そもそもこのタイムリープ現象に気づくきっかけとなった、洋書を模した文箱。あのなかに入っていたモノクロのヌード写真も衝撃だったが、あれについては精神的未熟さに付け込まれて撮影されたのではないかとの同情的な想像の余地がまだしもあった。が、この〈モルテ・グラツィエ〉内での灯子は尋常ではない。彼女のテーブルの下に隠れての振る舞いは、もはや正気の沙汰ではない、と言ってもいいくらいだ。

ハイヒールを脱いだ爪先で左隣りの徳幸の足首をもぞもぞいじっていたことは、先だってその徳幸に憑依したときに知った。それだけでも驚きだったが、なんと灯子は、真向かいに座った陸央にも同じことをしているのである。

裾をずり上げて、ズボンのなかに潜り込んだ彼女の足が陸央の向こう脛《ずね》の下あたりにぐりぐり、ぐりぐりと擦りつけられる。もちろん灯子も、悪戯《いたずら》されている陸央も素知らぬふりをしているから、テーブルの下でそんな淫猥《いんわい》な行為が進行しているとは他の者は気づいていない。

仮にも昔の教え子に対してこんな淫らがましい真似に及ぶなんて。トーコ先生って、もしかしてアルコールが入るとエロティックに変貌《へんぼう》する質《たち》だったのだろうか？　ということはもしかして、このとき仮に自分が彼女の隣りか真向かいに座っていたとしたら……悠成としてはどうしても、そんな想像をしてしまう。

こんなふうにテーブルの下でこっそり、ストッキングに包まれた足をぐりぐり、押しつけられていたんだろうか。真向かいの席で脚を伸ばしやすいせいなのか、灯子の悪戯は徳幸よりも陸央に対して執拗《しつよう》な感じだ。しかも彼女の爪先は彼の内股《うちもも》を伝って、局部にまで迫ってきたりする。もしも二十八歳のときの自分がこんな真似をされたら、座ったまま下着のなかに暴発した挙げ句に、へたり込んで立ち上がれなくなるかもしれない。そう思うと悠成は、あさましいと自戒しつつも、灯子を抱ける立場にある男、すなわち彼女の夫の身体に再度憑依できないものかと切望してしまう。

男好きする肉感的な身体つきではあるものの童顔で、どちらかといえば性的にはうぶそうなイメージを勝手に抱いてきた灯子が、まさかこんな、淫らがましいゲームに興じる女だったとは。その彼女のなかで悠成が茫然自失《ぼうぜんじしつ》しているあいだに、〈モルテ・グラツィエ〉での三次会はおひらきとなる。

「あんまりハメを外しちゃだめよ、スイくん。明日はもう、ハワイへ出発なんだから。花嫁を待たせすぎないように。ほどほどに、ね」

四次会へ流れるという男性陣と別れた女性四人は〈ホテル・サコチ・ハイネス〉の方角へと連れ立って歩く。

先頭の雪花が三人を振り返った。「ミイも木香も、もういいよ。トーコ先生も。あたし、ひとりでホテルへ帰れますから」

「だいじょうぶだいじょうぶ」と灯子。「あたし、タクシーで帰るから。ホテルの前のほうが拾いやすいでしょ」

「そっか。そうですよね。ミイと木香はどうするの」

「あたしもタクシー」

「じゃあ、いっしょに乗ってゆく？」灯子は笑って、木香の肩と背中に触れた。

そんなボディタッチにしても二十二年前ならば単なる親愛の情を示す仕種以上のものではなかっただろうが、灯子の別の顔を知ったいまでは、なんだかひどく卑猥《ひわい》に感じられて仕方がない。しかも悠成は、灯子の手を借りてとはいえ、直に木香の身体に触れるのは五十年の人生において、このときが初めてだったのだ。

「いえ、方向が逆なんで」

「そうだっけ。ていうか、コノちゃん、いまはどこに住んでいるの？」

「実家です。両親と」妹の代わりに雪花が答える。「それをいいことに、この娘《こ》ったらお給料を全部、自分のお小遣いにしてるんですよ。優雅でしょ。たまには食費くらい、家に入れなさいって」

「お小遣いじゃなくて、貯金です」

「そんな、きれいごと言って」

「まあまあまあ」どさくさまぎれに灯子は雪花の身体にも、いちゃいちゃ、いちゃいちゃ触りまくり。「すぐに家から出てゆくことになるわよ、彼氏ができて。存外、お姉ちゃんに続いて妹も年内に電撃結婚、なんてサプライズがあったりして」

「ないですないです。そんなこと。この娘、無駄に顔だちが濃いせいか、けっこう遊んでると思われるみたいなんだけど、まあ実情は、奥手もいいところですから。こと男性に関しては」

「そこはお姉ちゃん、理想が高いんだ、って言って欲しいな」

「そういえば、コノちゃんの理想のタイプって？　どんな男が好みなの」

「もちろん、スイ先輩」

「あらッ。あらららららら。えー、なんと。よりにもよって新婦である姉の面前で、まさかの問題発言」

「ちがいますよ。だって理想だからこそ、義理の兄としても認められるんじゃないですか。でなかったら、あり得ない。お姉ちゃんに相応《ふさわ》しくない男だったりしたら、結婚だなんて、赦《ゆる》せません」

「おーっ。なるほどお。そうよね。うん。なるほど。正論よねえ」と灯子は感心しきり。二十八歳のときの悠成なら彼女と同じような反応をしていただろう。

しかし徳幸との密会を目撃してしまった身としては、実の姉に奥手と評されながらの木香の裏の厚顔ぶり、大胆不敵さに、ただただ圧倒されるばかりだ。

「なにしろ、将来の共同経営者になるかもしれないんですから。人柄は、ちゃんと見極めておかないと」

「なんのこと？　共同経営者って」

「他愛《たわい》もない夢のお話ですよ」雪花は少々苦笑気味。「いつか姉妹で、小さくてもいいから喫茶店とか、すてきなカフェをやれたらいいね、なんて」

さきほど木香が「貯金」と言っていたのは、その開店資金のためだという。

「お店の名前は、あたしたちの名前を使うんです」対照的に木香は大真面目だ。「両方並べて。でも、そのまま、ゆかこのか、じゃなくて、読み方は、ゆきばなこのか、でもいいかなあ、って」

「ゆかこのか、のほうが好きだけどな、あたしゃ」それまで黙々と歩いていた未紘が、ぼそりと割って入った。「語呂《ごろ》がいいもの。可愛いし。ゆきばなこのか、ってのは、なんかちょっと、くどい」

「どうせなら、そういうんじゃなくて」と雪花。「もっとお洒落《しゃれ》な横文字とかがいいな、あたしは。ね、ミイ。なにか考えてみてよ。せっかく英語の先生なんだから」

一九八八年のこの時点で、教職に就いていたのは未紘と悠成。教科は同じ英語だが、未紘の勤務先は県立迫知南高等学校。

ちなみに悠成はこのとき〈迫知学園〉で灯子と同僚だったわけだが、教科がちがい、職員室も別々のせいか、学校で顔を合わせることは滅多《めった》になかった。

「いや。いやいやいや。あたしゃ別に、セッカのお店の名前、考えてあげるためにわざわざ外語大、行ったわけじゃないし」

雪花をセッカという綽名《あだな》で呼ぶのは同級生の未紘だけ。実は雪花は〈迫知学園〉時代、厳密には吹奏楽部に所属していない。

未紘と小学生の頃から仲が好かった雪花は、あくまでも親友の個人的サポートのつもりで練習や合宿の差し入れをしたり、定期演奏会で照明の裏方などを務めたりしていた。それが六年間、妹の木香が入部してからもずっと続いたため、雪花本人はなんの楽器にも触れぬまま、クラブのマネージャー的存在として認知されることになる。その縁で、ひとつ下の徳幸とも親密になり、結婚に至った、というわけだ。

「だいたい安直に英語にしたって、ダサいだけだよ。スノーフラワー、ツリースメル、とかって」

「そんな、工夫のかけらもない直訳なんかじゃなくて、もっと、すぱっとシンプルに。お洒落な横文字を考えてくれ、って言ってるのよ。英語じゃなくても、例えばフランス語とかでもいいから」

「なんだよ、フランス語って。アルブルなんとかにでもするのか」

「雪って、フランス語でアルブル？」

「じゃなくて、そっちは木で。あーもう。めんどくせー。自分で考えろって、そんなの。辞書ひいて」

「冷たいなあ。いいよもう。ユウくんにでも頼んじゃお」

おいおい、安易に英語教師つながりかよと、灯子のなかの悠成が苦笑していると、雪花の口から意外な科白が続いた。「そういや、どうすんの、ミイ。あれからなにか、進展はあったの？ユウくんとのこと」

え？　おれとのこと、って……どういう意味だろう。悠成が戸惑っていると、未紘はさらに輪をかけて、とんでもないことを口にした。

「なにもない。いつまでも待っていたところで、なんにもあるはずがないよ。あの朴念仁な性格じゃ。んなこた、ずっと前から、ようく判っているつもりだったんだけど。もうあたしも三十だしさ。いい加減、手をこまねいているのにも、飽きた。ここらでちょっくら、なにか積極的に仕掛けてやろうかな、と。こちらから」

「ミイからって、具体的にはどうするの。夜這いでもかける？」

「とはまた、大時代な。でもまあ、要するにそういうことだわな」

ちゃらり、とチェーンの音をたて、未紘は上着のポケットからなにかを取り出した。

「なにそれ」

「見てのとおり。ホテルのキー。部屋をとってあるんだ、今夜のために」

えッ、と頓狂《とんきょう》な声が上がった。木香だ。一瞬、棒を呑《の》んだかのように硬直し、足が止まる。「え。ホ、ホテル？　部屋をとった、って。どこに？」

「いま、みんなで向かっているシティホテルでございますよ、もちろん。ご休息の類《たぐ》いじゃなくて」

「へーえ。ほほお」灯子は鼻息も荒く、未紘を抱きしめんばかりにして、その手もとを覗き込む。「じゃあ、これからそこでユウくんと待ち合わせ、ってわけ？」

「ていうか、まあ、ね。うまくいけば、今夜中には来てくれるかもね、という程度のものなんですが」

さすがに毒気を抜かれたのか、眼を瞠っている雪花に再度ルームキーの部屋番号の部分を示しながら、未紘は肩を竦めた。

「心配ご無用。セッカとスイの泊まる部屋は、たしか十二階だろ。ほら。あたしがとったのは七階だから。安心なさい。ユウのやつが来てくれたとしても、おふたりの邪魔はいたしませんとも。ええ。決して」

「ばか。そんな心配、誰がするか。でも、よかったわ。うーん。よかった、と言ってもいいのよね、これは。つまり、ミイが自分の長年の想いに関して、そこまで素直になれたんだ、という意味で」

「ユウがどう感じるかは別の問題だけど。こんなウドの大木みたいなブスに手込めにされるのは正直ごかんべん、かもね。逃げられたらそれまでさ。ま、どうなったかの結果は、おいおいと。あたしがわざわざ報告せずとも近日中、おのずとみなさんの知るところとなるでありましょう」

なんなんだ、これは……女性陣の一連のやりとりに悠成は、ただただ呆気《あっけ》にとられるばかり。額面通りに解釈するならば、未紘はこれまでずっと、自ら据《す》え膳《ぜん》を差し出すのも厭《いと》わないほど悠成に想いを寄せ続けている、ということのようだが。しかし。

しかし、そんなばかな。あり得ない。未紘のそんな、熱烈な思慕など悠成は微塵《みじん》も感じたことがないし、だいいち、もしもそうならば惣太郎はどうなるのだ。

未紘が〈迫知学園〉を卒業した後も、休日に帰省しては部活に顔を出したり、夏の合宿に帯同したりしていたのは、あれは惣太郎のためではなかったのか？　まさか、それもすべて悠成のため？

あ。まてよ、惣太郎が卒業した翌年の夏合宿にも、たしか未紘は帯同していたっけ。高等部三年生だった悠成は、自分にとって最後の年のコンクールで地方大会予選を突破できず、べそべそ泣いているところを彼女に慰めてもらうひと幕があったため、けっこう印象に残っている。が、あのとき帯同していたＯＢの面々には未紘だけではなく陸央もいたため、これまでその事実に、あまり深い意味を読みとったりはしてこなかったのだが……もしかして彼女。

もしかして未紘は、女子大生になってからも、寸暇を惜しんで郷里へ、ふたつ歳下の後輩である悠成に会いにきていたのだろうか。表面的には惣太郎の世話焼きを装って？

それはともかく悠成にとって、もっとも不可解なのは他の三人の女性たちの反応だ。彼に対する想いをあけすけに吐露する未紘に、誰も驚いていない。

木香はひそかに仰天《ぎょうてん》しているようだが、それはあくまでも未紘がこの夜〈ホテル・サコチ・ハイネス〉に泊まることになるという不測の状況に対して、だ。木香はこれから同じホテルで徳幸と密会する予定なのだから万一、未紘とロビーや廊下で鉢合わせでもしたらどうしよう、と危ぶんでいるのだろう。

そんな木香にとってさえ、未紘の悠成への懸想ぶり自体は、すでに周知の事実ということらしい。つまり長年、未紘と惣太郎が公認のカップルだとばかり思い込んでいたのは、悠成ひとりだけだったのだ。男性陣がどう考えていたかは未確認なものの、惣太郎本人が未紘との関係を特別視していないのだとしたら、同い歳の徳幸も陸央もその認識を共有していると解するのが妥当だ。

なんてこった。灯子の身体のなかで悠成は激しい疎外感、そして後悔を味わう。ミイさん、ほんとにそんなに、おれのことが好きだったの？　そうと知っていれば、またちがう人生があったかもしれないのに、と恨めしい気持ちを持て余す。が。

どうも変だ。なにかまちがっていないかと嫌な違和感がまとわりついてくるのだが、それがなにに起因しているのか、なかなか特定できない。

未紘の悠成への好意云々《うんぬん》はさて措《お》いて、もしも彼女がこの夜〈ホテル・サコチ・ハイネス〉に部屋をとっていたのがほんとうだとしたら、少々おかしな話になる。

未紘が具体的にどうやってホテルへ想いびとを呼び寄せるつもりだったのかは判らないが、〈モルテ・グラツィエ〉を出て〈OPリキッド〉で陸央とふたりだけで飲みなおした後、悠成はホテルへは行っていない。これは厳然たる事実だ。

従って未紘は七階の客室で、現れるはずもない悠成を待ちわびながら、ひとりで夜を過ごした、ということになる。しかし、それは雫石龍磨殺害事件にあたって、未紘が警察の事情聴取に対して供述したとされる内容とは喰《く》いちがっているのだ。

ええと。たしか、そうだった。喰いちがっていた。が、どういうふうに喰いちがっていたんだっけ。悠成が記憶を探っているあいだに女性陣は〈ホテル・サコチ・ハイネス〉に到着した。

「じゃあみんな、元気でね」玄関前のアプローチで灯子はタクシーに乗り込む。「さあて。次に会うのは誰が結婚するときかしら。あ。コノちゃん、ほんとに乗っていかなくてもいいの？　なんならお宅のほうへ回ってゆくわよ」

「ほんとにだいじょうぶです。お姉ちゃんの部屋に荷物を預けてあるので、それを取りにいかなくちゃいけないし」

「ん」眉根を寄せた雪花、すぐに眼を瞬《しばた》き、頷いた。「あ、あれね。忘れてた」

「じゃあ、おやすみ。ミイちゃん、がんばってね。いいお知らせ、期待してる。ユウくんに、よろしく」

タクシーのドアが閉まった。「駅前の〈中央レジデンス〉へ」

灯子のそのひとことで、二十二年前の記憶を探るのも忘れ、悠成は困惑してしまう。

え？　てっきり雫石邸へ直行するものと思っていたのに。寄り道か？　仮にそうだとしても、なんで〈中央レジデンス〉なんだ。いまから行ってももちろん、徳幸と雪花夫妻は不在だ。それとも他に知り合いでも住んでいるのだろうか？

後部座席のシートにゆったりと身をあずけ、車窓へ向けられる灯子の眼を通して、悠成も後方へ飛びすさってゆく夜景をぼんやり眺める。

「お客さん、あのマンションにお住まいなんですか」

なんだかもの欲しげに訊いてくる運転手に灯子は「ちょっと知り合いに借りているの」と、そっけなく答える。

知り合いに借りている？　誰だろう。夫の雫石和歩の親戚《しんせき》とか、関係者だろうか。

運転手との会話も弾まぬまま、やがて〈中央レジデンス〉に着いた。タクシーから降りた灯子は至極当然のように鍵を使って、共同玄関から豪奢《ごうしゃ》なエントランスホールへと入ってゆく。

自分が初めてこのマンションを訪れるせいもあるのか、ずいぶん手慣れた印象を受ける。そんな悠成を尻目に、灯子はエレベータに乗り込んだ。

五階で降りると、五〇一号室へ。『菖蒲谷《しょうぶたに》』という表札を横目に、灯子は再び鍵を使って室内に入った。明かりを点け、ベッドのある部屋に引出物などの荷物を置く。そのすべての動きが澱みない。

極めつけは化粧を落とし、全裸になって風呂に入り始めたことだ。どこからどう見てもゲストというより、住人の所作である。すると灯子はこの〈中央レジデンス〉五〇一号室に住んでいるのだろうか？　表札にあった菖蒲谷なにがしから借りて？

しかし悠成は合点がいかない。なぜわざわざ自宅以外に住居を構えたりするのか。

雫石家には他の吹奏楽部員たちといっしょに何度も訪問したことがあるが、完全防音の楽器室などを完備した豪邸だ。いつ如何なるときにも多数のゲストに余裕で対応できる部屋数も半端ない。灯子にしろ他の家族にしろ、セカンドハウスの必要性なんかあるとは思えないのだが。それとも灯子にとって、自宅は独りで過ごすには広すぎるとか？　なので今夜だけ、こちらで泊まるとか。そういうことなのだろうか。

いや。おそらく理由は、もっとシンプルだ。悠成はそう思いなおす。灯子は、この部屋を夫以外の男との逢い引きに使うつもりなのだ、と。

これが二十二年前の悠成ならば、まちがってもそんな発想は湧いてこなかっただろう。しかし灯子という女の、見かけによらず性的に奔放な側面を目の当たりにしてしまうと、もはやそれしかあり得ない、という気になってくる。

ともかく、これでひとつ、はっきりした。それは灯子のアリバイだ。

当時二十歳の雫石龍磨が何者かに殺害されたのは一九八八年、十月。碓井徳幸と乗富雪花の挙式と披露宴が執り行われた日の翌朝、未明。

日付が変わってから午前三時頃に、警察に匿名で「雫石邸内に若い男が倒れている。どうやら死んでいるようだ」との内容の通報があった。警官が現場に駈《か》けつけてみると、照明を点けっぱなしのリビングの床に龍磨がうつ伏せに倒れていた。

頸部《けいぶ》にネクタイが巻きつき、こと切れている。頭部にはなにかで殴打されたとおぼしき裂傷も認められ、検視の結果、直接の死因は首を絞められたことによる窒息。発見時、死後わずか三十分から一時間と推定された。

現場にあったポーチのなかの、東京の私立大学経済学部の学生証により、被害者の身元は現場となった家の世帯主の息子、雫石龍磨であると判明。しかし邸内には、通報者も含めて、他の関係者の姿が見当たらない。

警察が、ようやく最初に接触できた遺族は灯子だ。遺体発見から約六時間後の朝、九時頃、彼女はタクシーから降り立った。黄色い規制線の張り巡らされた我が家の前に。

警察は当初、龍磨の他殺体が雫石邸内で発見されたことの重要さには、まったく着目していなかった。なにしろ被害者は世帯主の息子なのだから、彼が実家にいてもなんら不思議ではない、と。現在は東京で学生生活を送っていると聞かされても、犯行時にたまたま帰省していただけの話だろうと、普通は誰しもそう考える。

龍磨は〈迫知学園〉中等部修了後は県外で独り暮らしで、大学生になると同時にそのまま生活拠点を東京へ移した。全寮制の高校への入学をきっかけに家族と距離をとるようになった彼は盆、暮れ、正月すらも、関係者が憶えている限りでは迫知に一度も帰ってきていない……そんな複雑な家庭内事情が明らかになるにつれ、事件は俄然、奇妙な様相を呈し始める。

欧州演奏旅行中の父親、和歩も、修学旅行中だった妹、里桜も、そして継母の灯子も誰ひとり、龍磨が迫知へ舞い戻ってきていることを知らなかった。そんな予定があったことも、まったく聞いていない。

警察の調べでは、事件の前々日まで龍磨が東京にいたことは確認されている。前日に迫知に到着した夜行バスに、龍磨らしき人物がひとりで乗車していたことも判った。が、その後の足どりが、はっきりしない。

家族とも、まったくと言っていいほど連絡をとっていなかった彼が、なぜ突然、帰省したのか。その目的が不明なのだ。

誰かと会う約束でもあったのか。しかし警察が調べても、それらしき人物は浮上してこない。実家以外で龍磨が立ち寄ったとおぼしき場所も見つからない。

もしかして彼は、中学時代に片想いしていたとされる長瀧沙椰に会おうとしていたのではないかという意見も当然出たが、これもあり得なかった。沙椰はこの時点で外資系商社に勤めるビジネスマンと結婚していて、オーストラリア在住だったからである。結局、龍磨がどういう経緯と事情で迫知にいたのかというこの疑問は事件の迷宮入りに伴い、大きな謎として残ってしまう。謎といえば、遺体のことを警察に知らせた通報者の素性も、ついに判明しないまま終わった。記録によれば通報は、現場となった雫石邸から徒歩で十分ほど離れたところにある電話ボックスから為されている。この電話をかけたのは、いったい誰だったのか。それは、通報者は犯行に関係している人物か否か、という問題でもある。

犯人の素性について真っ先に検討されたのは居直り強盗説だったが、早々と否定されている。雫石家から失くなっているものがなにもなかったことに加え、やはり通報の件が大きい。たしかに、ゆきずりの第三者がかかわり合いになるのを忌避して匿名にしたという可能性も完全にゼロではないが、時間帯からして通りすがりの部外者を想定するのは無理があり過ぎる。やはり犯人、もしくは犯行に直接かかわった人物のはずだ。

では、そんな立場の人間がどうしてわざわざ警察に通報したりしたのか。遺体を早く発見させればその分、犯行時刻もかなり絞り込まれる。その限定された時間帯に、なんらかのかたちでアリバイを確保できれば容疑圏内から逃れられる、と。そんな思惑が働いたのではないか。

逆に言えば犯人は、雫石龍磨が殺害されたらすぐに犯行を疑われる立場の人物だ、ということでもある。

東京で家族とも実質的に縁を切るかたちで学生生活を送っていた龍磨が、どういう事情で実家に来ていたのかは不明だが、身内すらその動向を把握していなかった以上、犯人が被害者と接触するために雫石家に出向いたというシチュエーションは想定しにくい。おそらく犯人にとって、雫石家で龍磨と鉢合わせするのは、まったく予想外の出来事だったはずである。

龍磨に不法侵入を咎められた犯人は、そんな意図はなかったのに、言い逃れができず、争いの末、彼を殺してしまう。大まかには、そういう経緯だったのではないか。

では犯人はそもそも、どういう目的で雫石邸に侵入していたのか。これは現場がその夜、無人になるはずだと思い込んでいたのか、それとも灯子が独りで留守番だという前提でいたのか。犯人が、どちらの心づもりだったのか、が重要なポイントとなる。

無人のつもりだったのなら、これは窃盗目的でほぼまちがいないだろう。では灯子が独りでいるはずだという前提で、敢えて不法侵入した場合はどうなるか。

犯人は灯子に対する害意があった。すなわち性的暴行目的か、あるいは殺害目的か。いずれにしろ雫石灯子と顔見知りで、多少なりともかかわりのあった人物である可能性が極めて高い。

碓井徳幸と乗富雪花の挙式披露宴の後の三次会に出席したメンバーたちの存在が俄然、クローズアップされることになったのは、このためである。

「今日からあたし、おうちでひとりぼっちなのよお」という灯子の言葉を聞いていた碓井徳幸、乗富雪花、賀集惣太郎、乗富木香、藤得未紘、美濃越陸央、そして田附悠成。動機の有無はともかく、この七人のアリバイは特に念入りに調べられることになる。

もちろん灯子本人だって、嫌疑対象外ではない。三次会の席で七人に伝えた通り、現場となった自宅で独りでいたのだとしたら、被害者と接触しなかったはずはなく、まぎれもない筆頭容疑者だ。

しかし灯子は警察に対して、三次会の後、自宅へは戻っていない、と供述している。当初は独りで留守番するつもりだったが、寂しかったので、三次会にもいた藤得未紘に連絡をとり、その夜のうちに再び合流した。そしてひと晩中、彼女といっしょにいた、と言うのである。いっぽう未紘のほうも、その灯子の主張を裏づける証言をした、と。当時は聞いていた……のだが。

そうか。ようやく悠成は嫌な違和感の正体に思い当たった。

二十二年前、灯子が自宅で独りの予定を変更し、未紘といっしょに朝までいたと警察に供述したという情報がどこから聞こえてきたのかまでは憶えていないが、ふたりがその夜を過ごしたのは未紘の自宅でだったのだろうと、そのときはなんとなく、そう思い込んでいた。未紘は当時、親戚の所有する2DKのアパートで独り暮らしをしているという話だったので、灯子はそこへ押しかけたのだろう、と。当然のようにそう解釈し、納得していた。これまでは。

しかし〈モルテ・グラツィエ〉での三次会の後、未紘が〈ホテル・サコチ・ハイネス〉に泊まったのだとすると、話はまったく変わってくる。

たしかに未紘は部屋を予約していることを、ホテルの前での別れ際に灯子たちに打ち明けている。従って、灯子が後で未紘に連絡をとろうと思えば簡単にとれたわけだが、実際にホテルに電話をかけてフロントに取り次いでもらった、などとはちょっと考えにくい。いみじくも灯子本人が「ミイちゃん、がんばってね」と激励した通り、未紘はその客室には悠成を呼び寄せるつもりだったのだ。おそらくふたりだけで夜を過ごすために。それを「いいお知らせ、期待してる」と煽っておきながら、のこのこ自分で邪魔をしにゆくほど灯子も掟破り《おきてやぶ》ではあるまい。

仮に事件の夜、灯子が未紘といっしょにいたというのが〈ホテル・サコチ・ハイネス〉の客室ではなく、いま灯子が風呂に入っている、ここ〈中央レジデンス〉五〇一号室だったのだとしても、疑問は残る。いくら灯子がホテルに電話をかけて、寂しいからこっちへ来てくれと頼んだところで、未紘がおいそれと応じるとは思えない。

たしかに悠成は三次会の後、ホテルには行っていないし、未紘に会ってもいない。未紘がひと晩中フリーだったのなら、灯子の気まぐれに合わせて彼女といっしょに過ごすことは物理的に可能だったわけだが、それはあくまでも結果論にすぎない。

もちろん未紘が、事前にホテルを予約したものの気が変わって悠成を呼び寄せるプランを早々と断念したとか、別の用事でホテルに連絡をとった灯子がたまたまそのことを知って合流する気になったとか、経緯はいろいろ想定できる。灯子と未紘の警察への供述内容は、そういう意味では一応成立するのだが、いろいろ裏の事情を知ってしまった悠成としては、どうにもすっきりしない。

もやもやしている悠成を尻目に、灯子は風呂から上がった。「うう、寒ッ。寒いぞ、ばかやろ」と悪態をつきながらタオルで身体を拭《ぬぐ》い、バスローブを羽織る。

すっぴんで洗面所の鏡を覗き込みながら「はやくう。はやく、はやくう。あっためて。ねえ。あたしのこと、あっためてよう」と鼻唄《はなうた》まじりに口ずさむ。

灯子の鏡像が、彼女のなかにいる悠成を、じっと見つめ返してくる。これほどの至近距離で灯子の顔を目の当たりにするのは初めてだ。垂れ気味の眠たげな印象しかなかった彼女の細い眼が、実は奥ぶたえだったことに気づいたせいもあるのか、のっぺりとした田舎臭いおばさん顔が、なんだか却《かえ》って女の生々しさを際立たせる。

「今日は何発。何発、ここへ入れられるのかしら、っと」アイドルソングのような節回しで呟《つぶや》きながら、灯子は歯を磨き始めた。「このお口で何発、何発。抜いたげようかしら、っと」

どうやらやはり、悠成の見立て通り、今夜はここで誰か男と密会する段取りとなっているようだ。となると、未紘といっしょにいたという警察への供述は結局、虚偽だったことになりそうだが。それとも、これからなにかがあって、灯子か未紘、どちらかがどちらかへ連絡をとるという展開になったりするのだろうか。まあ、このまま様子を見ていれば、そのうち判るだろう。

ペッと口を濯《すす》いだ水を吐き出すと、灯子は再び鏡を覗き込む。顎が外れそうなほど勢いよく突き出した舌の先端でぐるり、自分の唇を、べろりと端から端まで舐め回す。

それをあまりにもねっとり、ねっとりとくり返すものだから悠成は、まるで灯子に直に自分の顔面をねぶり回されているかのような錯覚に陥った。

「はやくぅ。いっぱいにして、ここ。がっぽがぽ。このなか。ぎっちぎちの、いっぱいに。あ。そうだそうだ」

無駄にメロディアスで淫猥な独り言を唐突に止め、灯子は踵を返した。ピンク色の巨大なナメクジさながらにぬめぬめ迫ってきていた彼女の舌がとりあえず視界から消えてくれて、悠成はホッとする。

「どこだっけ、あれは。えーと。うーん。あれれれ。どこだっけえ」

肩を揺らしてリズムをとりながら灯子は、さきほど引出物などの荷物を置いたのとは別の部屋へ移動する。

書物机に書棚。書斎のようだが、これまでの他の部屋と同じように生活感に乏しい。表札にあった菖蒲谷なにがしは、税金対策かなにかでここを所有しているだけで、普段は住んでいないのかもしれない。

「おっと、はい。はいはいはい。これこれ、これっと」

灯子はクローゼットの奥の衣装ケースを引きずり出し、なかで畳まれたセーターなどの層の下から、単行本ほどのサイズの封筒状のものをふたつ、取り出した。どちらも欧米人女性モデルのカラー写真がパッケージの表面になっている。

ブロンドのロングヘアの女性は黒いキャミソールとパンストの組み合わせの下着姿なのだが、よく見ると上半身と下半身の部分の生地が互いにつながっている。BODYSTOCKING WITH OPEN CROTCHとの表記からしてトップとボトム一体型のランジェリーらしい。

もういっぽうの袋も表面の英文字表記は同じだが、ブリュネットの女性モデルが装着しているボディストッキングは肩から手首までを黒いナイロン生地ですっぽり覆う、ロングスリーブタイプだ。灯子は躊躇《ためら》いなく、後者のビニール包装を剝《は》がした。

「寒いもんね、やっぱり。ま、いまだけ、っちゃ、いまだけだけど」

袋から黒いナイロン生地の塊りを引っ張り出す。生地を袋のかたちに合わせて四角形にまとめていた型紙を抜いて本体を拡げると、灯子はバスローブを脱ぎ捨てた。

手慣れた感じで、くるくる丸めた黒い生地に右足を差し入れてゆく。続けて左足を穿《は》くと、生地を胸もとまで引っ張り上げ、右手、左手と包み込んでゆく。

太腿や二の腕の部分の生地を指でつまんで寄せたり引っ張ったりして着心地を調整しながら、灯子はベッドのあるほうの部屋へ移動した。姿見の前に佇《たたず》む。

パッケージ写真のブリュネットの女性モデルと同じ、ロングスリーブタイプの黒いボディストッキングに全身を包み込んだ灯子の鏡像。モデルとの相違は、写真の彼女は黒い細紐《ほそひも》のパンティを穿いていたが、灯子のほうは股間の部分が露出している。

そうか。OPEN CROTCHって股《また》のところが開いている、という意味か。ようやくそう思い当たった悠成は、局部からはみ出る刷毛《はけ》のような灯子の黒い叢《くさむら》に眼を吸い寄せられる。

灯子は両掌を胸もとに掲げ、ゆらゆら上下左右に、はためかせた。中指の腹がナイロンの生地越しに乳首を焦《じ》らすように撫で、掠めてゆく。

己れの鏡像を見つめる灯子の眼は徐々に、とろんと赤く爛《ただ》れていった。少しガニ股気味に腰を落とし、自ら局部をまさぐる。右手で乳房を揉《も》みしだき、左手で叢の奥の襞《ひだ》を掻き分け、指で敏感な突起を探り当てる。ひゅううう、と笛のような喘《あえ》ぎとともに、舌で何度も何度も唇を舐め回しながら、腰を前後にグラインドさせた。

息遣いが荒くなるにつれ、灯子の五感が受信するものすべてが堰《せき》を切った奔流の如く悠成に襲いかかってくる。指の腹でいじられて勃起《ぼっき》する乳首と陰核が、痛みに似たむず痒《がゆ》さで膨張し、はち切れそうになる。ぴっちりナイロン生地に包み込まれた全身を無数の虫が這い回るかのような感覚に、悠成は灯子の頭のなかで、のたうち回った。

いまさらながら悠成は、この女の肉体がこれほどまでに待ち焦がれている男の素性が気になった。これから、どんなやつがここへ、やってくるのだろう。

彼女の快感は文字通り我がことのように味わえるのに、灯子の心の裡は読めない。灯子がいま思い描いている男とはいったい誰なのか、実際の来訪を待つしかない。つまり、このまま……はたと悠成は、とんでもないことに思い当たった。

このまま灯子の内部に留まっていたら、自分もまたその男に抱かれるという体験をせざるを得なくなるわけか、と。考えるだに、おぞましい。が、理性が踏《ふ》み止《とど》まろうとする気配はない。ただ押し流される。

灯子が手淫で絶頂を迎える。悠成もまた射精していた。実際に背筋を痙攣《けいれん》させて。そこで目が覚めた。

二〇一〇年。五十歳の自分に悠成は戻る。汚れた下着を替える気力もない。しばし虚脱したまま。

灯子は誰と逢い引きしていたのか、これでは判らない。重要なのはあの夜、彼女は結局〈ホテル・サコチ・ハイネス〉に泊まろうとしていた未紘と合流したのか否か、だ。ふたりの供述の信《しん》憑性《ぴょうせい》にかかわる問題が、いっこうに解明されない。

あ。まてよ、もしかしたら……ふいに悠成は閃《ひらめ》いた。ひょっとしてあの夜、灯子が〈中央レジデンス〉で待っていた男とは、賀集惣太郎だったのではあるまいか？

そう考えれば、二十二年前の惣太郎の、あの奇矯な言動にもなにがしかの説明がつく。そんな気がするのだ。

それは徳幸と惣太郎が離脱して結局、陸央とふたりだけで〈OPリキッド〉で飲んだ後のこと。陸央は、悠成が独り暮らししているワンルームマンションへ押しかけてきて飲みなおし、そのまま泊まっていった。

その日はともに仕事は休みで、ぐっすり眠り込んでいたふたりは電話のベルで起こされることになる。時刻は午前十一時頃。

といっても悠成は、万年床の枕元《まくらもと》の電話機に手が伸びなかった。ベルがどこか、ひどく遠いところで鳴っているような気がする。もぞもぞ布団から這い出ようと足掻《あが》くものの、思うように身体が動いてくれない。泥濘《ぬかるみ》の如き夢と現実の狭間に搦《から》め捕られて、なかなかはっきり目が覚めない。

「おい、だいじょうぶか」隣りで寝ていた陸央が、そう声をかけてきた。「代わりに出ようか？おれが」

「あ……頼みます」なんとか呻《うめ》くようにしてそう答えるのとほぼ同時に陸央が受話器を取り、ベルの音はやんだ。それに呼応するかのように、ようやく悠成の意識も、はっきりしてくる。

「もしもし？」布団から這い出て、あぐらをかく陸央の横顔が目に入る。

悠成はその途端、雷に撃たれたかのような激しいショックを受けた。慌てて顔を背けてしまう。

うわわ、なんてこった。ひどい夢を見ちまった。肌と肌をぴったり重ね合い、舌と舌、唾液《だえき》と唾液を搦ませ合っている感触が驚くほど鮮烈に甦り、悠成はほとんどパニックに陥ってしまった。

よ、よりによって……よりにもよって、美濃越さんに抱かれる夢なんかを見てしまうとは。うわあ。

やっぱり、ひと組しかないから仕方がなかったとはいえ、同じ布団で寝たのが、まずかった。酔っぱらっているときは全然気にならなかったのに、窓から射し込んでくる陽光の下、半裸姿の男がふたり、互いに密着している構図はなんとも気色悪いというか、滑稽《こっけい》というか。

そもそもこんな狭い六畳一間のワンルームに他人を泊めること自体、無理があるんだ。次回からは、たとえどんなに酔っぱらっていても、どんなに頭の上がらない人物から伏し拝まれたとしても絶対に泊めるのは断るぞと悲壮な気分で決心する悠成はこのとき、陸央とセックスしたのは単なる夢だ、とばかり思い込んでいたのだが。

「ああ、はい。うん、おれ。いや、まちがっちゃいない。ここはユウんちだ。昨夜は泊めてもらってさ」悠成の不穏な胸中などどこ吹く風、陸央は受話器を持ちなおして大きなあくびを洩らした。「ん。どういう意味だ、ちょうどいい、とは……え？　なに、いまからか？　えと。ちょっと待て」

陸央は一旦、受話器を耳から外した。「惣太郎なんだが」

「ああ、はい」ようやく羞恥《しゅうち》の念が消えた悠成も、まともに頭が働き始める。「どうしたんですか」

「会いたい、と言ってる」

「はい？」

「いまから来る、って」

「来る、って。え。ソーやんが？　ここへ、ですか。いまから？」

受話器を下着のシャツの胸に当てた姿勢で陸央は頷いた。「なんだかよく判らんが。頼みたいことがあるんだと」

「頼みたい、って。おれに？」

「おまえに。ついでに、おれにも、みたいな口ぶりだが」

「なんなんですか、いったい」

「さあ」

「まあ、おれは別にいいですけど」

「もしもし」陸央は受話器を耳に戻す。「ユウもＯＫだと。じゃあ、えと」枕元の自分の腕時計を見た。「どこかで昼飯でも。〈マーメイド〉？　判った。うん、近くだしな。じゃあ後で」

〈マーメイド〉は〈迫知学園〉の近所にある喫茶店で、悠成たちも在学中からよく利用している。飲食店への出入りは校則で保護者同伴を義務づけられていたが、クラブ活動の帰りに生徒たちだけで立ち寄っても注意されたりしたことは一度もない。

「なんなんでしょう、頼みって」

「金を貸してくれとか、そういうんじゃなさそうだったが」

いつもの仏頂面のせいですぐには冗談だと判りにくい陸央のそのひとことで、前夜の惣太郎の逆玉の輿の件を悠成は連想する。

「それどころか、いまやお金を貸してもらいたいのはこちらのほうですよね。なにしろ、あちらはもう経済的には困らない身の上で。あ。そうか。もしかして、アリバイの口裏合わせでも頼みたいのかな」

陸央は眉根を寄せた。「なんだって?」

いつもの無表情のままだったせいで、その声音が微かな緊張を孕《はら》んでいることに悠成は気づかない。

「だって昨夜、ソーやん、結局来なかったじゃないですか、〈OPリキッド〉に。来ると言っておきながら。どこへ行ってたんでしょう」

「あいつがどこへ行っていたと言うんだ、おまえは」

「それは他にあり得ないですか」な。って。いや。いやいや。女のところだろ、って言ったのは美濃越さんじゃ
「女のところだとして、具体的には誰のことを念頭におまえは、そう言っているのか、と訊いているんだが」

「それは……」ようやく陸央の表情の硬さに気づき、逡巡《しゅんじゅん》を覚えたが、いまさら止められない。

「ミイさん、じゃないですかね、やっぱり」

「昨夜、惣太郎が〈OPリキッド〉へ来なかったのは、ミイと、どこかへしけ込んでいたから、か?」

「もしもほんとうに浮気していたのなら、いちばんありそうなのはミイさんでしょ。というか、ソーやんなんだから、ミイさんしかいないような気が」

「だったとしても、そのことであいつがおれたちに、なにを頼むんだ」

「だから、昨夜のアリバイですよ」

「アリバイって、なんだ。いったいなんの、誰に対するアリバイだ」

「もちろん婚約者に対するアリバイですよ。八頭司さんでしたっけ。勤務先の親会社の社長令嬢だっていう。これから逆玉の輿に乗ろうっていうソーやんが、実は昔の部活の先輩と逢い引きしてました、っていうのはまずいでしょ、どう考えても」

「そもそもどうして婚約者の彼女が、惣太郎のアリバイを問い質したりするんだ。そんな必要がどこに生じる?」

「例えば彼女、ものすごいヤキモチ焼きで、他の女と浮気したりしないようにソーやん、常に監視されたりしているのかも」

「監視、とはまた大仰な」

「毎晩、定期的な連絡を課せられているのかもしれませんよ。その日、どこでなにをしていたか。誰と会っていたか、いちいち報告しなきゃいけない。昨夜もソーやん、彼女からの電話がかかってくる時間までには自宅へ戻っているつもりが、ミイさんと過ごす時間がうっかり長引いて、結局朝帰りになってしまった」

「まるで見てきたような嘘を言い、か」

「もう連絡があったのか、これからあるのかは知りませんが、ソーやんはフィアンセからの詰問を避けられない。昨夜、家に電話したのに、誰も出なかったけど、いったいどういうことなの? って」

「それを見越してのアリバイ工作、ってわけか。惣太郎は、それをおまえとおれに頼みたい、と」

「友だちの結婚式の三次会、四次会で朝までみんなといっしょに飲んでいたということにするから、おまえたちもそのつもりでいてくれ、いざというときには、きちんと口裏を合わせてくれと、これから……やだなあ、美濃越さん。ここ、笑うところですよ。冗談に決まってるでしょ」

もちろん、この段階ではまだ雫石龍磨殺害事件のことは新聞でもテレビでも報道されていなかった。ところが、にもかかわらず悠成が陸央と〈マーメイド〉へ赴くと、すでに待っていた惣太郎はまさしく、その冗談めかした予想通り、アリバイの口裏合わせをふたりに頼んできたのである。

「……コッシーは、さあ」開口一番、いつになく思い詰めた表情の惣太郎がテーブルに身を乗り出して訊いてきたのが、この質問だった。「昨夜、どこにいたの？　どこで、なにしてた？」

陸央は、さすがに少し戸惑ったかのように悠成と顔を見合わせた。「どこ、って。知ってるだろ。〈OPリキッド〉だよ。ユウと飲んでた」

「それ、コッシーとユウ、ふたりだけで、ってこと？」

「ああ」

「朝まで、お店で？」

「いいや。一時か二時くらいか。看板になったから、そこからユウんちへ流れて」

「ユウは……」陸央から悠成へと向きなおる惣太郎の眼は心なしか血走っているようにも見えた。「ユウはいま、どこに住んでいるんだっけ。独り暮らしだっけ」

惣太郎らしからぬ、切羽詰まった表情に悠成も困惑を禁じ得ない。さっき自分で電話をかけてきておきながら、いまさらそれを訊くか？　と。「ワンルームマンションです。学校の近くの〈ハイツ迫知水道《すいどう》〉っていう。昨年引っ越したばかりで」

「昨夜は、ずっとそこにいたってこと？　コッシーといっしょに？」

「ついさっき、おまえの電話に叩き起こされるまで、な。おい」陸央もいつになく苛立《いらだ》ちを隠せないようだ。「なんなんだこれは、いったい？」

「スイのやつは？」陸央の問いかけにも惣太郎は答えない。無視するというよりも、そんな余裕がない感じだ。「徳幸は、コッシーたちといっしょじゃなかったのか？」

「なにを言ってるんだ。あいつなら、野暮用だとか吐《ぬ》かして、おまえよりも先に、どっかへ行っちまったじゃないか」

「コッシーといっしょじゃなかったのなら、スイのやつ、どこへ行っていた、って言うんだ？」

「知らんよ。なあ。ユウは、なにか心当たりでもあるか？」

そう陸央に振られても、悠成はただ首を横に振るしか為す術はない。このときは、まさか挙式したばかりの新郎が花嫁の妹と密会していただなんて、想像もできない。

「いいえ。全然」

「だとさ。そんなこと、本人に訊け。といっても、もうとっくに」陸央は自分の腕時計をこれみよがしに確認する。「雪花さんとハワイ旅行へ出発した後だからな。帰国してから、ゆっくりと」

「スイのやつ、どこへ行ってたんだ」惣太郎はまるで聞いていない。「いったいどこへ。だいたい、そうだ、コッシー。だいたいおまえはいったい……」

「だから、おれとユウは〈ＯＰリキッド〉、そして〈ハイツ迫知水道〉という、独身者同士の色気もなんにもない定番コース」

「コッシーといっしょじゃないのなら、スイのやつ、いったいどこへ行ってたっていうんだよ」

口角を上げて、同じ質問を反復する強張《こわば》った表情は、薄ら笑いにも見えるし、なにか激痛に耐えているようでもある。「女じゃないのなら、なんなんだ。女以外に、なんの用があったんだ」

悠成は首を傾げ、助けを求めるかのように陸央を見た。

女じゃないのなら……って？　どういう意味なのだろう。まるで、徳幸が昨夜いた場所は不明なものの、それが女性宅でないことだけは判っているかのような口ぶりだが。

そっと陸央は悠成に、首を横に振って返してきた。惣太郎の正気を危ぶんでいるかのような眼つきで。

「わ、判った。わかったよ。もういい。もうどうでもいい。スイのことなんか、どうでもいいんだ。もう知らない、あいつのことなんか」女性っぽい美形が投げ遣りな科白を吐くせいか、急に音域の下がったその口吻《こうふん》が妙な凄味を帯びる。「ぼくのことなんだよ、問題は。ねえ。いいかい、よく聞いてくれ。昨夜ぼくは、ずっと朝までコッシーたちといっしょにいたんだ」

「はあ？」

「……ってことに、してくれ。頼む。頼むから。いや。いやいやいや、頼むんじゃなくて。絶対にそうしてくれないと困る。困るんだよ。ぼくを困らせないでくれ」

「いや、あのな。まさか忘れたわけじゃあるまい。昨夜は三次会の後で〈ＯＰリキッド〉に行こうとしたら、おまえはさっさと、どこかへ消えちま……」

「〈モルテ・グラツィエ〉の後は〈ＯＰリキッド〉で飲んで、そして〈ハイツ迫知水道〉のユウの部屋に泊めてもらったんだ。コッシーといっしょに。な」

あの狭いワンルームに？　陸央とふたりだけでもいっぱい一杯だったのに。三人で泊まったとするのは、ちょっと無理があり過ぎなんじゃないの。悠成としてはどうしてもその点に拘泥せざるを得ないが、三人どころか、結果的には徳幸も加えた四人で夜を明かしたというストーリーを押し通すはめになるとは、まだこのときには予想もできない。

「な。いいだろ。そういうことにしておいてくれよ。な」

「誰に対して？　誰に対して、そういうことにしておきたいんだ、おまえ」

「そりゃ、もちろん……その」

「タマちゃん、か」

惣太郎は黙り込んだ。一旦口を噤《つぐ》んだことで少し冷静になったのか、正気の色が流麗な双眸に戻ってくる。少し躊躇ったものの結局、こっくり頷いた。

「つまり昨夜、おれたちといっしょにいた、ということにしておかないと、まずいんだな。タマちゃんの手前？」

泣き笑いのような表情で惣太郎は再度、頷いた。悪い意味での男臭い雑さとは無縁で、一挙手一投足が常に優美な彼が、まるで擦り切れて退色した花柄のカーテンのようだ。少なくとも悠成が、こんなに疲弊した惣太郎の姿を見るのは初めてである。

「ほんとうは昨夜、どこにいたんだ。どこで誰と？」

「かんべんしてよ」がばっと土下座せんばかりにテーブルに手をついた。「それだけは、かんべんして。お願いだから。とにかく。昨夜ぼくはコッシーとユウといっしょにいた。ずっと朝まで。珠緒さんには、そう納得してもらわないと困るんだ」

婚約者のことをタマちゃんではなく「珠緒さん」と呼ぶあたり、なんとも形容し難い悲壮感が漂う。

「判ったよ。いや、よく判らない点もあるんだが、おまえがアリバイを欲しているという事情は理解する。それはいいとして、なぜそこまで心配するんだ？　そんな必要があるとは思えない。おまえが昨夜、どこでなにをしていたかを、これといった正当性もなしに実際に問い質される場面なんて、ちょっと想像できないんだが」

前述したように、この段階ではまだ雫石龍磨の他殺死体が発見されたというニュースは新聞もテレビでも報道されていない。なにしろ被害者の遺族と連絡をとろうとしていた警察がようやく帰宅した灯子と遭遇できたのはこの、ほんの二時間半前のことなのだ。

当然ながら惣太郎が遺族よりも早く、雫石龍磨が殺害されたことを知る術はない。にもかかわらず、これほど必死になって前夜のアリバイを確保しようとしている。

「……そんなにヤキモチ焼きなのか、タマちゃんて」ちらっと悠成を一瞥《いちべつ》してから、陸央は続けた。「まさかとは思うが、その日その日の行動を逐一、彼女に報告させられていたりするんじゃあるまいな」

伏目がちだった惣太郎は、ふと顔を上げた。先刻までの悲壮さが嘘のように、あどけない笑みが浮かんでいる。そうか、なるほど、そういう設定にすれば判りやすいよねと、いま思いついたみたいに。

「お恥ずかしい。実は、そうなんだよ。結納が済んだ途端、タマちゃん、すごく厳しくなって。毎日、電話しないと怒るんだ。決まった時間にぼくから連絡がなかったりしたら、すわ他の女のところか、と」

「おいおいおい」とってつけたような惣太郎の言い分の不自然さに陸央が気づかないわけはなかったが、武士の情けで、知らん顔をしてやっているようだ。「こりゃあさぞかし、尻に敷かれることになるんだろうな、結婚したら」

陸央に目で促されるかたちで悠成も曖昧《あいまい》に頷いてみせたが正直、納得がいかない。惣太郎はおそらく未紘と逢い引きしていたのだろうと、この段階で悠成は、そう確信する。その事実を婚約者には絶対に知られたくない。それはいい。よく判る。しかし。

タマちゃんなる婚約者が嫉妬深くて支配欲の強い性格であるとしたら惣太郎は、もうとっくにそのことを知っているはずだ。骨身に沁《し》みて。そんなタマちゃんに隠れて浮気するならするで、どうして事前に、もっと確実な対策を講じておかなかったのか?

翌朝になってから、あたふた友人たちと連絡をとり、泥縄式にアリバイの口裏合わせを頼む、なんて。間が抜け過ぎている。絶対にあり得ないとまでは言わないが、なんだか、世渡りじょうずというイメージの強い惣太郎らしくない。釈然としない。

その悠成の違和感は一週間後、ハワイから帰国した徳幸に呼び出されたことで、さらに増大した。徳幸もまた惣太郎と同じように、三次会の後は〈ＯＰリキッド〉と〈ハイツ迫知水道〉というコースでみんなといっしょにいた、と口裏を合わせるように頼んできた。ただし徳幸の場合は、はっきりと、こう注釈を付けたのである。

「もしも警察に、このことを訊かれた場合には」……と。

「コッシーに聞いたんだけど、あの夜はふたりで〈OPリキッド〉へ行った後、ユウのところに泊まったんだって？」

会うなり、そう確認してきた。察するに徳幸は帰国して、すぐに陸央のところへ赴き、もうすでに、だいたいの話はつけてきているらしい。

「だったらおれも、おまえたちと朝までいっしょにいた、ということにしておいてくれ。頼むよ」

自覚はなかったのだが、どうやら悠成は逡巡の色を浮かべていたらしい。徳幸は畳みかけてくる。「コッシーには、もう了解をとってある。ユウさえよければ、それでいい、ってことでな。それに聞いたんだが、ソーやんも、いっしょにいたことにしてくれ、って頼んできたんだって？ なら、ちょうどいい。あの夜は四人でいっしょに飲んで、最後はユウの部屋に泊まった、と。そういう設定で押し通してくれよ。な」

しかし、これはタマちゃんに対するアリバイとは事情が全然ちがう。警察は当然〈OPリキッド〉の従業員にも話を聞きにゆく。あの夜、店を訪れたのが悠成と陸央ふたりだけだったことは、すぐにバレる。そう指摘したが、徳幸は怯《ひる》まない。ふたりが店を出た後で合流したことにしても時間的には問題ないと言い張るのだ。

「スイさん、あの、ひとつ、訊いてもいいですか」

「え。なんだ」

「ほんとうはあの夜、どこで、なにをしていたんです?」

「それは言えない。すまん。頼みごとをしているのに、もうしわけないが。いや、別におまえを信用していないとか、そういうことじゃないんだよ。でも、場合によっては、みんな、警察の事情聴取を受けなきゃいけなくなるかもしれないいんだから」

という具合に、徳幸の場合は最初から雫石龍磨殺害事件のアリバイ工作という前提で、悠成に口裏合わせを頼んできたのだ。彼が雪花とハワイから帰国したときには、もうとっくに事件の詳細は地元メディアで大々的に報道されていたから、これは当然といえば当然なのだが、後から考えるとタイミング的に徳幸はけっこう運がよかったと言える。

事件の夜、灯子が自宅で独りになる予定を知っていた者たちは、各人そのときのアリバイを警察に調べられる可能性があると、誰に教えられたわけでもなく、事件の報道に接した徳幸は即座に気づいた。その時点ですでに捜査状況が三次会やその出席メンバーの素性特定にまで辿《たど》り着いていたとしたら、いくらアリバイ工作を画策しようとしても間に合わなかっただろう。

が、警察が悠成たちのところへ話を聞きにきたのは、徳幸と雪花の帰国の翌々日だった。ぎりぎりのタイミングだったわけである。そのお蔭《かげ》で悠成たちの口裏合わせもどうにかこうにか成立したわけだが、運命共同体となった四人の思惑は互いに合致しているようでいて、微妙に錯綜《さくそう》してもいる。

徳幸の場合は単純明快だ。容疑者の条件に当て嵌まるというだけで痛くもない腹を探られるのは嫌だから、悠成たちにアリバイ工作を頼む。二十二年前は、まさか彼が新妻の妹と不倫していたなんて夢にも思わなかったが、〈ＯＰリキッド〉への誘いを蹴《け》って、ひとり夜の雑踏へ消えていったくらいだ、なにか後ろ暗いところがあるんだろうなと見当はつけていたから、道義的是非はともかくとして、徳幸の言動に関しては不審な点や疑問の余地はいっさいない。

対照的に疑問だらけなのが惣太郎だ。仮にアリバイ工作を彼が打診しにきたのが事件報道後だったのなら、なんの不思議もない。しかし実際には、事件発生から半日経《た》つか経たないうちに、もう悠成たちに口裏合わせを頼みにきているのである。

問題は、それが惣太郎の言い分通り、嫉妬深い婚約者の逆鱗《げきりん》に触れぬためなのか、それとも報道前から、なんらかの方法で事件のことを知っていたから、なのか。

確証はないものの、惣太郎が龍磨殺しに直接かかわっているとは悠成には思えない。おそらく突発的な事件発生によって、本来バレるはずのなかった己れの不義が婚約者に露見するかもしれない状況に陥ってしまい、慌てふためいているだけなのだろう。そんな気がする。が、だとすると、ではなぜ惣太郎はマスコミよりも早く、事件のことを察知できたのか。そこが問題だ。

もっとも重要なポイントは、あの夜の彼の密会の相手の素性ではないか。悠成はそう考える。

惣太郎が会っていたのは未紘だと二十二年前は信じて疑っていなかったが、仮にその相手が灯子だったとしたら、どうだろう。三次会の後で陸央と悠成と別れた惣太郎は、その足で〈中央レジデンス〉へ向かったのかもしれない。

灯子との愛欲に耽《ふけ》っているところへ、例えば電話がかかってくる。かけてきたのは彼女の関係者であり、龍磨殺しの犯人だったのかもしれない。その人物は、自分が手を下したと明かしたかどうかは別として、龍磨が雫石家で殺害されたことを灯子に告げ、早急にアリバイを捏造《ねつぞう》するよう迫る。彼女といっしょにいた惣太郎も当然そこで事件のことを知る。灯子は未紘に、惣太郎は悠成たちにと、それぞれ事件発覚前にもかかわらず即座に口裏合わせを頼めた背景には、そういう経緯があった。そんなふうに考えると一応、辻褄《つじつま》が合うようにも思える。が。

これはあくまでも、惣太郎の密会の相手が灯子だった、としての仮説だ。はたしてどの程度、的を射ているかを確認するためにも、なんとか二十二年前の惣太郎の身体に憑依できないものか。憑依できても彼の心の裡は読み取れないが、惣太郎があの夜、どこへ行って、なにをしたかは判る。うまくすれば、どうやってそれほど迅速に自分がアリバイを必要とする事態になると予測できたのか、その経緯や事情も明らかになるかもしれない。

しかし、なかなかそう簡単に、思い通りにはいかない。タイムリープ現象そのものはわりと頻繁に起こるが、悠成は自分でうまく、その時代や人物を定められないのだ。

これはもう自然に起こってくれるのを、ただひたすら待つしかないのか。それとも、なにか特定の時代と人物に照準を合わせる方法があるのか。

ふと悠成は、二十二年前に惣太郎がアリバイ工作を頼みにきた〈マーメイド〉という喫茶店に行ってみることを思いついた。

生徒だった頃とはちがい、教員になってからはすっかり、飲食関係に限らず、学校周辺の店や施設の類いには出入りしなくなった。理由は単純で、生徒たちと顔を合わせたくないから。

うっかり喫茶店に入って、生徒たちだけでテーブルを占拠しているところに遭遇してしまったら、自分たちだって昔は同じことをやっていたんだし、まあいいや、で済ませるわけにはいかない。教師として一応、こういうお店は保護者同伴でないといけないよと、いちいち指導しなければならない。それがめんどくさい。

補習のない日の放課後、校舎を出た悠成は昔よく利用していた喫茶店のほうへ、ひさしぶりに足を向けてみた。すると〈マーメイド〉は、なくなっていた。

大幅に改装されたとおぼしき店舗はあるのだが、看板が〈アルブル・パルファン〉に変わっている。全体的な雰囲気も昔とは、だいぶちがう。都会的に洗練されたお洒落なカフェふう。

これではだめかもな、と悠成は店に入るのをやめた。〈マーメイド〉であの日と同じ席に座ってみることで二十二年前の記憶が刺戟され、タイムリープ現象を誘発できるのではないか、と考えたのだが。肝心のお店がなくなっているのでは、どうしようもない。

そう諦《あきら》めていたら、なんとその夜、タイムリープ現象が起こった。しかも夢に出てきた場所、そこは〈ホテル・サコチ・ハイネス〉の玄関前のアプローチだ。

「じゃあ、おやすみ。ミイちゃん、がんばってね」

悠成が憑依した視点人物のすぐ目の前で灯子が大判のストールをなおしながら、まさにいまタクシーに乗り込んでいるところだ。

「いいお知らせ、期待してる。ユウくんに、よろしく」

悠成がなかに入っているのは、走り去るタクシーを見送る三人のうちのひとりか。

「ね、ミイ。教えてもらってもいいかな」という声がするほうを視点人物が向くと、にまにま悪戯っぽい微笑を浮かべた雪花だ。「具体的な方法を、さ」

「具体的な方法？　って、なんの」

「決まってるでしょ。どうやって今夜、ユウくんをここへ呼び寄せるつもり？」

「さあて、ね」

女性陣で唯一パンツスーツ姿の長身の女、未紘は視点人物の傍らをすり抜け、ロビーに通じる自動ドアへと向かった。「自分で考えてみたらどう？　もしもセッカがこういう立場だったら、どうするかを」

ということは、いま悠成が憑依しているのは木香だ。その木香、姉と未紘の後に続きながら、おずおずと口を開く。「……あの、ミイさん。どうしてさっき、ユウさんのこと、誘わなかったの？いまから帰ってもひとりだから、誰かもう一軒、付き合ってくれ、って言ってたのに」

そうだ。そういえば、と悠成もいまさらながら不条理に思う。もしも未紘が悠成に対してその気だったのなら、男たちだけで〈ＯＰリキッド〉で飲みなおすという話がまとまる前に、ひとこと声をかけてくれていれば、いちばん簡単に済んでいたのに。どうして、そうしてくれなかったんだろう、と。

「だめだめ。そんな正攻法じゃ、当たって砕け散るのがオチだよ。だいたいあいつはさ、トーコ先生のような可愛いクマちゃんタイプがお好みなんだから。あたしみたく狡猾《こうかつ》で陰険そうなキツネ女に誘われても迷惑なだけ。そりゃまあ、ビビッて断れはしないだろうけどね」

「トーコ先生で憶い出したけど。ユウさんて絶対、歳上趣味ですよね、あれ。たしかにミイさんのこと、ちょっと怖がってるかもしれないけど基本、甘えん坊だから。ミイさんが、おらおら、黙ってワシの言うとおりにせえや、とかドスを利かせたら、も、一発でめろめろになって。にゃごにゃご猫みたいに懐いてきますよ、きっと」

自分が憑依している身体の口から発せられる言葉を聞きながら悠成は、なんだか的外れで不本意な、それでいてけっこう見透かされてもいるような、複雑な気分を持て余す。コノちゃんて、おれのことをずっと、そんなふうに見てたの？

「鋭いね、なかなか。たしかにあいつ、マゾっぽいわ。ときどきコノちゃんのこと、変質者気分丸出しで盗み見しているけど、あれはきっと、その超絶きれいなおみ足で踏まれたがっているんだろうね」

「えーッ？　やだあッ、ミイさん。やめてください。想像しちゃったじゃないですかあ。うわあ、やだやだ。気持ち悪いッ」

「美脚といえば、セッカも負けず劣らず、見られてるよ、あいつに。賭《か》けてもいいけど、姉妹どんぶりの妄想をオカズにオナニーしている頻度は、かなりのものと見た」

「んもう。ミイ、いい加減にしなさいよ。やめてちょうだい、あたしをお下劣な話題に巻き込むのは」

ちょっと待ってて、と言い置き、雪花はフロントへ向かった。

「ね。ね。ミイさん」木香は姉の背中を窺いながら、こっそり未紘に耳打ちする。「教えてくれなくても、あたしが、ずばり、当ててみせましょうか。ユウさんをここへ呼び寄せる方法を」

「ほう。どうやるんだい」

「実は、いるんでしょ。協力者が」

「協力者……ね」

「コッシー先輩のことです、もちろん」

「ふうん。どうしてそうだと？」

「ユウさんがもう一軒、誰か付き合ってくれと言ったとき、手を挙げたのがコッシー先輩だったからです。おれのボトルキープしている店へ行こう、と」

「それだけ？」

「充分でしょ、それだけで」

「根拠薄弱と言わざるを得ないな。仮にコッシーがユウにぴったり付いてゆくとしても、その後どんなふうに、あたしに協力できるって言うの？」

「いっしょに飲みながらコッシー先輩、さりげなく誘導するんです、ユウさんを。その気にさせちゃうの。さりげなく、ね。例えばエッチな話とかして」

「コノちゃんの足の裏、舐めてみたいよな、とかって？」

ぎゃッと低い悲鳴混じりに木香は、うっかり汚物でも踏みつけてしまったかのようにその場で跳び上がった。「やめてください、そういうの。も、ほんと、気持ち悪いんで。お願いだから、まぜっかえさないで。聞いてください。あくまでもさりげなく、さりげなく誘導するんです。ユウさんをむらむら、むらむら、とてもじゃないけど今晩は一発抜かなきゃ帰れない、って状態にさせる。そして頃合いを見て、教えるんです。こっそりと。実は今夜、ミイはひとりでホテルに泊まるつもりらしいぞ、って」

「コノちゃんたら、こんな紳士淑女の集うホテルのロビーで、一発抜く、だなんて。まあ、いやらしい。お下品ね」

「ど、どの口がそれをッ。くそお。いくら先輩だからって、いい加減にしとかないと、張り倒すぞこら」

「コッシーは、ユウの耳もとで囁《ささや》くわけか。ミイもひとりじゃ寂しかろうから、おまえ、これからホテルへ行って、しっかり彼女のこと、慰めてやってこい、とかって?」

「そんなにストレートに言っちゃダメです。さりげなく、というのが肝なんだから。ユウさんが、自分は誘導されていることに気づくことなく、むらむらその気になるよう、もってゆく……」

と、そこへ「おまたせ」と雪花が戻ってきた。ルームキーを持っている。

「どうです?」と木香が小鼻を膨《ふく》らませる気配が、なかにいる悠成にも伝わってきた。開陳したばかりの仮説に自信満々のようだ。

「うん。いいセンいってるよ」未紘は、そっけない。「でも、ツメが甘い。もうひとつ、だね」

「え。えーッ? どこが? どこがそんなに、詰めが甘いんですか?」

「なんの話?」と、ふたりを交互に見やる雪花に、未紘は肩を竦めた。

「あたしがユウのこと、どんなふうに手込めにするつもりか、その手順をコノちゃんが予想してたとこ」

「手込めって、あんた。あのねえ、ミイ」雪花は引《ひ》き攣《つ》った笑みを浮かべた。「よけいなお世話だとは思うんだけど。ユウくんとのことは、その、つまり、普通にしたほうがいいわよ」

「どゆ意味？　普通に、って。あたし、普通じゃないこと、やりそう？」

三人はロビーを抜けた。木香がエレベータの呼び出しボタンを押す。

「いや、もちろん……知らないんだけどさ、もちろん。あたしはミイとユウくんとのこと、なんにも。ミイが男のひとの前でどんなふうになるのか。全然知らない。判らないし、想像もつかない。でも……」

「でも、なに？」

「だから、判らないんだけど。でも、心配なの。あなたって、ほら、変わり者とまでは言わないけど、なにごとによらず、いろいろ奇を衒《てら》う傾向があるし」

「奇を衒う。つまり、あたしがなにかアブノーマルなプレイをユウに強要するんじゃないかと、セッカは心配してるんだ」

「ばか。ああもう。なんて言えばいいのか。そういうんじゃなくて。うーん」

三人はエレベータに乗り込む。彼女たち以外は誰もいない。雪花が十二階のボタンを押すと、扉が閉まった。

「ごめん。つまんないこと、言っちゃった。忘れて、全部。とにかく、ミイがユウくんとうまくいくといいなあ、と。いろんな意味でね。平凡でいいから、なんの波乱もなく。あたしが願っているのはそれだけ」

「ありがと。お礼と言っちゃなんだけど、花婿が戻ってくるまでのあいだ、代わりにあたしがセッカの火照《ほて》りを」

「それ以上、言うな。あ。ごめん。七階だったっけ、ミイの部屋は」

エレベータが停止し、扉が開く。三人は廊下を進んだ。

「いいのいいの。ついでに、ちょっくら新郎新婦のお部屋を覗かせてよ。あたしがとったのはツインでさ。ここのダブルがどんな感じなのか、見てみたい」

「あたしたちもツインよ。覗いても別に、おもしろくもなんともありませんせん」

〈1272〉のナンバープレートが扉に付いている部屋に入る。バスルームの出入口とクローゼットのあいだのスペースを抜けると、大きな鏡台付きのライティングデスクと二台のベッドが向かい合っている。

「どう？　ミイ、あなたの部屋とちがうところ、なにかある？」未紘の返事を待たず、雪花はクローゼットから、地元デパートのロゴ入りの手提げ紙袋を取り出した。「はい、これ。よろしく」と木香に手渡す。

「帰国するまで、あたしが預かっていればいいのね。これ、ハワイへ持ってゆくつもりがお姉ちゃん、うっかり家に忘れてきた、ってことにして」

「ううん。もう棄《す》てちゃっていいわ。なかのやつ、両方」

「え？　そんなことしてスイ先輩、じゃなくて、もうお義兄《にい》さんか。だいじょうぶなの？　だってこれ、買ったんでしょ、わざわざ。どう言い訳するの、お義兄さんに？」

「言い訳もなにも。気がつかれたって、こちらは、すっとぼけるだけよ。えー。ごめんなさい、あたし、知らなかったんだけどお、どうやら中味がなにか判らない木香が、うっかり他のゴミといっしょに棄てちゃったみたーい、とかって」

「え。ひどくない？　なにそれ。お義兄さんに咎められたら、あたしを悪者にするつもりだったの？　ひどくない、それ？」

「なに揉めてんだ、おふたりさん」ひょいと未紘が手提げ紙袋のなかを覗き込む。「ん。これって……」

未紘がつまみ上げたものを見て、木香のなかにいる悠成は驚いた。思わず、あっと声を上げそうになったほどだが、もちろんいまは実際に発声できる状態ではない。

「ほう。ほうほうほう。なんとも刺戟的ですのう。どうしたんだ、これ？」

「どうやら通販かなにかで買ったらしいんだけどね、ノッチが」

自分も乗富ではなく碓井姓となる雪花としては夫の愛称をスイのままにしておくのは腰の据わりでも悪いのか、いつの間にか徳幸のことをノッチと呼んでいるようだ。

「で、これを？　もしかして新婚旅行に持っていこう、ってか？　異国の夜をムーディに盛り上げるために？」

「花嫁を娼婦《しょうふ》の如くエロティックに飾りたてて褥《しとね》に侍《はべ》らせるのが男のロマン、なんだってさ」

めずらしく腹をかかえて大笑いしている未紘とは対照的に、雪花は苦虫を噛《か》み潰したようなご面相だ。「あほらし。男って、ほんと、ばか。そう思わない？」

手提げ紙袋から未紘が取り出したのは、単行本ほどのサイズの封筒状のものがふたつ。それらはひとつずつ未紘から木香へ、木香から雪花へ、そしてまた未紘へと交互に、三人のあいだを、ぐるぐる、ぐるぐる巡り巡っている。

ビニール袋で包装されたパッケージはそれぞれ、ブロンドとブリュネットの欧米人女性モデルの写真だ。そしてふたりが装着している黒い下着はトップとボトム一体型の、いわゆるボディストッキング。

ブロンドはキャミソールふうのストラップを肩にかけるタイプ、そしてブリュネットは下半身のみならず肩から手首までを生地ですっぽり覆うロングスリーブタイプ。パッケージに表記されたBODYSTOCKING WITH OPEN CROTCHという英文字。

なにからなにまで同じだ。〈中央レジデンス〉で灯子が衣装ケースのなかから取り出し、装着していたものと。

これは……悠成はなんだか不穏な心地にかられた。どういうことだ。これはいったい、どういうことなのだ？

「可愛いもんじゃないの。旦那がそれで興奮して、がんばってくれるのなら、お望み通り、着てあげれば？」

「いやよ、こんな。見るからに暑苦しい。うっかり向こうに持っていったら、いちいち断るのも鬱陶《うっとう》しいでしょ。だから」

「家に忘れてきたふりして、コノちゃんに預かってもらうことにしたわけね」

「預かるんじゃなくて、もう、知らないふりして、棄てちゃってもらいたい」

単なる偶然……そう。単なる偶然なのだろう。非日常的なアダルトグッズを、ムードを盛り上げるスパイスとして性生活に持ち込むという演出は、ごく平均的な夫婦やカップルでも普通に採用する。さほど異常でもなければ、突飛な趣向というわけでもない。

刺戟的で非実用的なランジェリーにしても、デザインのヴァリエーションが無限というわけではない。インターネットショッピングがまだ普及していないこの時代、普通の下着専門店やアダルトショップでは飽き足らず、目新しい商品を購入したい場合は通販を利用する。そういう楽しみ方も、あまり表向きには出てこないかもしれないが、決してレアケースというわけではない。

自分ではけっこう珍しいつもりで通販で入手しても、それが一点ものでない限り、同じ商品を買っている者が世界のあちこちにいる。それがこの場合、たまたま被《かぶ》っていたのが灯子と徳幸だった、というだけの話だ。つまり、そう。つまりは単なる偶然。

偶然……ほんとうに、そうなのだろうか。悠成はなんだか気になって仕方がない。ボディストッキングというランジェリーはアダルトビデオにもたまに登場するが、色が赤、紫、白など黒だけでないのはもちろん、ストラップを肩ではなく首からぶら下げるホルターネックタイプや、無地ではないメッシュタイプもあれば、オープンクロッチならぬ乳房だけを露出させるオープンティッツタイプなどなど、多種多様。

たしかに悠成のボディストッキングに関する知識は二〇一〇年のものである。ネットショッピングが普及して、選択肢にはこと欠かない時代とはちがい、一九八八年の通販では、入手可能なボディストッキングの種類が限定されていたのかもしれない。ということは、灯子と徳幸がたまたま同時期にボディストッキングを購入しようとすれば、それはいきおい同じパッケージ、同じデザインのものにならざるを得ない、と。

そういうことなのかもしれない。いや、あれこれ考えてみるまでもなく、そもそもこの程度の重複事案など、絶対に起こり得ないと言えるほど稀少《きしょう》な偶然でもあるまい。それは判っている。よく判ってはいるのだが。

「じゃあ、あたしはそろそろ、これで」

自分のなかで二十二年後の悠成が悶々《もんもん》としていることなど露知らず、木香はふたつのボディストッキングを手提げ紙袋に戻した。ドアの手前で一旦振り返る。「棄てろって言うんだったら、これ、棄てておくけど。ほんとにいいのね？　お義兄さんが怒っても、あたしは知らないから」

「判ったわよ。あたしが責任もつ」

「はーい。じゃあね。ばいばい。よい旅を。おやすみなさい。あ。ミイさんは、おやすみせずに、がんばってください」

〈１２７２〉号室に姉と未紘を残して、木香は廊下に出る。エレベータに乗ると、八階で降りた。

どうやらチェックインは式の後か披露宴の最中にでもすませているらしい。それでも姉と未紘の目を用心して、フロント階まで一旦降り、完全にホテルから立ち去ったふりをしておいてから再び上がってくるものと悠成は思っていたのだが、徳幸との密会用の客室〈８１３〉へ直行するとは。こんなに警戒心の薄いことでだいじょうぶなのかな、と悠成は他人ごとながら気になった。

そういえば木香は昔から、エキゾティックでおとなっぽい容姿とは裏腹に、妙に幼く、子どもっぽいところがあった。派手な外見のせいで、他校の素行のよくない生徒たちに目をつけられ、からまれることも少なからずあったようだが、木香はそのクールな美貌《びぼう》と未成熟な内面のギャップを逆手にとるかたちで、いつも無難に修羅場を乗り切ってしまう。喧嘩の相手もなんとなく煙に巻かれ、気がついたら小犬に懐かれるようにして木香と仲よくなっている。そういうパターンも珍しくなかった。

さきほどの未紘とのかけあいなど典型的だ。シモネタを連発してからかう未紘に本気で怒って「張り倒すぞ」などと口走る。次の瞬間には敬語に戻って、しっかり甘えかかる。普通の男がこのギャップで攻められたら、ひとたまりもあるまい。徳幸もさぞや、ぞっこんなのだろう。なにしろ彼女の姉との華燭の典を挙げたその夜にという、尋常ではないリスクを冒してまで逢い引きしたわけだ。

正常な判断能力を失っている男とは対照的に、木香は冷静だ。悠成はそんな気がした。もちろん徳幸に抱かれてもかまわない程度には好意を抱いているのだろうが、実の姉の夫と密通するという重大事に対する罪悪感は大して抱いていない。不良たちとの喧嘩と同じだ。木香はおそらく、なにも深く考えていない。ただ自らの本能の赴くまま、そのときそのときの喜怒哀楽の波に身を委ねるのみ。そしてそれはいつも、うまくいく。

〈８１３〉の室内でひとりになった途端、それまでゆったり歩いていた木香は急にせわしなく動き始めた。時計の針を気にしながら、服と下着を次々に脱ぎ捨てる。

全裸になった木香は、姉の部屋から持ってきた手提げ紙袋のなかからボディストッキングを取り出した。灯子はロングスリーブタイプだったが、木香が選んだのはキャミソールタイプのほうだ。

そうか。徳幸を部屋へ迎え入れるとき、ドアの隙間から覗いていた、肩にストラップのかかった下着姿。あれはただのキャミソールでもブラジャーでもなかった。このキャミソールタイプのボディストッキングだったのか、と悠成は思い当たった。

思い当たった途端、悠成は自分でも驚くほど興奮してしまった。それが、いま憑依している木香の背徳的な気分が伝播《でんぱ》したからなのか、それとも自身に秘められたなにかが刺戟されたからなのか、よく判らない。

そういえば木香はあの夜の自分のアリバイについて警察には、どのように供述したのか。徳幸が、悠成たちといっしょにいたという主張を押し通したのだから、当然〈ホテル・サコチ・ハイネス〉の客室内での彼との密会はなかったことになっているわけだが。そもそも当時実家暮らしだったという木香は、両親には外泊の理由をなんと伝えていたのか。友だちのところに泊めてもらう、ということにでもしていたのか。

しかし悠成の記憶によれば、木香は事件の夜、姉の雪花といっしょにいた、と主張している。あくまでも伝聞だが、木香は三次会の後で〈ホテル・サコチ・ハイネス〉の姉の客室へ寄った、と。新郎の徳幸が四次会から戻ってくるまでの時間潰しのつもりでだらだら話し込んでいたら、結果的に雪花とふたりで夜を明かすことになった。ざっとそういう筋書きだ。

木香にしてみれば、実際に自宅には帰っていないし、泊めてもらった友だちなども存在しないわけだ。姉といっしょにいた、と供述するくらいしか選択肢はなかっただろう。具体的にどういうふうに頼まれたのかはともかく、雪花も妹の立場を忖度《そんたく》し、口裏を合わせた。まさか木香が、挙式したばかりの自分の夫と逢い引きしていたなどとは夢にも思わずに。あるいは雪花にしても、ひと晩中、客室で独りでいたというより、妹がいっしょだったことにしたほうがなにかと無難だ、との計算もあったのかもしれない。

悠成があれこれ考えているあいだに、木香はすばやく徳幸を〈813〉号室内へ招き入れた。ドアを閉め、チェーンを掛ける。

彼女に微笑みかけていた徳幸の顔が、ふと強張った。剝《む》き出しの二の腕に触れた彼の掌が一瞬、感電したかのように離れるのが、木香の肌を通じて悠成にも伝わってくる。

明らかに動揺している徳幸の頰《ほお》を両掌に包み込んだ木香は、彼の唇《くちびる》に自分のそれを重ねる。一旦離れたふたりの視線が搦み合った。徳幸の双眸には困惑が滲《にじ》んでいる。

「どう？」木香は両腕をバレリーナのように頭上に掲げ、身体を、くるりと一回転。「そそる？」

「あ。う……うん」徳幸は半分上の空の態《てい》で、木香の頭から爪先までをしげしげと眺め回した。

「どうしたのそれ」

「ちょっとエッチ過ぎ？」

「いや。そんなの、どこで手に入れたのか、と……」

「通販」

「え？　通販……って」

木香は徳幸の手を引っ張り、ベッドへと誘った。並んで腰を下ろすと、再び彼女のほうからキスをする。

貝のように閉じていた徳幸の唇が、木香の舌でこじ開けられる。戸惑いながらも身体は反応するのか、徳幸の舌も守りから攻めに転じ、コーヒーとタバコの残り香とともに木香の口腔内《こうこうない》へと侵入してくる。粘膜と粘膜とが擦《こす》れ合う刺戟が、まるで麻酔のような痺《しび》れを伴い、木香の全身に拡がってゆく。彼女のなかにいる悠成にも同様に。

このまま木香として徳幸に抱かれることへの嫌悪感は、しかし思ったよりも湧《わ》いてこなかった。たしかに、できるならば一生回避しておきたい類いの体験ではあるが、実際に悠成自身の肉体が使われるわけではない。目が覚めれば、どこも傷ついていない元の自分に戻れるのだ。他者への憑依による体験がどれほどリアルであっても、気の持ち方次第で、ただの夢と実質的な差異はなにもないと割り切れる。だからこそ五十歳になる今日まで、どれほどベックや雫石和歩の役どころで淫靡《いんび》な行為に耽ろうとも、それを現実として認識するには至っていなかったわけだ。

いま目を覚ませば、当座の木香としてのセックス体験は回避できる。が、それだとこの逢瀬の最中のふたりのやりとりを知る機会は永遠に失われてしまうかもしれない。ならば無理して起きようと足掻いたりせず、少しでも多くの雫石龍磨殺害事件に関する情報収集に努める手だ。即座にそう前向きになれるくらい、悠成もそろそろこのタイムリープ現象に慣れてきていた。

「どうしたの」率先して徳幸の上着やシャツを脱がせ、その胸に頬ずりしながら、木香は上眼遣いに彼を一瞥した。「なんで、こんなに元気ないの？　せっかく、ばっちりセクシーに決めてあげてるのに」

木香の掌はズボン越しに徳幸の股間を、まさぐっている。ぐにゃぐにゃ、頼りないゴムのような感触しか返ってこない。「こういうの、嫌いだった？」

「通販で……って、どこの？」

「どういう意味？　どこの、って。通販は通販よ」

「いや、なんでわざわざ、そんなものを」

「徳幸さんのために、よ。もちろん。決まってるじゃない」

ふたりだけのときは「スイ先輩」じゃなくて「徳幸さん」なんだ。そりゃまあ、みんなといっしょにいるときとは呼び方を変えるのが普通だろうけどな、と悠成は少し苦い気持ちになる。

「普段とは、ちょっとちがうあたしを見て、喜んでもらえると思ったのに。なんだかショック」

「ちがう。ごめん。ちがうんだよ。そうじゃなくて……」

「なーんてね。心配しなくても、だいじょうぶだよ。雪花はなんにも知らないから」

「え？」

「あはは。びっくりした？　これ、実はね」と木香は先刻パッケージ未開封のボディストッキングを手提げ紙袋ごと雪花から託された経緯を簡単に説明。「ってわけ。雪花は別に遠回しに徳幸さんに当てつけようとしたとか、そんなんじゃなくて、ほんとにあたしに棄ててきて欲しかっただけで。あ。あららら。んもう。現金なんだから。雪花にあたしたちのこと、バレたわけじゃないんだ、と判った途端《とたん》、こんなに」

悠成は狼狽《ろうばい》していた。それは木香の掌のなかで徳幸がいきなり膨張したからではない。ズボンの局部を突き破りそうなその猛々《たけだけ》しさは、たしかに本来の自分自身の日常では滅多に経験できない類いの脅威ではあったが、もっとショックだったのは木香が姉を「雪花」と呼んだことだ。普段の「お姉ちゃん」ではなく。

もちろん身内を呼び捨てにすること自体は不作法でもなんでもなく、このときの木香の口吻にも軽侮や悪意などは微塵も感じられない。しかしいま、まさにその姉の夫との不義の行為に及ぼうとしているという状況が状況なだけに、その呼び方は雪花と木香との姉妹の仲を絶望的なまでに引き裂いているかのように思えたのだ。

「よいしょ、と」徳幸の下半身をかかえ上げるようにして木香は彼の靴、ズボン、ブリーフを脱がし、床に落とした。

むわっ、と汗混じりの臭気が彼女の顔面へと立ち昇ってくる。まるで巨大なモーターでも内蔵してあるかのような徳幸の怒張がぶるん、ぶるん、とアイドリングしている。いまにも破裂しそうな勢いで浮き上がる褐色の血管を木香は、そっと指で撫で下ろした。

「ちょっとシャワー、浴びる」

靴下は自分で脱いで、徳幸は立ち上がった。その全裸の背中に抱きつくようにして、木香はバスルームまで付いてゆく。

「うわ。なんだかすごい絵図ね、これ」と鏡に映る自分たちの姿を指さし、はしゃいだ。「いやらしーい」

「木香はシャワーは？」バスタブに入った徳幸はお湯のコックを捻《ひね》った。ボディソープで自分の胸部や脇の下、股間を洗う。「もう浴びたの」

「そんな暇、あるわけないじゃない。徳幸さんが来るまでに、これ、着ておこうと思ったらもう、ぎりぎりだったもん」

ふふっ、と徳幸は鼻で笑った。「そうかそうか」シャワーヘッドをフックに掛け、一旦バスタブから出る。

「えッ。なに、なになに。なにすんのおッ」と、きゃあきゃあ騒いで暴れる木香をかかえ上げるや、バスタブに放り込んだ。四肢を縮こまらせて尻餅《しりもち》をつく彼女の全身へ、たちまち大量の湯が降り注いでくる。

視界が遮られ、「あッ。ふぶッ」息が苦しくなり、じたばた、もがく木香の頭を徳幸は乱暴に押さえつけた。湯飛沫《ゆしぶき》を縫うようにして右から左から、熱を帯びた重量感のある棒が木香の頰を掠める。

眼を閉じて手探り状態の木香は自ら、それを根元から摑んだ。しっかり固定して、勘で狙いをつけ、かぶりつく。たちまち口のなかが、いっぱいになった。

「ちょ、ちょっとおッ」徳幸の先端に咽頭《いんとう》を直撃され、がほんっと木香は噎《む》せた。「ちょっと、そんないきなり」と抗議混じりの嬌声《きょうせい》を上げながらも彼の怒張をしっかり銜《くわ》えて、放さない。

「いきなり、なによお」と笑いながら首を前後に振りたくり、湯飛沫ごと熱い徳幸を吸い上げた。

「子どもみたい。そんなにムキになっちゃって」

　これが未紘に、足の裏を舐められ云々とシモネタでからかわれ、本気で怒っていたのと同じ娘なのか、と悠成は少し鼻白む。

「ちょっとちょっと。ほんとに、そんなに飛ばして、だいじょうぶ？　今夜はこの後、上階へ帰ったら、雪花とのダブルヘッダーがお待ちかね、かもよ」

　からかう木香を立たせると、徳幸は彼女の左脚をかかえ上げた。一瞬、湯の流れが途切《とぎ》れた陰部に男根が杭《くい》のように打ち込まれ、突き上げてきた。ひッと掠れた呻きを上げて、しゃくられ、のけぞった拍子に木香の後頭部が、ごん、とバスルームの壁に当たった。慌てて踏ん張った右足でバランスをとりつつ、徳幸の首にしがみつく。

「あ。あ。あああ危ない。あ、危ないってば。すべる。滑るよ。転んじゃう。あぶ。転んじゃうって。危ないよおお」

　悠成もまた木香のなかで、嵐のなかに放り込まれた難破船の如《ごと》く、あえなく翻弄《ほんろう》される。徳幸の上下運動を受け容れるたびに、下腹部が膨らんだり縮んだりする感覚がリズミカルにせり上がってくる。が、その頭蓋《ずがい》を直接揺らす快感よりも悠成を陶酔させたのは、木香が装着しているボディストッキングだ。湯をたっぷり吸い込み、重くなったナイロン生地が、乾燥時とはまた別種の密着感で全身を締めつけてくる。

　このまま最後まで往きたい……と焦ったのが裏目に出たのか、悠成はそこで目が覚めてしまった。ベッドから起き上がる暇もなく手淫《しゅいん》に耽っている自分に気づいて慌てたが、途中で止められない。

この木香の感覚を引きずったまま射精したりしたら、最悪だ。なんとかホテルのバスルームの鏡に映った木香のボディストッキング姿を思い描こうと試みるものの、笊《ざる》で水を汲《く》み出そうとするが如く、うまくいかない。吸血鬼に襲われる犠牲者よろしく徳幸に首筋に吸いつかれている己れのイメージとともに、絶頂を迎えてしまった。

激しい自己嫌悪にかられたが、どうしようもない。払った犠牲のわりには大した情報も得られなかったのが腹立たしい。

ばかばかしい。なにをやっているんだ、おれは。二十二年前のことをいまさら、ほじくり返してみたところで、なにになる。もうやめよう。そう思っても、しかし自分でこのタイムリープ現象をうまくコントロールできないのが、なんともやるせない。

そういえば、と悠成はいまさらながらに思い当たった。二十二年前の事件の夜、陸央に抱かれる夢を見て、途轍《とてつ》もなくバツの悪い思いで目覚めた。それは〈ハイツ迫知水道〉の自室に泊めた彼といっしょの布団で寝たせいだと思っていたのだが。もしかしたらあれもただの夢ではなくて、タイムリープ現象が起こっていたのではあるまいか？　誰なのかは不明なものの、過去の陸央の相手の女性の身体に憑依して、そして、ふたりの行為の余韻《よいん》を引きずったまま目覚めたため、ついさっきまで自分自身が彼と肌を合わせていたかのような錯覚に陥った、と。そういう事情だったのかもしれない。

なるほど、と納得すると同時に悠成は、げんなりした。自分の意思で選びようもなく、また避けようもない過去の追体験というのも、なかなか精神的にきついな、と。たしかに夢だと言ってしまえば、通常の夢となんら変わりはないのかもしれないが、単なる擬似的な夢想ではなく、限りなく実体験に近いものだという認識を一旦持ってしまうと、この能力が負担になってくる。

まあ、夢であることはたしかなのだから、覚めてしまえばなんの実害もない。必要以上に気に病まないことだ。と少々、腐り気味の悠成を鼓舞しようとしたわけでもあるまいが、なんと、ついに二十二年前の最重要人物である雫石龍磨が夢に登場する。
が、自分が憑依した視点人物が誰なのかは判らなかった。鏡に映った顔を見ると、ショートカットで面長の女性だ。

四十代くらいだろうか。ととのった顔だちではあるのだが、黒眼の占める割合の大きい瞳や、厚めの唇を半開きにする癖のせいか、どこかしら埴輪《はにわ》を連想させる。悠成にはまったく見覚えがない。夢のなかで素性の知れぬ赤の他人になり、わけも判らぬまま終わってしまうケースもたまにあるので、てっきりまたそのパターンかとも思った。

が、扉を開いて彼女が迎え入れたのはジャンパー姿の若い男だ。十五歳のときはまだ幼いイメージが勝っていた面差しは、だいぶ逞《たくま》しく男ぶりが上がっている。雫石龍磨だ。彼が存命ということは、ここはいま一九八八年十月か、それよりも以前か。

「ちょっと遅れちゃったかな」龍磨は落ち着きなく前髪を搔き上げた。「えーと、ヒトミさん、だよね？」

どうやら初対面らしい。どういう関係なのだろう。ヒトミと呼ばれた女が頷《うなず》き、大きく口角を吊り上げる動作が、彼女のなかに入っている悠成にはやけに、もったいぶっているように感じられる。

ふたりが立ったまま向かい合っているのは一見、場末のスナックのような内装だ。L字形のソファのボックス席が三つとカウンター。キャビネットに並べられた洋酒ボトルは間接照明に彩《いろど》られているが、BGMなどはかかっておらず、営業中の雰囲気ではない。

「早速だけど」ヒトミは茶色の紙袋を龍磨に手渡した。「はい」

視線を彼女に据えたまま、龍磨は紙袋に手を突っ込んだ。なかから取り出したのは一冊の本だ。いや、本のように見えるが、本ではないものだった。

ヒトミのなかで悠成は無音の、驚愕の唸《うな》りを発した。それはあの文箱ではないか。洋書を模した、ベックの。十五枚もの灯子のヌード写真入りの……それがいったい、なぜ、こんなところに？

困惑しているのは悠成だけではない。眼前の龍磨も虚を衝かれたかのように、手のなかの文箱とヒトミの顔を見比べている。「これ……？」首を傾げて振ると、文箱は、かたかた鳴った。「これだけ？」

「そう。それだけ」

「ほんとに全部、このなかに？」

「残念ながら鍵がないから、いまここでは開けられないけど、ええ、ちゃあんと入っているわよ。いまのきみよりも若い、ぴっちぴちの頃の灯子が」

「鍵がない、って。じゃあ、どうやって見ろっていうの、これ」

「それはまあ、ご自由に。もう壊しちゃうしかないかもね。心配？」

「え」

「あたしのことを、はたして信用していいものかどうか」

「いや、別に……いまさらだけど、ヒトミさんてどういう関係なの、彼女と」

「灯子と？　知り合いよ。知り合い。ちょっと昔の」

「どういう知り合い？」

「だから、昔の。そういや、同じ男を奪《と》り合ったこともあったっけ。いや、きみのお父さんの話じゃあないけどね。それよりも、もっとずっと昔の話」

「ライバルみたいなもの、かな」

「そういう側面もあるかもね。で、それ、どうする？」

「え？　ああ、はい」龍磨は文箱を紙袋に戻すと、ショルダーバッグから取り出した封筒を彼女に手渡した。「これで」

「取引成立、ってわけね」とヒトミはその封筒を無造作にL字形ソファに、ぽん、と放り投げた。

「中味、確認しなくていいの？」

「きみだって、その中味、確認できないんだから。おあいこよ、おあいこ。信用しているし。いつまでいるの？」

「迫知に？　明日、東京へ帰る」

文箱をショルダーバッグに仕舞うと、龍磨はヒトミに背中を向けた。

「ひょっとしてだけど、家族は誰も知らないの、きみがいま、迫知に来ていることを。灯子も？」

「親父にも言ってないし」

「まさか、このまま黙って帰るの？　どうするの、今晩は」

「友だちんちに泊めてもらってる」

「そうなんだ。じゃあ灯子によろしくね、ってわけには、いかないか」

聞こえなかったのか、それともそのふりをしただけなのか、龍磨は振り返らず、ノブの周囲の塗装が剝げかけた扉を自分で開き、出ていった。

これはどんなふうに考えたらいいのだろう……悠成が憶い出したのはもちろん、たまに見る幼稚園の司祭館の夢だ。ベックの書斎からあの文箱を持ち出したのは、どうやらこのヒトミだったらしい。あの盗人《ぬすっと》が灯子、もしくはその関係者ではないかという悠成の推測は当たっていたわけだ。それはいいのだが、眼前の展開を見る限り、文箱を持ち出した目的がヌード写真というスキャンダラスな汚点隠滅のためではなかった、という可能性が浮上してくる。

ヒトミはL字形ソファに座った。脚を組んで、さきほど龍磨から受け取った封筒をごそごそ開けた。なかから出てきたのは帯封された一万円札の束。カードをシャッフルするみたいな手つきで、ざっと数える。百万円はありそうだ。

つまり、これは……悠成は呆気にとられた。つまりヒトミは、あの文箱を百万円で龍磨に売った、ということなのか？　取引成立という言葉からしても他に解釈のしようはない。そのために彼女は、わざわざ幼稚園の司祭館に忍び込んで盗み出したのか。

しかし、いくら雫石家が裕福で龍磨も小遣いに不自由しない身だろうとはいえ、百万円とはあまりにも法外だ。もちろん、中味が若かりし頃の灯子のヌード写真ともなれば、それだけの価値はあるという考え方もできるのかもしれないが。

「すげえ。ほんとに一本、気前よく出すとはね」ヒトミは軽薄に口笛を吹きながら、札束を団扇《うちわ》に見立てて、頬を扇《あお》いだ。「龍磨くんたら。よっぽどやりたいんだねえ、お継母《かあ》さんと」

札束をテーブルに放り出し、立ち上がった。組んでいた脚をほどく際、ワンピースの下で互いに密着していた黒ストッキングの生地が擦れ合い、微熱が放散された太腿《ふともも》のあいだをほんの一瞬、冷気が疾《はし》り抜ける。

ヒトミはショットグラスにブランデーを注いだ。カウンターに凭《もた》れ、口につけかけたそのとき、カウベルが鳴って扉が開いた。「いらっしゃーい」

入ってきたのはスーツ姿で、ちょっとふっくら丸顔の若い男だ。二十代半ばくらいだろうか。あれ、こいつ、知ってるぞ、と悠成は思ったが、名前が出てこない。

「ヒトミさん？」と訊いてくるその、つぶらな瞳は雨に濡れた小犬を連想させ、なんとも母性本能的な庇護欲《ひごよく》をそそる印象。ヒトミは頷いた。「そ」

「不用心じゃない？　鍵も掛けないで。臨時休業の貼り紙だけじゃ、かまわず入ってくるやつもいるかもしれないよ」

「面子《メンツ》が揃ったら、ちゃんとロックするわ。チェーンも掛けて」

「あれ。じゃあソーちゃんは、まだ？」

そのひとことで悠成は憶い出した。惣太郎のふたつ歳下の弟、賀集怜次《れいじ》だ。〈迫知学園〉では吹奏楽部所属ではなかったが、部員たちの溜まり場になっていた賀集家の兄弟の部屋に立ち寄った際、よく顔を合わせた。雪花ほど頻繁ではなかったが、定期演奏会の裏方を手伝いにきてくれたこともある。

「もう披露宴も二次会も終わっている頃だけど」怜次は腕時計を見た。「まだ、みんなと飲んでるのかな」

さきほど龍磨が、明日は東京に帰ると言っていたことからも明らかなように、やはりこれはあの日の夜なのだ。一九八八年十月の、あの事件の。雫石龍磨はこの数時間後、何者かに殺されることになる。

「お座りなさい。なにか飲む？」と、ヒトミに示されたL字形ソファに腰を下ろした怜次は眼前の札束を手に取ると、しげしげと眺め回した。「……なに、本物？」

「ブランデーよりウイスキィ？　まさか、未成年じゃないんでしょ。そんなにお人形さんみたいに可愛らしくても」

「飲めないんだよね、未成年じゃないけど」パラパラ漫画みたいに音をたてて、紙幣を何度も捲る。「どうすんの、これ。なにか買うの？」

「あら。なんなら、あげてもいいわよ、きみに」というヒトミのひとことに怜次は顔を上げた。あどけない微笑みはそのままで、眼には猛禽類《もうきんるい》の光が宿る。「ご褒美に、ね」

「ご褒美？　っていうと」

「もちろん、あたしを死ぬほど気持ちよくさせてくれたら、ね」

こうした色ごと絡みの過去を追体験するときは、できれば女ではなく男の身体に憑依したいものだ。タイムリープは能力というよりも現象で、自分の意思にはほぼ関係なく発生してしまうのだから、擬似的にしろ、せめて妻以外の女を抱ける役得くらいはあってもいいだろう、と。いじましいとは自戒しつつも、そう嘆く悠成のぼやきが、あるいは天に届いたのだろうか。

後日、再びこのシーンを夢で追体験する際、悠成が憑依したのはヒトミではなく、男のほうだった。そのとき夜の繁華街を歩いていた視点人物は、とある雑居ビルに入る。階数表示ボタンがずいぶん古めかしいデザインのエレベータに乗り込むと、四階で降りた。

薄暗い廊下を進むと〈秘途見《ひとみ》〉と店名の記された白いドア。『本日臨時休業／またのお越しをお待ちしております』との貼り紙にかまわず、なかへ入ると「いらっしゃーい」と、おどけた仕種でショットグラスを掲げてみせたのは、臙脂《えんじ》色のワンピース姿のヒトミだ。察するに店名は彼女の名前に適当な漢字を当てたものなのだろう。この時点で悠成は、自分が憑依している視点人物が賀集怜次だと確信した。

「あげてもいいわよ、きみに」というヒトミの言葉に反応して、札束を持つ怜次の手に眼には見えぬ緊張が走るのが、彼のなかにいる悠成には、はっきり判った。

その札束をヒトミは、ひょいと怜次から取り上げる。「もちろん、あたしを死ぬほど気持ちよくさせてくれたら、ね」

見せびらかすように札束をぱたぱた左右に振りながら、カウンターの背後へと回る。

「そもそも、そのつもりでここへ来たわけなんだし。ねえ？」

ブランデーの瓶《びん》を退《ど》けると、ぽん、ぽんと音を立てて、なにかをカウンターに置いたヒトミは中指を鉤《かぎ》のようなかたちにくねらせ、怜次を手招きした。

見えない糸と針で釣り上げられた魚さながらに怜次は屁《へ》っぴり腰を浮かせ、前屈みの姿勢でカウンターを覗き込んだ。「え。なに、これ」という戸惑いは悠成も同感だったが、明らかに面白がってもいる怜次とは対照的に、曰《いわ》く言い難い不安が渦巻く。また……また、これ？

ヒトミがカウンターに並べたのはボディストッキング。しかも色は黒で、パッケージのカバー写真モデルはキャミソールタイプがブロンド、ロングスリーブタイプがブリュネットだ。ともに悠成にとっては三度目のご対面である。

なぜ？　どうして、ここでもまた、これが出てくる？　おかしい……なにか、おかしくないか。

二度ならず三度となると、とても偶然ではかたづけられない。しかも男との密会場所に常備しているとおぼしき灯子、新婚旅行先で新妻に着せようとして義妹に使われた徳幸、そして賀集兄弟と親しいらしいヒトミと、互いに無関係ではなく、極めて限定された交流範囲内で、これだけなにもかもが重なるとなると、単なる性生活の彩りとしてのセクシーランジェリーとは考えられない。何者かの意図めいた背景を感じてしまう。が、具体的にそれがどういうものなのかは皆目見当がつかず、ただ漠然とした疑念と不安ばかりが悠成のなかで募ってゆく。

「さて。えーと、レイくん、だっけ。きみのお好みはどちら？」

「着けるの、これ。いまから？」

「いつもそうしているんでしょ、きみたちは。こんなふうに」ヒトミは二枚のカバー写真を交互に指さした。「全身をぴっちり、ラッピングして」

「いや、それはソーちゃんが。ぼくは、え、その、まだ、うん、ぼくはまだ一度も、こういうのは」

「初めてなんだ。へーえ。まあ、とにかく。どちらか選びなさいよ」

「じゃあ、ね」怜次は、まるで白魚のようなという形容がぴったりの指でブロンドのほうのパッケージを示した。「こっち、かな」

「ふうん。どうして？」

「どっちもいいんだけど、ヒトミさんは腕とか肩を見せたほうが、よりセクシーかな、と。第一印象では、ね」

「へええ。腕とか肩とか露出させたほうが、ね。それはそれは。貴重なご意見、どうもありがとう。今後の参考にさせていただくわ。じゃあ、はい」ヒトミはなぜか、ブリュネットのカバー写真のほうのパッケージを、ずいと差し出してきた。「これね」

憑依している悠成には視認できないが、怜次が困惑の表情を浮かべていることは察知できた。

「どうしたのよ。あたしには、こっちを着て欲しいんでしょ？　だったら、きみは長袖《ながそで》のほう。ね」

「え……えと」

「だいじょうぶ。フリーサイズだし。男でも、きみくらい華奢《きゃしゃ》なら全然余裕」

怜次とて唯々諾々《いいだくだく》とヒトミの指図に従っていたわけではなかろう。のろのろ服を脱ぐ彼の心の動きを悠成は正確には読み取れないが、意識して店の出入口のドアから眼を逸《そ》らそうとしているのは、なんとなく判った。頼むからドアをロックしてくれよ、もしも誰かが臨時休業の貼り紙を無視して入ってきたりしたらどうするんだよ、と。

窮屈そうに四肢を折り畳み、黒いナイロン生地で全身を包み込んでゆく。その締めつけられる感覚に興奮してか、怜次は勃起した。そもそも製造時に男性器のサイズなど考慮していないと思われる股間の円開き部分から、どうにか引っ張り出した逸物《いちもつ》の根元に生地が喰い込み、痛い。

全身黒ずくめで、局部からペニスだけを突き出した、こんなみっともない恰好をもしも不意の闖入者《ちんにゅうしゃ》に目撃されたりしたら、もはや生きていけない。そんな羞恥心がますます興奮を煽り、ナイロン生地の喰い込みはさらに激しくなるという無限スパイラルのなかで、悠成もただ翻弄される。そう。怜次の興奮はそのまま悠成の興奮でもあり、完全に同調している。

「ほうら、可愛い」自らもキャミソールタイプのボディストッキングひとつに着替えた姿でヒトミは怜次に抱きついてきた。すりすり、ナイロン生地同士を擦り合わせる。「かわいい可愛いかわいい。ああんもう、どうしよう。食べちゃいたい」

ナイロン生地越しに怜次の身体のあちこちをいじり、キスしてくるヒトミの「みて見て、ソータくん」というひとことで、初めて悠成は、いつの間にか惣太郎が店内に、しかもすぐ傍《かたわ》らに佇んでいることに気がついた。彼女の愛撫《あいぶ》に陶然とするあまりか、ドアを開き、ロックを掛け、互いをまさぐり合うふたりへと忍び寄ってくる彼のその一連の動作が、まったく聞こえていなかった。

「ほうら、どう。どう?・」ヒトミは自分の乳房をぴっちり押しつけながら、怜次の背後に回り込んだ。「可愛いでしょ、レイくん。ほんとに女の子みたいでしょ」

怜次は羽交い締めにされ、背後から全身を隈《くま》なく、まさぐられる。ヒトミの指は彼の乳首、下腹部、太腿、そして股間へと縦横無尽に。まるで千手観音《せんじゅかんのん》のようだ。

惣太郎の冷徹な視線を真正面から受け止めながら「や」「ああ」「いやだああ」と怜次はほとんど涙声で身をよじる。

「ね。女の子なのよね、レイくん。きみは、いま」そんな怜次の耳もとで、湿った吐息とともにヒトミは囁いた。「ほら。見られてるのよ、ソータくんに。恥ずかしい？　大好きなお兄ちゃんに、こんな恰好、見られて。あら。あらあらあら。だめよお、そんな、おいたしちゃ」

自ら男根に添えようとした怜次の手を、ヒトミは背後から邪険に払《はら》い除《の》けた。

「だめだって言ってるでしょぉ。勝手なこと、しない。なに。なによ。どうしたいの。気持ちよくなりたい？　気持ちよくなりたいの？　だったらお兄ちゃんにやってもらう？　ほら。お口で、しゃぶってもらう？」

仰天して悠成は、そこで目が覚めた。おぞましさのあまり、しばらく悪寒が止まらない。男同士はまだしも、実の兄弟同士でだなんて。仮に言葉上の嘲弄《ちょうろう》なのだとしても、アブノーマルにもほどがある。ヒトミという女は頭がおかしい、と義憤にも似た嫌悪感がどうにも抑えられない。

しかしそのいっぽう、並外れて美形の賀集兄弟が互いに搦み合っているシーンをうっかり想像したりすると、これまで経験したことのない妖《あや》しいタイプの波動が押し寄せてきて背筋がざわつく。女ものの下着姿で羽交い締めにされている弟に注がれる惣太郎のガラス玉のような眼光はホラー映画に登場する殺人鬼そこのけだ。怜次に憑依している悠成は、まるで自分自身が奪って喰われそうな恐怖とは裏腹に、このまますべてを惣太郎の凶手に委《ゆだ》ねてしまいたいという自己放棄衝動にもかられてしまう。

　あんな気色の悪い夢、二度とごめんだと抗《あらが》いつつも、背徳的な好奇心が膨張してゆく。絶対に見たくない、見ないですみますようにと祈ろうとも、どうにもならない。いずれまた、あのときの怜次に憑依して、すべてを追体験してしまうんだろうなという悠成の諦観《ていかん》は、しかしその予想が少し外れるかたちで、具現化する。

　悠成が憑依したのは怜次ではなく、惣太郎のほうだった。「気持ちよくなりたい？　気持ちよくなりたいの？　だったらお兄ちゃんにやってもらう？　ほら。お口で、しゃぶってもらう？」と淫猥に囀《さえず》るヒトミ。黒眼が勝った埴輪のような笑みが、特殊メイクを施した怪物さながらの邪悪さを醸し出す。

　そんな彼女に羽交い締めにされている怜次へと、悠成の視点人物、すなわち惣太郎はゆっくり歩み寄る。跪《ひざまず》くと、鎌首を擡《もた》げた怜次の亀頭の鈴口が睨み返してきた。お、おいおい、まさか、本気なのか？　ほんとうにヒトミに命じられるままにするつもりなのか。やめてくれ。悠成は総毛立つ思いだ。

　どれほど美形であろうとも、男のものなんか舐めたくない。それだけは死んでも嫌だ。しかしよく考えてみれば悠成はすでに、木香に憑依した際、口腔内を徳幸にさんざん掻き回されている。濡《ぬ》れそぼち、重く締めつけてくるナイロン生地。豪雨の如く頭上から降り注ぐ湯。徳幸に脚をかかえ上げられてからはバスタブのなかで転んで怪我をしやしないかと、そっちのほうに気をとられたという側面もあろうが、あれだってできれば遠慮したい体験にはちがいない。が、それでも、憑依していたのが女の身体だった分、まだしも救いがあるような気がする。

おまけにそのフェミニンな外観とは裏腹に、怜次の股間から発せられる刺戟臭はオスの威圧感がこってり厚く盛られていて、眼が霞《かす》みそうなほど強烈だ。木香のときは、降り注ぐシャワーの湯が絶えず徳幸の臭いや体液を洗い流し、中和してくれたが、こちらはそんな緩衝剤も期待できない。文字通り生の体験だ。

男の立場で別の男に口で奉仕するなんて、たとえタイムリープによる擬似的な行為であっても、できれば一生体験したくなかったが、まさか……ふと悠成は、なんとも嫌な可能性に思い当たった。ひょっとしたらこれまでにも、そうとは知らずに同じ追体験をしたことがあった、とか？　あったのかもしれない。少なくとも絶対になかった、とは断言できない。特殊能力を自覚する以前は、どれほど型破りな体験であろうとも他愛ない夢に過ぎないと思い込んでいたから、目覚めとともにすべてを忘却していられた。が、ほんとうはこれまでにも体験していたのかもしれない。しかも何度も。こんなふうに惣太郎になって弟を頬張っていたのか。それとも怜次になって兄に吸い上げられていたのか。それとも、その両方ともか、は別として。

喉の奥まで入ってこようとする怜次を、舌のクッションで受け留める。その胴回りを揺り籠《かご》のようにあやすたびに惣太郎の舌先は自分の唇を円くなぞってゆく。その感触は悠成に、あのときの灯子の鏡像を想起させた。〈中央レジデンス〉五〇一号室のバスルームで独り自分を慰めながら、灯子もまた空想のなかで、誰のものとも知れぬ男根を味わっていたのだろうか。

「ああら、レイくんたら。いいわねえ。いいんでしょ。気持ちいいんでしょ？　大好きなお兄ちゃんに、しゃぶってもらって」

惣太郎の頭上では、首を背後に捩じられた怜次が、ずるずる音をたててヒトミに唇を吸われている。ふたりの唾液が混ざり合い、大きな礫《つぶて》となって落下した。弟の腿をナイロン生地越しにまさぐる惣太郎の手の甲を、びちゃりと直撃する。

その自分の手の甲を箸休《はしやす》めのように舐めておいてから、惣太郎は再び弟のものを銜え込んだ。先端を喉の奥で固定して、頭を左右に振りたくると、怜次の陰毛がちくちく、兄の上唇溝を掃いてゆく。頬をきつく窄《すぼ》め、ゆっくり口から怜次の陰茎を抜き取ってゆく惣太郎の頭上で、しゃっくりとも悲鳴ともつかぬ甲高い声が何度も上がった。

「気持ちいいのね。いいのね。うん。もっとよくしてあげよっか、レイくん。もっともっと、気持ちよくしてあげるね」

ヒトミは一旦怜次から離れた。惣太郎の視界の隅っこで彼女は、カウンターに置いてあるトートバッグをごそごそ探る。がたがたと無造作にボックス席の、二台並べられているテーブルのひとつを退けた。その足で、すぽん、と彼を惣太郎の口から引き抜くと、テーブルのあったスペースに引っ張り込む。そして怜次を、L字形ソファの上に後ろ向きに膝立ちさせた。

「さあ。もう、もとには戻れないわよ」背後からのしかかるようにして怜次をソファの背凭れに手をつかせるヒトミの股間には、さっきまではなかった鬼の角のようなものが生えている。ベルトで装着した張り形だ。

「きみは、これで完全に、女の子になっちゃう」シャンプーのような筒状の容器を高々と掲げるや、大量に垂らしたローションを怜次の尻に塗りたくった。

「あ、いやッ。いやよう。やめてええッ。ヘンなこと、しないでええッ」

どういう発声方法なのか、怜次の上げる哀願は若い娘そのものだ。ともにボディストッキングを着けて重なり合うその構図を、なんの予備知識もなく目の当たりにしたら、いたいけな少女が熟女に襲われているようにしか見えないほど。

「ほうらほら。お兄ちゃんが見てるわよう」たっぷりローションをまぶした張り形を突き出し、怜次の臀部を引き寄せた。びくん、と一瞬ふたりの身体が宙に浮くかのように跳ね上がる。「あ。あは。入った。あはははは。はいった入った。ほら。ほらほらあ」

「イヤだあ。いた。痛い。いたいいいい。やめてええッ」

じたばた暴れる怜次を押さえ込みながら、腰を容赦なく突き入れる。「ほら、めくれてる捲れてる。おおお。きれいなピンク色が。あははは。たまんないわ、これ。最高。も、病みつきになりそう」

怜次の背中に頰ずりしながら、ヒトミは惣太郎に、にたりと笑いかけてきた。「ごめんねえ、あたしが先に、もらっちゃって。でも、この子、なかなか滑りがいいわよ。ほんとにアナルは初めてなの？　うまくいくか不安だから、ちょこっとディルドで馴らしておいてやってくれ、なーんて、もっともらしいこと言っちゃって。ほんとはソータくん、とっくに自分で、この子のこと、味見ずみなんじゃないの？」

惣太郎は答えず、ゆっくり服を脱いだ。全裸になると、L字形ソファの後ろに回る。

「ほうら、レイくん」ヒトミは腰の動きを止めずに、怜次の髪を引っ張った。「お兄ちゃんを、しゃぶってあげなさい。自分も、してもらったんだから」

弟の頭部をつかんで自らの下半身へ引き寄せた惣太郎は、弟の舌が亀頭を這い回る感覚をじっくり味わうかのように眼を閉じた。悠成もいっしょに、落下とも飛翔ともつかぬ、独特の浮遊感覚の大波に攫《さら》われる。

「そっか。そうかあ。こういうこと、だったのね」そんな声に眼を開けてみると、兄に咽頭を突かれ、がほがほ、えずき上げる怜次の背中にのしかかったヒトミが哄笑《こうしょう》とも憤激ともつかぬ形《ぎょう》相《そう》で歯茎《はぐき》を剝き出しにしている。ぷっ、と唾液の礫を放った自分の掌を、怜次の脇腹から股間へと差し入れた。

惣太郎からは死角に入って見えないが、彼女の両手が機関車の車輪並みに激しく怜次のものをしごきたてているのは、その粘稠性《ねんちゅうせい》の擦過音《さっかおん》からも明らかだ。そのあいだ一瞬たりとも、張り形で怜次の肛門を犯すヒトミの腰の動きは止まらない。

「これか。これが世の男どもの醍醐味《だいごみ》か。ずるい。ソータくんたら、ずるいよ。いつもこうやって、みんなで寄ってたかって、ひとりの女を輪姦《まわ》すお楽しみを共有しているってわけね。で、ちょいと目先を変えて、ひとつ、男の子でも味わってみよう、と？　そのために可愛い弟に餌食《えじき》になってもらおう、だなんて、この鬼畜。いや、レイくんのほうから志願したの？　あはは。でもこりゃあ、やめられんわ。ぞくぞくする。ううッ。たまらん。ああ、いい声で泣いてる、この子。もうあたし。も、もう、あたしのほうが、あは、しゃ、射精しそうだ。ほんとに。ほら、レイくん。もっと。もっと腰を振りな」

ヒトミの言葉の端々から察するに、彼女と賀集兄弟はこの夜、突発的にではなく、事前に取り決めて〈秘途見〉に集まった、という経緯のようだ。そのためにヒトミは店を臨時休業にし、惣太郎は三次会から四次会へと向かう途中で陸央と悠成とは別行動をとった。惣太郎は当然、フィアンセのタマちゃんからこの夜の行動を問い質された場合には、友人の披露宴の後の飲み会で夜を明かした、と申し開きをするつもりだったのだろう。

そこまではいい。よく判る。判らないのは翌朝の惣太郎の言動だ。

飲み会が徹夜になることはあらかじめタマちゃんにも伝えてあっただろうから、陸央と悠成に口裏合わせを頼むのが後回しになるにしても、あれほど性急かつ強引に話をつける必要があったとは思えない。まさか、タマちゃんだって、いくら嫉妬深い性格だからといって、その翌朝からいきなり婚約者の前夜の素行調査に乗り出すほど暇でも酔狂でもあるまい。仮に彼女が度を越して粘着質なのだとしても、フィアンセとしてはなおさら用心深く、早め早めの対策を講じるようになるのが自然だ。

となると惣太郎は、雫石龍磨殺害事件のことを発覚以前に、なんらかの方法で知ったとしか考えられないのだが。しかし犯行に直接かかわっているか否かは別として、〈秘途見〉でかくも倒錯的かつ淫靡な饗宴《きょうえん》に耽っている惣太郎が、この夜のうちに雫石邸へと赴く余裕などあったのだろうか？

この疑問は惣太郎に、ヒトミに、怜次にと入れ替わり立ちかわり憑依し、時間が巻き戻って同じ場面を何度か重複して追体験したりしているうちに、やがて氷解する。

「いい顔してるわね、レイくん。ほら。ん。なに。そろそろお兄ちゃんに代わって欲しいの。ん？」

悠成が憑依している惣太郎の眼前で、ヒトミの臀部が、ゆっさゆっさ前後に揺れている。彼女にテーブルに仰向《あおむ》けに組み伏せられた怜次の菊座に、杭が間断なく打ち込まれている。そのたびに張り形を固定しているベルトが、ヒトミの腰全体を覆う黒いナイロン生地を引き裂きそうなほどよじり、ぎしぎし弾ませる。覆い被さる彼女の首に怜次の腕が搦みつく。ヒトミの背中や大腿部《だいたいぶ》に両足を擦りつけ、のけぞる弟の枕元のほうへ惣太郎は、ゆっくり回り込んだ。

「そうはいかないのよねえ。あたしがもらっちゃうんだ、最後まで」ふたりの下腹部の結合部分を覗き込む惣太郎に笑いかけると、ヒトミはこれみよがしに怜次を大股開きさせた。陰茎を、根元から引き抜きそうな勢いで、しごいてみせる。「出しなさい、レイくん。いっぱい。ほんとはあたしが、きみのこと、孕《はら》ませてやりたいんだけどさあ。そうもいかないから。ね。あたしの代わりに。いっぱいいっぱい、ぶち撒《ま》けて」

口から終始垂れ落ち、注ぎ足される唾液をまぶされたヒトミの手が怜次を握りしめ、フル回転するうちに、あらゆる種類の体液が混合した独特の臭気が、惣太郎の顔面へと吹き飛んでくる。

「だめッ。だめええええッ」かよわい娘のような喘ぎ声とともに怜次は、ヒトミの掌のなかで果てた。白濁した飛沫が、本人のみぞおちの辺りから喉元まで、勢いよく放物線を描き、疾り抜ける。カンバスに絞り出された白い絵の具のような粘液を、ヒトミはナイロン生地越しに怜次の乳首から脇腹へと、なすりつけた。

「あははは。イッちゃった。お尻でイッちゃった。これでもう、ほんとにきみは、もとへは戻れないわよ。レイくん。これからも、このお尻はあたしの……」

ふいにヒトミの言葉が途切れた。惣太郎が彼女の背後へ回り、下半身を引き寄せる。手探りで張り形のベルトを外しているらしいと悠成が察するのと同時に、ヒトミも嬌声を上げた。「なあに、ソータくん? なにやってんのよ。今夜は主役のレイくんを、ふたりで可愛がってあげる、という趣向じゃなかったの? ちょっと。ちょっとちょっと。しょうがないなあ、もう」

立ったままヒトミを前のめりにさせると、惣太郎は股下全開となった彼女の尻たぶらを背後から左右に押し拡げた。褐色の放射状の裂け目の位置を確認するかのように指を添えると、そのすぐ下の女陰に己れの怒張をあてがう。てらてら鈍色の光沢を放つ先端が、あっという間に襞の奥へと吸い込まれた。

たぷたぷと惣太郎の鼠蹊部《そけいぶ》を連打するヒトミの尻たぶらを見下ろしながら悠成は、やれやれ、ようやくまともなプレイになったな、と変な感慨に耽った。ボディストッキングを着けさせられた怜次とは対照的に、惣太郎が普通に全裸というのも、ノーマルな雰囲気を助長する。などと牧歌的に思えたのは、ほんの短いあいだだけだった。

ヒトミとつながったまま、惣太郎は後ずさりした。L字形ソファに、すとんと腰を下ろす。床に足を踏ん張り、跳ね上げるように腰を浮かして、ヒトミの両脚をカーテンさながらに開帳させた。「レイちゃん。レイちゃんてば。起きて。ほら。レイちゃんがもう、ほんとにもとには戻れないのかどうか、彼女に見せてあげなよ」

テーブルに寝転んだままぐったりしていた怜次は、兄の声に反応した。背中を丸めて勢いをつけ、床に降り立つ。びりびりナイロン生地を引き裂きながらボディストッキングを脱ぎ棄てるその股間からは、大蛇のような男根が屹立《きつりつ》していた。たったいま放出したばかりとは思えないほどの猛々しさで。

怜次が膝を屈め加減にしてふたりに、にじり寄ってくるのに合わせ、惣太郎は自分の股間からヒトミの臀部を浮かせた。怜次は、向かい合わせで彼女にしがみついてくる。悠成の位置からは死角に入って見えないが、どうやら兄のものが抜けた後の女陰に怜次は己れを埋め込んだようだ。いきなりフルスピードで始まったピストン運動に突き上げられたヒトミの尻の下で、惣太郎の陰茎が押し潰されそうになる。

「あッ。立派よ、レイくん。たくましいッ。す、すてきッ」

兄弟に前後から挟み込まれて、びちびち跳ね回るヒトミを抉《えぐ》る怜次のものが、勢い余って、すっぽ抜けた。すかさず惣太郎が、背後から彼女を満杯にする。かと思うや、貫通していた兄がヒトミから抜け落ちた一瞬の隙を衝き、怜次が再びその祠《ほこら》へと突入する。

「な、なに、レイくんたら、そんな可愛い顔して、お兄ちゃんに負けないくらいの、あんッ、あんッ」

後ろから兄に、前から弟にと交互に全身をしゃくられながらヒトミは、うおッと男のような咆《ほう》哮《こう》を上げた。

「あ。あ。あ。ちょ、ちょっと、そんな」交互に出し入れしていたふたりは、ふいに同時にヒトミのなかへ潜り込んだ。「ちょっ。待ってちょうだい、そんな。す、すごい。すごすぎるぅッ」細かく伸縮する粘膜の袋のなかで、二本の陰茎は剣戟《けんげき》さながらに互いを擦り合う。ふたりが動くたびに粘度を増す体液の膜は、やがて極限まで摩擦熱を帯び、爆発した。ほぼ同時にふたりは絶頂を迎え、ヒトミのなかで互いの精子を混ぜ合わせる。どろり、と粘膜の袋から溢れ出たふたり分の体液が惣太郎の陰嚢《いんのう》を経て蟻《あり》の門渡《とわた》りまでを濡らす感触が悠成にも伝わってくる。

惣太郎は彼女の身体を横へ傾けた。互いをずるずる、ぬるぬる押し合い、引きずり合うようにして兄弟は、ヒトミのなかから二本の陰茎を抜き出した。

「気持ち悪いよ、ソーちゃん」怜次は眼を背けるようにして、ソファに横倒しになったヒトミから離れた。「ここって、シャワーとかは。うん。ないよね。知ってた」

ふたりは店のおしぼりを勝手に拝借し、身体を拭う。いきなり店内に蟠《わだかま》る静寂。それに被さるようにして、同じビルに入っている別のテナントでカラオケに興じているとおぼしき音が微かに響いてくる。

怜次は床に転がっている筒状のものを拾い上げた。先刻ヒトミが使っていたローションの容器だ。ソファに寝そべったままの彼女の下半身に怜次はその筒口を向け、中味を搾《しぼ》り出した。

粘るヒトミの肛門に中指を突っ込み、ぐりぐり動かす。それだけで興奮したのか、すでに二度も放出している怜次の男根はたちまち鎌首を擡げてゆく。「ソーちゃんはもう彼女の、こっちのほうでもやってるの？　ねえ。やってるんだよね。きっと。でもいいや、それでも。ぼくもこれから……」

ふいに怜次の声が途切れた。おしぼり同様、店の瓶ビールを勝手に開けて飲んでいた惣太郎は「どうしたの」と、ふたりのいるボックス席へ眼を向ける。

「そ……ソーちゃん、おかしい」

「なにが？」

「おかしいよ、このひと。動かない」

「失神してるんでしょ？　あまりにも気持ちよかったから」

「そ、そんなんじゃない。そんなんじゃなくて。なんだか、その、な、なんだかその、よく判らないけど。息を……息を、していないみたいなの」

「え。なに。なに言ってんのよ？」

先刻まで女役を強要されていた怜次ばかりか、惣太郎までもが急に弱々しげな女言葉になる。たしかに惣太郎も怜次も外見のイメージにたがわず、喋り方や仕種《しぐさ》は常に中性的で柔らかかった。が、こんなふうに戯画的なまでに、くねくね、なよなよした言動を目の当たりにするのは、少なくとも悠成は初めてである。兄弟間ではこれが日常的な振る舞いだったのだろうか？

「どういうこと。息をしていないって、どういうことなの？」

「だから、息をしていないのよ、全然」横倒しのまま白眼を剝いて微動だにしないヒトミの顔面に、怜次は掌をかざして見せた。「息をしていないんだってば。まるで……ま、まるで、その」

惣太郎と怜次はふたりがかりでヒトミの首筋や手首など、ありとあらゆる箇所に触れ、脈をとってみようとした。が、その身体からはなんの生命の鼓動も返ってこない。どうやら彼女は死んでいるようだ。

なにが原因かは不明なものの、ヒトミは突然死してしまったのだ。「……やばい」惣太郎は慌てて服を着始めた。

「どうするの、ソーちゃん？　あの、救急車を呼んだほうが……」

「そんなこと、できるわけないだろうが」そのひとことだけ粗暴な悪漢並みに憎々しげに吐き捨てる惣太郎だったが、すぐに女っぽい言葉遣いに戻る。「改めて言わなきゃ判んないの？　立場ってものがあるでしょ、立場ってもんが。ぼくだけじゃない。レイちゃんだって。こんなところに救急車を呼んで大騒ぎになったりしたら、後で嫁や息子にどう言い訳するつもりなのよ」

怜次がこのとき、すでに妻帯していたことを憶い出し、悠成は妙な気分になった。先刻までのアブノーマルなプレイの数々が、平凡な家庭生活のイメージからはあまりにも遠く懸け離れていて。

「じゃ、じゃあ、ねえ、待って」怜次も慌てて服を着始めた。「待ってよお。じゃあ、どうするの？」

「知らん顔するしかないでしょ。このまま放っておいて、ばいばい、よ」

「でも、だ、だいじょうぶ？　それで、だいじょうぶなの？」

「だいじょうぶに決まってるじゃない。レイちゃんがこの女と会ったのは、今日が初めてなんだし」

惣太郎の「この女」という呼び方の、露骨に掌返しな無関心さが醸し出す冷酷な響きに、悠成は慄然《りつぜん》となった。

「さっさと、ここから逃げちゃえば誰も、なんにも言ってこないわよ、レイちゃんのところには」

「ソーちゃんは、でも、知り合いなんでしょ、このひとと？　この状況で死んでいるのが見つかったら、彼女と最後にいっしょにいたのはソーちゃんだと、バレたりは……」

「だいじょうぶ。今日はぼく、ここにはいなかったことにするんだから。レイちゃんも、だから今夜、ぼくといっしょにいたこと、絶対に言っちゃだめだよ、誰にも。だいたい、どこで、なにをしてたかなんて、いちいち言い触らす必要なんかないじゃないか。黙っていればいい。ただ黙っていれば、それでなにもかもが丸く――」

「でも、もし……もしも家に帰って、マキさんに訊かれたりしたら」マキさんというのが怜次の妻の名前らしい。さん付けに他人行儀な畏怖《いふ》の念が滲み出る。「今夜どこで、なにしてたの、って訊かれたら、ソーちゃんといっしょにいた、って言うしか……」

「あほかおまえは。少しは頭を使え」惣太郎は再び野太い声で激昂《げきこう》したが、すぐに女言葉に戻る。「誰か、信頼できる友だちに頼むのよ。もしも嫁になにか疑われたら、いっしょに飲んでいたことにして欲しい、って。だいじょうぶ。男ってみんな、脛に傷を持つ身なんだから、他人ごとじゃない。そこは持ちつ持たれつ、きっと協力してくれるから。それで通すの。絶対にぼくや、この店のこと、言っちゃだめ。判った？」

「指紋は？」

「ん」玄関ドアへ向かいかけていた惣太郎は足を止め、振り返った。「なんだって？」

「指紋だよ、ぼくたちの。ここに残していっても、いいの？」

「いいも悪いも、指紋なんか別……」惣太郎は一旦口を噤んだ。「そ、そうか」

「でしょ？　変死扱いになったら警察がやってきて、調べるんでしょ、ここ」

「でも突然死だよ、明らかに？　殺人事件とかならともかく、指紋とか、そんなことまで調べるかな」

「変死体が発見されたら、事件かもしれないと普通は考えるじゃない。当然いろいろ調べるよ。事件性がなかったと判断されるのは、その後の話じゃないか」

弟の指摘に徐々に不安になってきたのか、惣太郎は「どこをさわったか、憶えてる？」とハンカチを取り出し、率先して店内のあちこちを拭い始めた。「全部、消していきましょ。思いつく限り、全部」

惣太郎に憑依している悠成としては、スラップスティックコメディ映画のワンシーンに飛び入りでキャスティングされたかのような気分だ。ヒトミの遺体を避けながらL字形ソファやテーブルなど、あっちこっちを拭《ふ》いて回る賀集兄弟の姿がとにかく滑稽でこっけいで仕方がない。

たしかに一見外傷などない遺体であろうと、事件性を完全に否定できない段階では警察も一応は現場検証をするだろう。この状況ならどの程度詳しく残留物が調べられるものなのか、専門的なことは悠成も知らないが、仮に賀集兄弟の指紋が検出されたとしても、照合すべきサンプルデータを警察側が持っていなければどうにもならない。他の不特定多数の店の客や関係者たちの残留物のなかに紛れ込むだけである。それとも惣太郎か怜次か、どちらかに前科でもあるのだろうか？

兄弟の必死さ加減からしてどうも、そういう事情ではなさそうだ。ヒトミの突然死でパニックになるあまり、とにかく自分たちの痕跡《こんせき》を完璧《かんぺき》に消しておかなければ身の破滅だという思い込みに振り回され、強迫観念に衝き動かされているだけだろう。だいいち証拠隠滅を言うのなら、ヒトミとのアブノーマルなセックスで放出した体液のほうはどうするのだ。遺体の生前情交の事実が認められれば当然、重要視されように。

まあ、なんだかんだ言ってもこれは一九八八年の出来事だ。ＤＮＡ鑑定の技術はまだ本格的に警察捜査に導入されるほどの精度はなさそうだし、賀集兄弟のどちらかが当時なにかの事件に絡んで司法の厄介になった、などという逸話も聞こえてこなかった。結果的には、うまく逃げおおせたのだろう。

実際、もしも知らん顔を決め込もうというのであればふたりとも、現場の状況をへたにいじったりせずにそのまま、さっさと立ち去っていればそれで手っとりばやく、なんの問題もなかったはずだ。しかし、それが二〇一〇年の悠成の視点ではどれほど自明の理であろうとも、この時代の賀集兄弟にとってはそうはいかない。塵芥《ちりあくた》に至るまで、すべてがリスキーに映るのだろう。

ふたりの証拠隠滅作業は延々と続いた。焦燥と、そして悲壮感に満ち溢《あふ》れていた。悠成の予想を遥かに上回るパラノイアックさでもって。

ヒトミの遺体からボディストッキングをびりびり破いて脱がしたのは、もしかして布地にも指紋が残留するかもしれないと用心したからか？　そして遺体の全身を隈なく、膣内《ちつない》に至るまで、おしぼりで拭いたりする。

どのみち痕跡の完璧な消去が不可能なのは火を見るよりも明らかなのに、そこまでやる意味があるのかと悠成はただ呆れるばかりだが、惣太郎も怜次もいっこうに手を止めようとはしない。

なにか見落としはないかと血眼《ちまなこ》になるあまり、そんなところ、触れる機会がいつあった？　という壁に掛けられた絵画の額縁までをも念入りに拭う始末。

もはやハウスクリーニングの業務レベル。それほどきれいに、なにもかも拭き取ってしまったら却って警察の不審を買いやしないかという発想は、このときの賀集兄弟には微塵もないようだ。

ようやく満足したのか、それともいい加減、きりがないと諦めたのか。ふたりが〈秘途見〉を後にする頃には、すっかり夜が明けている。「いいかい、昨夜レイちゃんは友だちのところにいたんだ。ぼくには会っていないし、あの女のことなんかも全然知らない。絶対にそれで押し通すんだよ」と再度念を押し、破れたボディストッキングや汚れたおしぼり、ナプキンなどでぱんぱんに膨らんだビニール袋を「ビルの裏にゴミ集積所があるからね」と弟に押しつけた惣太郎は陽光の下、ひと込みに紛れて大通りへ出た。

眼についた電話ボックスに入ると、上着のポケットから手帳を取り出した。捲ったページに数字が走り書きされている。電話番号のようだ。

惣太郎は十円玉を電話機に入れると、悠成には見覚えのないその番号をプッシュする。呼び出し音を一度鳴らしたところで惣太郎は、がちゃんと受話器をフックに戻した。

かけまちがえたかと思って見ていると、惣太郎は再び同じ番号をプッシュ。呼び出し音を一度鳴らしておいてから、また受話器を戻して切った。

同じ手順を三回くり返した惣太郎は、腕時計を見た。午前八時半。

なにをやっているんだろう？　困惑する悠成を尻目に、惣太郎は同じ番号を四回目のプッシュ。

が、今度は、すぐには受話器をフックに戻さない。じっくりと呼び出し音に耳を傾けている。

三十秒ほど鳴らし続けただろうか、いっこうに応答の気配はない。惣太郎は溜息《ためいき》をつき、電話を切った。ちゃりん、と硬貨返却口が音を立てる。

戻ってきた十円玉をつまみ上げ、電話ボックスを出た。しばらく歩くと、別の公衆電話が見えてくる。

躊躇《ちゅうちょ》なくそのボックスに入ると、惣太郎は手に持ったままだった十円玉を電話機に押し込んだ。先刻と同じ番号をプッシュする。と思いきや、呼び出し音を一度鳴らしただけで、すぐに受話器をフックに戻す。それを都合三回くり返す。

四回目の呼び出しで、ようやく先方の応答をじっくり待つかまえ。が、いっこうに応答の気配はない。三十秒ほど呼び出し音を鳴らし続けた惣太郎は電話を切って、そのボックスから出た。

そうやって大通り沿いの歩道を移動しながら、公衆電話を見つけるたびにボックスに入る。そして決まって同じ番号にかけ、呼び出し音を一度で切る手順を三回くり返しておいてから、本格的に先方の応答を待つ。まるでなにかの儀式のように、まったく同じルーティンを反復する。

が、五つ目のボックス、六つ目のボックスと移動していっても、先方からの応答はいっこうに得られない。徐々に惣太郎の舌打ちの数が増えてくる。応答を待つ時間が三十秒から二十秒、やがて十秒と、苛立ちとともに短縮される。受話器をフックに戻す仕種がどんどん荒っぽくなってゆく。それでも同じ番号へかけるのをやめようとはしない。市街地に設置されている公衆電話を、すべて制覇しかねない勢いだ。

携帯電話がまだ一般的に普及していない時代とはいえ、街なかの電話ボックスの数の多さに悠成が感心していると、やがて惣太郎は住宅街へ入った。

悠成にも見覚えのある界隈《かいわい》だ。はたして賀集家の建物が現れる。

道路側に面した木造の平屋、そして二階建てのプレハブが同じ敷地内に隣接している。賀集兄弟が父方の祖父母、両親と暮らした三世帯住宅だ。土間で区分けされた広い平屋が祖父母と両親の住居で、プレハブは惣太郎と怜次の勉強部屋としてあてがわれていた。出入口が平屋とは別々になっていて、兄弟それぞれの友人たちも気軽に立ち寄れる。

惣太郎は鍵を使ってプレハブに入ると、二階へ上がった。八畳ほどの洋室に、二段ベッドと書物机が二脚並べられている。かつては吹奏楽部員たちの溜まり場で、悠成も練習帰りに何度か訪れたことがある。

ひと足先に実家を出て所帯を持った怜次は、もうこの部屋を全然使っていないのだろう。二段ベッドの上段は着替えなどが散乱していて物置状態だ。昔は特になんとも思わなかったが、ヒトミとのアブノーマルな乱交を目撃した後では、兄弟で使っていた二段ベッドがなにやら淫猥な雰囲気を漂わせる。

障子で仕切られた六畳ほどの隣りの部屋には小振りのコーヒーテーブルと椅子《いす》が二脚。簡易応接セットの隅っこの台座には、平屋のほうと内線でつながるプッシュホンの子機が置かれている。

惣太郎はその受話器を手に取った。また同じところにかけるのか……と思いきや、まったく別の番号だ。

しかも今度は、呼び出し音の一度切りを三回くり返すという、あの儀式めいたルーティンは完全に省略。最初から、じっと応答を待った。三十秒、四十秒、と虚しく呼び出し音が鳴り続けた。どれくらい、そうしていただろう。ついに惣太郎は、叩きつけるようにして受話器をもとに戻した。はあぁッと家具が吹き飛ばされそうなほど盛大に溜息をつくと、頭髪を掻き毟る。

未練がましく再び受話器を取って同じ番号にかけたが、無駄だと見切ってか、数秒ほど呼び出し音を鳴らしただけで諦めた。時計を見ると、もう十時を回っている。

惣太郎は一階へ降り、シャワーを浴びた。階段のすぐ横にあるトイレは悠成も借りたことがあるが、浴室には初めて入った。成人男子がひとりうずくまるのがせいいっぱいそうなサイズのバスタブはなんとも狭苦しいが、もしも十代の頃にお披露目されていたら、中高生には分不相応なくらい独立した生活空間を羨《うらや》んでいたかもしれない。

二階へ戻った惣太郎は、コーヒーテーブルの横の小型冷蔵庫から缶入り清涼飲料水を取り出した。この時代はまだ分離式プルタブだったようで、音を立ててタブを外す。

口もとへ運びかけていた缶を、しかし惣太郎は唐突にテーブルに置いた。台座の下から電話帳を取り出し、せわしなく捲り始める。夕行を探っていた手が、ふと止まった。

『田附悠成』とある。そういえば悠成は独身のとき、そして紀巳絵と結婚して最初に住んだ賃貸マンションのときも深く考えることなく、ごくあたりまえのように電話帳に自宅の番号を載せていたっけ。

個人情報に関する意識が緩い時代だったんだなと自分のなかで二十二年後の悠成が感慨に耽っ

ていることなど露知《つゆし》らず、惣太郎はその悠成の当時の住居である〈ハイツ迫知水道〉へ電話をかけた。

十秒ほど呼び出し音が鳴ったところで「もしもし」と応答があった。惣太郎の耳に流れ込んできたのは陸央の声だ。

「あれ？　えと、あれれ、ひょっとしてコッシー？　ぼく、ユウのところにかけたつもりだったんだけど……」

「ああ、はい。うん、おれ。いや、まちがっちゃいない。ここはユウんちだ。昨夜は泊めてもらってさ」と陸央。そうか、ここでつながるのか。この後、惣太郎の要請を受けて、悠成を交えた三人で〈マーメイド〉での話し合いの場面となるわけだ。

なるほど。悠成は合点がいった。惣太郎が問題の夜のアリバイを確保しようとあれほど必死になっていたのは結局、雫石龍磨殺害事件とはなんの関係もなかった。

ヒトミが死亡した際、自分が彼女といっしょにいたという事実をなんとしてでも隠蔽《いんぺい》したい一心だったのだ。婚約者のタマちゃんの手前、他の女性との不適切な関係が明るみに出るのが致命的なのはもちろん、弟の怜次を交えてのプレイの詳細が世間に暴露されたりしたら身の破滅だ。もちろん事件性のない突然死の現場に居合わせたというだけですべてのプライバシィがこと細かに詮索される恐れがあるとも普通は考えにくいが、惣太郎としてはあらゆるリスクを排除しておかないではいられなかったのだろう。

それは判った。判らないのは惣太郎の、あの執拗な電話攻勢だ。

〈秘途見〉から自宅への帰路、梨《なし》の礫を何度喰らおうともなかなか諦めず、市街地の公衆電話という公衆電話をすべて踏破せんばかりに手間と時間をかけて、いったい誰と連絡をとろうとしていたのか？

あのとき惣太郎が早急に捕まえなければならなかったのは自分と口裏を合わせてくれる人物、すなわち徳幸か、陸央か、はたまた悠成か。三人のうちの誰かだ。

最終的に電話帳で番号を調べた悠成は除外できるとしたら、徳幸か、それとも陸央か。しかし徳幸だとは考えにくい。

惣太郎が最初に電話ボックスに入ったときには夜が明けていた。従って三人はもう〈OPリキッド〉にはいないだろう、と。そして、四次会に合流しなかった新郎の居場所を惣太郎が知っていたかどうかはともかく、なにしろ徳幸は翌日に新婚旅行を控えている身だ、羽目を外すにも限度がある、とっくに新婦の待つホテルの客室へ戻っているだろう、と。普通は諸々《もろもろ》そう判断する。

チェックアウトなどで混雑しそうな時間帯とはいえシティホテルのフロントにあれほど何度もかけてつながらない、なんてことはまずあり得まい。となると惣太郎が捕まえようとしていたのは徳幸ではなく、陸央だったという結論になりそうだ。が。

それでも疑問は残る。呼び出し音を一度だけ鳴らして一旦電話を切る。これを三回くり返しておいてから初めて、きちんと応答を待つ。なにか儀式めいたあの手順を、電話ボックスを移動してかけなおすたびに踏んでいたのには、どういう意味があるのか？

そのいっぽう、惣太郎が自宅に帰ってからかけた、もうひとつ別の番号にはそんなルーティンは省かれていた。二度かけて、二度とも、よけいな手順を踏もうとする気配は微塵もなかった。

一番目と二番目の、それぞれ別々の電話番号。両者のちがいとはなにか？

惣太郎が連絡をとろうとしていた相手が陸央だった、という前提はまず動くまい。あのときの惣太郎にとって他に優先すべき要件があったはずはないからだ。ということは一番目も二番目も、番号こそちがえど、ともに陸央の連絡先だった、と。

そして、どちらかといえば一番目の番号のほうで陸央を捕まえられる確率が高い、と惣太郎は認識していたのだろう。でなければ、あの異常なまでの電話ボックス巡りの執拗さの説明がつかない。

しかし惣太郎が自宅へ帰り着くまでに、陸央からの応答は得られなかった。仕方なく帰宅してから、可能性の低い第二候補のほうの番号へも一応電話をかけてみたものの、やはり出る気配はない。

諦めかけた惣太郎だったが、ふと口裏を合わせてもらう相手ならば悠成でもいいことに思い当たる。電話帳で番号を調べてかけてみたら、なんと、あれほど捕まえようとしても捕まえられなかった陸央が応答したものだから、その安堵感《あんどかん》が「ちょうどいい」という言葉となって顕れたわけだ。

察するに、惣太郎にとっては第二候補だった電話番号のほうが、陸央の当時の自宅のものだったのではないか？　だからこそ、そちらは三連続呼び出し音一度切りなどという、めんどうな前振りは不要だった。そう考えられる。

では一番目の電話番号はどこのもので、なぜそんな奇妙な前振りが必要だったのだろうか。真っ先に思いつくのは、そこが本来、陸央がいてはいけない場所だったから……という可能性だ。つまり、どれほどしつこくベルが鳴ろうとも、陸央はそこの受話器を取ってはいけない。うっかり応答しようものなら、電話をかけてきたその家の本来の関係者に不法侵入を喝破されてしまいかねないからだ。そこで、いざというときの連絡手段として、その電話が惣太郎からのものであることがちゃんと伝わるよう、三連続呼び出し音一度切りという符牒《ふちょう》を両者のあいだで、あらかじめ取り決めてあった……不法侵入とは穏やかではないが、そんな極端な想定でもしないと、あの惣太郎の行動の不自然さには到底《とうてい》説明がつきそうにない。

〈OPリキッド〉での四次会の後、陸央はその不法侵入先へ赴くはずだと惣太郎は思っていたのだろう。あるいは、ふたりで合流する段取りにでもなっていたのか。いずれにしろ陸央は結果的にはそこへは行かず、悠成のマンションに泊まった。

陸央の不法侵入先となっていたかもしれないその場所とは、さて、いったいどこだったのだろう？

くだんの電話番号は夢のなかで憑依した惣太郎が数え切れないほどくり返しかけなおしていたため、嫌でも憶えてしまった。が、なにしろ二十二年も前の話である。

はたして惣太郎がかけようとしていたのと同じところに、つながるかどうか。保証の限りではないものの、好奇心に負け、悠成は一番目の番号に電話してみた。すると若い女性の声で「はい、〈暮林《くればやし》アカデミー〉駅前教室です」と応答があった。

〈暮林アカデミー〉は、いま教職員や保護者たちのあいだで話題になっている、市内の進学塾である。経営者の暮林暢《のぶ》は〈迫知学園〉ＯＢで、悠成は彼のクラス担任を受け持ったこともある。最後に顔を合わせたのはもう十年ほど前だが、こんなところでその名前を聞くことになるとは。またいったい、どういう巡り合わせなのだろう。

せっかくかけてみたのだ。悠成はとりあえず「すみません、暮林さん、いらっしゃいますか」と訊いてみた。「わたし、暢さんの昔の知人で、〈迫知学園〉に勤めております、田附ともうします」

「どうもお世話になっております」事務員だろうか、明るく、そつのない答えが返ってくる。「あいにくと暮林はただいま外出中でございますが。こちらからお電話するよう、伝えておきましょうか」

「あ。はい」正確な年齢をとっさに憶い出せないものの、現在は多分三十前後で、二十二年前には小学校に上がったばかりの頃だったはずの暮林から、さほど有益な情報が得られるとも思えなかったが、悠成は一応自宅の電話番号を伝えておくことにした。「よろしくお願いいたします」

本気で待機するつもりもなかったが、それから十分もしないうちに電話がかかってきた。番号通知を見ると、携帯電話からだ。

「田附先生ですか。どーもお」ややテンション高めの、なつかしい暮林暢の声だ。「おひさしぶりっす」

「どうもすみませんね、お忙しいときに」こんなに早く反応があっても、なにを訊いていいものか判らず、困ってしまう。「えと。さきほど塾のほうに電話、させてもらったんだけど」

「はいはい。駅前教室のほうですね」

「というと、他にも開いているの、教室」

「いま、本部以外にも三つ。どこも小っちゃいんで、いずれは大きなところで統合したいと思っているんスけどね。本格的な事業拡張はそれからということで」

「本部、というと」

「いちばん最初に開いたのが駅前教室なんです。が、いまは教室じゃなくて事務所として使っているんで、内輪ではそう呼んでいるんですよ。場所が場所だから中央本部、とかって大仰《おおぎょう》に。ははは」

「中央……」悠成はふと胸騒ぎがした。「駅前っていうと、いま事務所になっているところは、ほんとにJR駅前に在るの？　雑居ビルかなにかのテナント？」

「マンションです。〈中央レジデンス〉っていう」

「もしかして、だけど……五階？」

「そうです。五〇一号室で」

「よく、その、〈中央レジデンス〉か、そんな高級マンション、借りられたね」

「持ち主が、うちの親戚と知り合いでして。その伝《つて》で」

「持ち主って、まさか、菖蒲谷さんっていうひとじゃ……」

「ご存じなんですか、先生。そうですそうです。でもねえ、失礼ながら、あそこが高級マンション？　たしかに立地は抜群ですけど。実態は築三十年くらいの、どっちかといえば古めかしい。お手洗いはシャワートイレじゃないし、インターネット環境もあれで。え。あそこに住むのがスデータスだったんですか？　先生のお若い頃は？　へええ。じゃあ世が世なら、おれなんかの手には届かない物件だったのかも」

「変なことを訊くようでもうしわけないんだが、菖蒲谷さんって、どういうひと？」

「どういう、って。うーん。おれも、ひととなりを、それほどよく知っているわけじゃないんですけど」

「例えば、どういう関係なんだろ、雫石先生とは」

「雫石、というのは、どなたです？」

「トーコ、じゃなくて、雫石灯子先生だよ、音楽の」

喋っている途中で悠成は憶い出した。灯子は雫石龍磨殺害事件の後、ほどなくして〈迫知学園〉を辞めている。

具体的に何年のことだったのか、はっきりしないが、少なくとも一九九二年よりは前だったことはたしかだ。その年、紀巳絵と結婚した悠成はかつての恩師でもあり同僚でもあった灯子に式と披露宴の招待状を出したのだが、転居先不明で返送されてきて、ずいぶん困惑した。

後から聞いた話によると、その段階で灯子は和歩とは離婚し、娘の里桜を連れて県外へ引っ越したという。学校の事務や他の関係者に問い合わせても、彼女の新しい連絡先はついに判明しなかった。そうか。暮林が中等部に入学したとき、灯子はもう〈迫知学園〉にはいなかったのだ。

「なんとも曖昧な質問でもうしわけないんだが。雫石灯子さん、もしくは美濃越陸央さんというひとと、なにか関係はないのかな。いや、きみがじゃなくて、その菖蒲谷さんが、という意味なんだけど」

「シズクイシに、ミノコシ、ですか。関係って例えば、どういう？」

「例えば、どちらかに〈中央レジデンス〉の部屋を貸したことがある、とか」

「いまのうちの事務所を？　さあ。知らないけど。さっきも言ったように、おれ、菖蒲谷さん本人とそれほど親しくさせていただいているわけではないんで。祖母に頼んで。あ。父方の祖母が、その菖蒲谷さんとは昔から昵懇《じっこん》らしくて、その縁で紹介してもらったんスよ。なので、祖母に直接、訊いてみてもらいましょうか」

「あ。いや、しかし、わざわざそんなこと、してもらっちゃ」

「だいじょうぶ。だあいじょぉぶっスよ。祖母はおれとメル友っつーか、どうせまめに連絡しないとうるさいし。メール入れとけば今日中に返信があると思いますんで。後でまた連絡しますね」

迷ったものの悠成は結局、最後までテンションの落ちない暮林に引きずられるかたちでお言葉に甘えることに。その翌日には早速、報告があった。

暮林は悠成の自宅ではなくわざわざ職場の学校へ、しかも午後のホームルーム終了直後という絶妙のタイミングで電話をかけてきた。単なる偶然なのかもしれないが、気の回る男だと素直に感心する。事業に成功するのはこういうタイプなのだろうなと思いつつ、事務が外線をつないでくれた職員室の館内電話の受話器を耳に当てた。

「あ、どーもお、田附先生。昨日の件で祖母から返信が来ました。菖蒲谷さん、どうやら体調がすぐれないとかで、メールでのやりとりだったそうなんですが。雫石灯子さんと美濃越陸央さんでしたっけ。おふたりのこと、訊いてみてくれました」

暮林の祖母によると菖蒲谷氏は、雫石、美濃越、どちらの名前にも心当たりがない、という。

「ただ、ですね。〈中央レジデンス〉の物件はもともと住居用に購入したものではないので、これまでにもいろいろな方々に貸したり、使わせたりしているんだそうです。なので、その方々のなかに、もしかしたらその雫石さんや美濃越さんの関係者がいるかもしれません。が、そこまでは菖蒲谷さんも把握していない、と」

「電話はどうだろう」

「え。電話?」

「事務所で使っている〈中央レジデンス〉の部屋の固定電話なんだけど、あれはきみが自分で引いているの?」

「いいえ。もともと引いてあるやつを使わせてもらっています。ただ電話機は、ずっと置いてある機種が古かったので、新しいやつに替えましたけどね。なにしろ推定三十年もので。ファックスや番号表示機能すらも付いていなかったという」

「そうか。いろいろありがとう。すまなかったね、お手数をかけて。今度、一杯おごらせてください」

「お。それはぜひ。いい店、見つけておきますんで。どうかひとつ、今後とも、よろしくお願いいたします」

自分の経営する学習塾に生徒や職員を紹介してもらえるかもしれない相手との懇親の機会は、

なるべく多いに越したことはないのだろう。まんざら社交辞令でもなさそうな口ぶりで暮林は電話を切った。

惣太郎があの日の早朝、必死になって電話をかけ続けていたのは〈中央レジデンス〉五〇一号室だった……明確な裏づけが取れたわけではないものの、それら一連の電話攻勢がもしも、惣太郎がなんとか陸央を捕まえようとしてのものだったのだとしたら、そこから導かれる結論はただひとつ。つまり。

つまり灯子の、あの夜の密会の相手の男とは陸央だったのだ。

ふたりの不義の関係を、おそらく惣太郎も知っていたのだろう。灯子は、どういう伝だったのかはともかく、陸央との逢瀬の際にはいつも〈中央レジデンス〉五〇一号室をラブホテル代わりに利用していた。あの夜もふたりはそこで愛欲に耽っているはず、と惣太郎は当たりをつけて何度も電話したのだろう。結果的に陸央はあの夜はずっと悠成と行動をともにしていたため、〈中央レジデンス〉へは行かなかったわけだ。

なるほど。三連続呼び出し音一度切りなんて変な符牒を取り決めてあったのも道理。もしも五〇一号室へかかってきた電話に、灯子か陸央がうっかり応答して、それが部屋の持ち主の菖蒲谷氏、もしくはその関係者からだったりしたら、まずいことになる。教師と元教え子との不倫という一大醜聞《スキャンダル》が表沙汰《おもてざた》になりかねない。

そうか、なるほど。そういうことだったのか。と、納得するいっぽうで悠成は、喉に引っかかった魚の小骨のような違和感を払拭しきれない。

もしもこの仮説が的を射ているのならば、陸央が灯子との不貞行為の真っ最中にもかかわらず、惣太郎が符牒を使って緊急連絡をとらざるを得ない事態が発生しかねない、と。彼らはそう予測していた……そんな理屈にもなりかねないからだ。陸央と惣太郎には常日頃から、それほど緊密に連絡を取り合わなければならない事情がなにかあった、ということなのか？

それにしても、これも一九八八年という昭和の末期でこその煩雑さだったんだな、と悠成はしみじみ感慨に耽ってしまった。かくもややこしい符牒などを工夫せずとも、携帯電話ひとつで個人間での秘密のやりとりが簡単にできる現代においては、例えば不倫も昔に比べると安価でお手軽な娯楽に成り下がっているんだろうな、と。

いまとは桁《けた》ちがいの労力を惜しまず、禁断の果実をみんなこっそり味わっていた……灯子も陸央と。意外といえば意外な組み合わせではあるが、灯子の純朴そうなイメージにそぐわぬ性的奔放さを知ったいまでは、さもありなん、という気もする。

例のタイムリープ現象で灯子を抱く夢にしても、悠成が憑依していたのは夫の和歩ではなく、陸央だったのかもしれない。逆に陸央に抱かれる夢の場合、悠成は灯子のほうに憑依していたのだろう。

ふたりはかなり昔から肉体関係ができていたのではないか、特に根拠はなかったが、悠成はそう直感した。教え子たちのなかでも突出した男ぶりの陸央に灯子が眼をつけないはずはないし、年長者として精神的優位に立つ術は心得ていようから、大勢の陸央ファンの女子生徒などライバルたちを出し抜くことなど造作もなかったろう。

陸央だって、どれほど年齢不相応にクールにかまえていようとも思春期にはそれなりに悶々としていただろうから、灯子が好みのタイプであろうとなかろうと誘惑されれば、あっさり籠絡《ろうらく》されもしよう。ただ。

ただ十代から二十代前半辺りまでは肉欲に溺れた灯子の身体にも、三十近くになる頃には陸央もすっかり食傷していたのではあるまいか。一九八八年十月のあの夜、〈中央レジデンス〉でその気満々だった灯子が待ちぼうけを喰らわされたのがその証拠だ。陸央の様子から察するに、彼女との逢い引きの約束は最初からすっぽかすつもりだったとしても、少しもおかしくない。

そしてこのおれもまた、いつの間にか灯子にはすっかり興味を失っていた……あれほど彼女に魅惑され、エロティックな妄想に翻弄された日々はいったいなんだったんだ、と我ながら呆れるばかり。灯子が〈迫知学園〉を辞めたのがいつだったのかすら、記憶が曖昧な自分が悠成には不思議で仕方がない。

いくら教科がちがうとはいえ、普通は年度の変わり目の新任退任の教職員の歓送迎会で挨拶《あいさつ》くらい交わすはずだ。が、どうもその覚えがない。非常に稀《まれ》ではあるが、なにか不祥事が原因で懲戒処分こそ免れたものの、周囲の与り知らぬ間に依願退職に追い込まれ、ひっそり学校から姿を消していた、という教職員の例もないわけではない。ひょっとして灯子のケースもその類いだったのか？

周囲から聞こえてきた話を総合すると、灯子の辞職は、和歩との離婚と時期が重なっていたようだ。陸央との不適切な関係が疑われる以上、例えば彼女の他の男子生徒との淫行が発覚したとか、そういう特殊な事情だったのかもしれない。決してあり得ない話ではない。

いま灯子が存命ならば六十四歳。どこで、どうしているだろう。

二十二年前のあの夜、小学校の修学旅行中だったという娘の里桜も、生きていれば三十四歳。とっくにおとなで、結婚して、子どもがいてもおかしくない。

陸央も存命ならば五十一歳。最後に会ったのはいつだったろう。一九九二年の紀巳絵との結婚式と披露宴の招待状を彼に出したら、都合により欠席という返信が届いた。後日新居に陸央からお祝いが贈られてきて、やけに大きな荷物だなと思ったら、中味はもっと意外。オルゴールやアートフラワー、カトラリー、置き時計、ブックスタンドなどなど、しかつめらしいご面相に似合わぬ少女趣味満載のファンシーグッズ一式だったっけ。

その後、陸央とは年賀状のやりとりが何度かあったものの、現在はすっかり音信不通となっている。直接顔を合わせたのは、もしかしたら一九八八年の〈マーメイド〉が最後だったかもしれない。

そういえば碓井徳幸、雪花夫妻とも同じく疎遠になってしまった。ふたりにも招待状は送ったのだが、紀巳絵との結婚式には来てもらえなかった。

木香にも、惣太郎にも、全然会っていないし、連絡も取り合っていない。未紘は……そうだ。未紘は、紀巳絵との結婚式と披露宴に駈けつけてくれていた。一九八八年のあの〈モルテ・グラツィエ〉での三次会のメンバーのなかでは唯一、未紘とだけはその後も、ときおり連絡を取り合っていたのだ。しかしそんな彼女とも、悠成が所帯持ちとなったのを境いに徐々に疎遠になってしまい、今日に至っている。

いろいろ思い当たると悠成は、無性に未紘の現況を知りたくなった。もちろん、ほんとうに知りたいのは二十二年前の十月のあの夜のことだ。あの夜の彼女の行動をいまさら知ったところで、もちろんなにがどうなるものでもない。それは、よくわきまえている。が、なんとか未紘、もしくはその周辺にいた人物に憑依できないものか、と悠成が願っていた矢先。

タイムリープ現象が起こり、「友だちんちに泊めてもらってる」と悠成が憑依した人物は言った。未紘ではない、若い男の声。

「そうなんだ」悠成の視点人物と向かい合っているのは、埴輪を連想させる面長の女、ヒトミだ。

「じゃあ灯子によろしくね、ってわけにはいかないか」

これは〈秘途見〉で龍磨があの文箱を彼女から百万円で買い取った場面だ。そういえばあの文箱……灯子のヌード写真入りのあれは龍磨の手に渡った後、どういう経緯で悠成のもとへと紛れ込んだのだろう？　このまま龍磨のなかで彼と行動をともにしていれば、いずれ明らかになるだろうか。

文箱を入れたショルダーバッグを肩に掛けた龍磨は、一見重厚そうだがノブの付近の塗装が剝げかけた扉を開き、〈秘途見〉を後にした。雑居ビルから出ると、大通りでタクシーを停め、乗り込む。

「羽住町《はすみちょう》」と短く運転手に告げた。動き出した車窓越しに龍磨の眼が、歩道をこちら側へ接近してくる若い男の姿を捉える。賀集怜次だ。〈秘途見〉へ向かっているところらしい。が、龍磨は怜次と面識がないのか、特になんの反応も示さない。怜次はすぐに視界の後方へと消える。

十分ほどで住宅街に入った。龍磨がタクシーを降りたのは、コンクリート打ちっぱなしの二階建ての洋館の前だ。周囲の家屋と比較すると、わりとモダンなたたずまい。一階はなにかの店舗のようだが、ガラス戸には重そうなカーテンが下りていて、内部を窺うことはできない。

街灯の明かりを頼りに龍磨は外付けの非常階段で二階へ上がった。アパートのようだ。四世帯並んでいるいちばん奥の部屋のドアを鍵で開け、なかへ入る。

洋室のワンルームは無人だ。シングルベッドのカバーやドレッサー、書物机周辺の小物などの趣味からすると住人は女性っぽい。ここが龍磨の言うところの「友だちんち」なのだろうか？

無遠慮にベッドに腰を下ろすと、ショルダーバッグを床に置いた。なかから文箱を取り出すと、しばし矯《た》めつ眇《すが》めつ。そっと揺らして、かたかた音を立ててみたり。

どうも中味が気になって仕方がないようだ。なにかの拍子にひょっこり開いたりしないものかと期待しているのか、未練がましげに鍵孔を指の腹でなぞっていたが、やがて諦め、立ち上がる。

収納から、大振りの幕の内弁当ほどのサイズの段ボール箱を取ってくる。そのなかに文箱を入れた。気泡緩衝材を隙間に詰めて、ガムテープで荷づくりする。

どうするつもりなのだろうと固唾《かたず》を呑んで見守っていた悠成は、書物机のブックスタンドから龍磨が抜き取ったものがなんであるかに気づき、困惑した。〈迫知学園〉中等部の卒業アルバムだ。高等部のものと区別するために内輪では修了アルバムという呼び方をしたりするが、龍磨のような別の高校への進学組にとっては正真正銘〈迫知学園〉卒業アルバムだ。

表紙に『一九八四年』と表記されている。まさに龍磨の卒業した年のものだ。正確には龍磨は一九八三年度卒業生だが、アルバムの表記は基本的に卒業式の執り行われた年で統一されている。

各クラスの集合写真には眼もくれず、龍磨は巻末を開いた。その年度の卒業生と学校の教職員全員の住所、電話番号がすべて記載されている。任意掲載ではないところが時代というやつか。個人情報の取り扱いが二十一世紀の感覚からするとあり得ないほど杜撰《ずさん》なことに驚く。もちろん悠成だって当時はなんの疑問も抱いてはいなかったわけだが。

龍磨の指が止まったのは名簿のナ行。『長瀧沙椰』の項目だ。他の生徒の分と見分けやすいようにするためか、そこに赤のマジックでアンダーラインを引くと、小包の伝票の宛名欄にボールペンで彼女の名前と住所を書き込んでゆく。

好《よ》い想い出がないから、つい雑な扱いになってしまうのだろうが、仮にも卒業アルバムのページに直接赤を入れるとは如何なものかと苦々しく思っていた悠成は、ん？　と戸惑った。はてな。たしか長瀧沙椰はこのとき、すでに結婚していて、夫の仕事の関係でオーストラリア在住という話だったはずだが。龍磨はそのことを知らないのか？　それとも、直接本人にではなくても彼女の実家に届けばそれでいい、という心づもりなのか。

いずれにしろ、いったいどういう意図で問題の文箱を長瀧沙椰に送りつけようというのだろう？

そんな困惑をよそに龍磨はボールペンを走らせ続ける。見ていて悠成は仰天してしまった。

なんと、送り主の記入欄に『田附悠成』と書き込んでいるではないか。な、なんなんだこれは。

いったい、なんのつもりだ？

とっさにはわけが判らないが、なにやら得体の知れない悪意だけはしっかりと感じられる。送り主の住所も悠成の当時の住居である〈ハイツ迫知水道〉にするのかと思いきや、そちらはちがった。東京都杉並区《すぎなみ》の、集合住宅のものとおぼしき名称と部屋番号を書き込む。え。東京都？　なぜここで杉並区？　わけが判らない……と。

ベッドの枕元の電話が鳴った。龍磨は腕を伸ばし「はい」と受話器を手に取った。

「あ。だめじゃないですか。そんな、すぐに出たりしちゃ」若い女性とおぼしき声が龍磨の耳に流れ込んでくる。「これがもしも、あたしからじゃなかったりしたら、どうするんですか」

「きみ以外で誰か、ここへかけてくるひとなんかいるの」

「そりゃあいますよ。例えば実家の、あたしの両親とか」

「別にいいじゃないか。そのときは、きちんとご挨拶させてもらうからさ。お嬢さんにはお世話になっております、って」

「だめです、そんな。だめですだめです、なんの冗談ですかそれ。あたし、どうしたらいいか、困っちゃいます」

ふたりのやりとりから察するに、電話をかけてきたのはこの部屋の住人で、龍磨は家族にも隠れて帰省しているため、ここで一時的に居候《いそうろう》させてもらっている、という状況のようだ。

部屋の住人のほうもこの一件に関しては身内に内緒なので、外から電話をかける際は龍磨が受話器を取ってもだいじょうぶという合図として呼び出し音の鳴らし方かなにか、符牒を取り決めてあるのだろう。なにしろ携帯電話のない時代だ、いろいろ創意工夫が必要なのは惣太郎と陸央のケースとまったく同じ。その符牒を龍磨がいともあっさり無視して電話に出たものだから、住人のほうは慌てたというわけだ。

それはいいのだが、さて。この電話をかけてきた人物は何者だろう。声からして女性か。聞き覚えがあるような気もするのだが、どうもはっきりしない。憶い出そうとすると違和感が邪魔する。

その違和感とは、この住人の敬語に由来しているようだ。若そうだという印象は受けるし、言葉遣いからして当然龍磨よりも目下なのだろうと普通は判断するところなのだが、それがどうもしっくりこない。

一九八八年のこのとき、龍磨は二十歳。一応成人とはいえ、二〇一〇年の悠成の視点からするとまだまだ、舌足らずは言い過ぎだとしても幼い印象が勝っている。

対照的に、電話の相手の人物はその声音が若さに満ちた張りがあるわりには枯淡《こたん》な成熟の響きを帯びている。なのに、ともすれば龍磨に対する媚《こ》びめいたトーンが必要以上に籠もったりする。

そのあたりが違和感の正体なのだろう。譬えるならば若くして新興宗教の教祖となった男の母親が、息子への帰依と忠誠のあまり、本来の己れの立場を見失って不自然な敬語になってしまう、みたいな。そんなちぐはぐな印象があるのだ。

「そうそう。電話したのは、ごめんなさい、ちょっと帰るのが遅くなりそうなんです。今夜はゆっくりできると思ってたのに」

「だいじょうぶだよ、きみがいなくても。もう特に用事もないから、先に寝てるし。明日に備えて」

先方がいっしょに過ごす時間が削減されること自体を残念がっているのとは対照的に、龍磨のほうが重要視するのは住人の不在による自身の利便性への支障の有無のみ。微妙に嚙み合っていない会話だ。こんなところにも主従関係というと大袈裟《おおげさ》かもしれないが、ふたりの温度差が如実に顕れている。

「どうしましょう、お食事とかは」

「適当にするから気にしないで。そうそう。きみが寝ているあいだに出発するかもしれないから言っておくけど、例の小包。用意してあるから、ちゃんと郵送しといてね」

「はい。それはもう、はい、もちろん。ちゃんと責任をもって」

「差出人の住所だけはおれんちにしてあるけど、それは気にしなくていいから」

ということは、伝票に書き込んだ東京都杉並区の集合住宅、あれはこの時代の龍磨の住居なのか。

「承知しました。はい。でも、あのう、差しでがましいかもしれないけれど、だいじょうぶなんですか」

「って、なにが」

「こんなふうにして、もしも、その、もしも結局、ご自分のところへ返送されてこなかったりしたら……」

「そのときはそのとき」これまでにもふたりのあいだでは同じやりとりが何度か交わされているらしい、龍磨は疲弊したような溜息をついた。「というより、あのさ、戻ってこなかったのならむしろ、そっちのほうが成功したってことじゃん」

「はい。でも、あのう、ほんとにそうなんでしょうか。だって例えば、先方が中味を確認もせずに廃棄したりしたら……」

「たとえ中味がなにかを知らなくたって、田附のやつが得体の知れないものを自分に送りつけてきた、という事実を彼女が認識してくれたらそれでいい。重要なのはそこなんだからさ」

「はい、判ります。はい。そういうことですよね。はい、はい。でも、あのう」

「中味を見て棄てるか、それとも中味を見ないで棄てるか。中味を見て返送するか、それとも中味を見ないで返送するか。沙椰ちゃんの選択肢はこの四つのうちのどれかしかないだろ。もちろん中味を見て返送してくれるのが、おれにとってベストといえばベストだけど、彼女が結局どれを選ぼうともこちらに損はないいんだよ」

「あ、そういえば」龍磨の口調が露骨な苛立ちに尖ってきて慌てたのか、唐突に話題を変えた。「お継母さまは今夜、ひとりでお留守番だそうですね」

「……なんだって」龍磨は一旦耳から離しかけていた受話器を持ちなおした。「どういうこと？」

「あ。もちろん灯子さんのことです」

「判ってるよ。今夜ひとりでって、どういうことなの？　家で？」

「あれ。ご存じないんですか？　ご主人も、それから妹さんもご不在らしい、とかって聞きましたけど」

「親父がいないのは多分仕事だろうけど……里桜は？」

「妹さん？　は、えーと。修学旅行とかなんとか、そういう話じゃなかったかしら」

「きみ、誰に聞いたの、そんなこと」

「誰？　えーと。学校関係者？　だったかな。多分そのあたりかと」

「ふうん」憑依している悠成が感じている動悸《どうき》とは裏腹に、龍磨はなんとも気のない口ぶり。「そうなんだ。まあ、どうでもいいや、そんなことは。とにかく荷物のことはよろしく頼んだよ。じゃあまた後で」

そこで目が覚めた悠成は、二十二年前の龍磨以上に激しい動悸がなかなかおさまらなかった。そうか、ここか。ここだったのか、運命の分岐点は……と。

龍磨はここで、継母の灯子が実家に独りでいる予定であると知った。そして、この後すぐさま雫石邸へと向かったにちがいない。そこで侵入者と鉢合《はちあ》わせし、殺されることになる。ざっとそういう経緯だ。

では、そもそも家族にも内緒で帰省しているのに、灯子が独りでいるらしいと知って急に自宅へ足を向ける気になったのはなぜか。嫌な想像になってしまうが、龍磨の目的はひとつしかあるまい。かつて自身を彼の立場に置き換え、継母を性的対象とした淫らがましい妄想に何度も何度も耽っていた悠成としては、どうしてもその結論に落ち着かざるを得ないし、そう考えることで説明のつきそうな疑問がもうひとつある。

〈迫知学園〉中等部を卒業した龍磨が高等部には進まず、県外の全寮制男子校に入ることで地元とは完全に訣別してしまったその理由だ。もちろん長瀧沙椰に失恋したのが主な原因であることはたしかだろうが、灯子の存在も決して小さくなかったのではあるまいか。血のつながっていない親子関係の日常の折り合いのつけ方などその実態は詳《つまび》らかではないものの、少なくとも龍磨のほうはひとつ屋根の下、たわわに実る禁断の果実を前に日々もがき苦しんでいた。誘惑と理性の狭間で葛藤していた。想像を逞しくするならば、実際に灯子とのあいだで一触即発の事態が勃発したのかもしれない。おそらくその段階で龍磨は経験値の低さゆえに思いを遂げられず、だからこそ実家からも地元からも逃げ出さざるを得なかった。

自分が周囲には秘密で帰省しているタイミングで父親と妹が留守にする巡り合わせに運命的なものを感じたのかもしれない。ともかくこの機会を逃すまじ、いざ継母相手に積年の欲望を満たさんとばかりに実家へと向かったのだ。

気になるのは灯子の予定を電話で龍磨に教え、結果的に惨劇を招くかたちになってしまったこの人物の素性だが、いったい何者だろう。声音や喋り方からしてうっかり女性と決めつけそうになるが、そうとは限らない。女っぽく振る舞っている男かもしれない。

悠成がそんな通常ならばさほど高くもなさそうな可能性を真面目《まじめ》に検討するのは、灯子の予定を知り得たのが〈モルテ・グラッツィエ〉での三次会のメンバーだけとは限らない、という単純な事実にいまさらながら思い当たったからだ。

例えば夫の雫石和歩が演奏活動のため多忙で留守がちであることは彼の知名度からして部外者にも容易に想像がついただろう。公演内容によってはその詳細を報じる地元メディアで和歩の動向を知ることもできる。娘の里桜の修学旅行の日程にしてもPTAなど同じ小学校の保護者たちには周知の事実なわけだ。これらの関係者のなかには、龍磨の高校入学に合わせての地元からの訣別など複雑な家庭の内情に一歩踏み込んで通暁していた者も含まれていただろう。つまり雫石家の当日の動向を把握していたという条件を満たす人物は、たった八人には到底おさまり切らない。該当者をすべてリストアップするのが困難である以上、くだんの条件のみで事件に直接かかわった人物を絞り込み、特定することは不可能だ。

仮に龍磨が居候させてもらっていた友だちという人物を『女』『〈モルテ・グラツィエ〉での三次会出席メンバー』『市内で独り暮らし』という条件で絞り込んだ場合、該当者は未紘しかいなくなる。が、あの声音、そしてなによりも目下の男に従順そうな口ぶりからして未紘とは考えにくい。というか、それだけは絶対にあり得まい。

部屋の内装の少女趣味を度外視したうえで『女』という条件を外すならば、該当者はさらにふたり。陸央と悠成だ。が、龍磨が滞在していたあの部屋はもちろん悠成の住居ではないし、陸央が当時どんなところに暮らしていたか知らないので断言はできないものの、電話の声音や口調からしてこちらもほぼあり得ない。

そもそも男であんな声と抑揚で喋れる人物なんているのか。ひとりいる。怜次だ。龍磨が電話で話していたのが実は賀集怜次だったとしても、少なくともいまの悠成は驚かない。むろん当時妻子持ちだった怜次は『市内に独り暮らし』でも『三次会出席メンバー』でもないが、電話の声だけで判断してもいいのなら関係者のなかでも他の女性候補たちを差し置いて、いちばん可能性の高いのが怜次であることはたしかだ。

そこまで考えを進めてみて悠成は改めて、現在手持ちの情報だけでは龍磨が実家へ赴くきっかけをつくった人物の素性の特定は不可能であることを痛感した。しかし少なくとも仮にこの「友だち」なる人物が電話の後、話の流れからして龍磨はこっそり実家へ赴くだろうと見越して自らも雫石邸へ向かい、そしてそこで龍磨を手にかけてしまった犯人なのだとしたら、三次会出席メンバー八人のなかに該当者はいない、という考え方もできそうだ。まだ断定はできないものの。

悠成は自室の造りつけの書棚の〈迫知学園〉の歴代の卒業アルバムを並べてある一角を調べてみた。が、一九八四年表記の中等部修了アルバムは見当たらない。そうか、おれはこの年度の卒業生の授業は幾つか受け持っていたが、担任や副担任ではなかったから。

卒業アルバムは通常その年度のクラス担任と副担任には自動的に配付されるのが慣例だが、他の教職員の場合はどうなっているんだっけ。中等部高等部とも卒業アルバムは全年度分を学校の資料室でいつでも閲覧できるためこれまで気にかけたこともなかったが、ひょっとして自費購入しないといけないんだったかな？　やれやれ、そろそろ勤続三十年にも迫ろうというのにこんなことも知らないとは、と我ながら呆れる。

ともかく明日学校で見てみるしかないか。そういえば妻の紀巳絵もこの年度の中等部卒業生だ。当然持ってはいるだろうが、自宅に置いてあるとは考えにくい。実家の物置にでも死蔵しているだろう。製本が豪華な高等部卒業アルバムのほうはたいせつに保存していても、比較的簡易な造りの中等部修了アルバムはどこに仕舞ってあるのか判らないというのもありがちなパターンだ。

駄目もとで紀巳絵に夕食時に訊いてみた。すると「え。高等部じゃなくて、中等部のほう？　うん。ここに置いてあるけど」そこまではよかったのだが、「どうするの？　そんな古いものを」

と眉根を寄せる。なんだか要らぬ好奇心を刺戟してしまったようだ。

いや別に、なんでもないよ、などとへたにごまかしたりすると、もっと変なふうにかんぐられるかもしれない。「その年度の卒業生で、長瀧って女の子がいただろ」

「あーはい。うん。沙椰ちゃん」胡散臭げな表情が一転、瞳を輝かせて破顔する。「我が校のアイドルだった長瀧沙椰ちゃんね。彼女がどうかしたの」

「雫石龍磨くん、て憶えていないかな。音楽の雫石灯子先生の息子さんの」

「もちろん。沙椰ちゃんとも並んで、あたしたちの学年では一、二を争う有名人だったから。そうそう、龍磨くんたらもう、その沙椰ちゃんにめろめろで。なのに全然うまくいかず。まあねえ、あれもねえ。仕方のないこととはいえ、気の毒だったな。あ。そういやユウくんも他人ごとじゃなかったんだっけ。ね。迷惑だったよねえ。もろに当て馬みたいな役どころをさせられて」

「当て馬、か。それはつまり、長瀧さんが同級生たちに、おれのことが好きだ宣言、したとかしないとかっていう例の」

「ユウくんも知ってたんだ、ちゃんと。ま、そりゃそうだよね、当事者として」

「いや、実は直接的にはなんにも知らないんだ、未《いま》だに。なにか長瀧さんからおれに具体的なアプローチとかそういう前兆みたいなものも全然なかったから、当時の教頭に突然呼び出されたときはただただ面喰らった。なにごとかと思ったら教頭曰く、どうやら巷《ちまた》では田附先生が特定の女子生徒と個人的に親密交際をしているんじゃないかとの噂が立っているようだが、真偽のほどはどうなんですか、って」

「へええ。そうだったんだ。で。で？」無責任な野次馬根性丸出しの紀巳絵。「なんて答えたの、ユウくん？」

「身に覚えがない、って答えるしかないじゃないか。くれぐれも生徒や保護者たちの誤解を招くような言動は慎んでください、って怖い顔でしつこく注意されたけど、教頭も確証はなかったからなのか、その場では長瀧さんの名前は出さなかったし」

「わーすごい。ほんとにそういう展開になるんだね。テレビドラマみたい」

「はしゃぐなよ。こっちはもう、うろたえるばかりでたいへんだったんだから。いったいなんなんだ、と。そのときはわけが判らなかったけど、後から噂が聞こえてきた。どうやら雫石くんに告白された長瀧さんが彼に、ごめんなさいをしたらしい、と」

「ごめんなさいをした、って。もちろん意味はよく判るけど、仮にも学校の先生がそういう日本語ってどうなの」

「しかもそのごめんなさいの理由が、あたしには他に好きなひとがいるから、って。それ自体はよくある断り方なんだけれど、彼女の挙げた名前が田附先生だった……っていうんだからもう、びっくり仰天」

「そうだろそうだろ。うんうん」もはやすっかりテレビドラマでも観る乗りだ。「少女マンガはだしだよね。で、ぶっちゃけ、どう思ったの、ユウくんは。男として嬉《うれ》し過ぎるその彼女の告白について」

「どうもこうもあるかよ。だっておれ、たしかに長瀧さんのクラスの授業を受け持ったことはあるけど、授業以外で言葉を交わしたことなんか一度もないぜ。例えば質問にかこつけて彼女に思わせぶりな態度をされたとか、そういうサインでもあったのならまだしも。教室以外で顔を合わせたことすらいっさいなし。いや、ほんと。ほんとだって。もし一度でも長瀧さんとなにか、例えば学外で挨拶ついでに立ち話をしたとかあったとしたら、絶対に憶えてる」

「そうだろうねえ。判る。判るよ。なにしろ超絶的にキレイだったもんね、沙椰ちゃん。彼女に朝、おはようってひとこと声をかけられただけで一生忘れられないって男はユウくんに限らず、ごまんといただろうし」

「だからおれはその、おはようすら覚えがないんだ、と」

「まあまあまあ。別にいいよ、そんなにムキにならなくても。いまさら誰も責めたりしないから。おちつけ落ち着け」

軽くいなしながら紀巳絵は自分の部屋から持ってきたアルバムを捲った。当時の中等部Bホームの集合写真を指さす。栗色がかったロングヘアでバタ臭い、他の生徒たちと比べてひと際おとなびた雰囲気の長瀧沙椰の笑顔がそこにある。

「おおお、沙椰ちゃん、やっぱ可愛い。格がちがう、って感じ。もってもてだったもんなあ。正直、羨ましかった」

「そうかな。紀巳絵のほうが、ずっと魅力的だったけどな」

悠成はページを捲った。Aホームの集合写真を指さす。ショートカットで溌剌《はつらつ》とした笑顔の紀巳絵は年齢相応にあどけない。いまでこそ長瀧沙椰とはまた別のタイプの愛らしさを素直に認められる悠成だが、この頃はどちらかといえば中性的で無骨な印象が勝っていたせいなのか、女性として以前に、ひとりの生徒としての存在すらあまり記憶に残っていない。大学卒業後の彼女にも外見上の劇的な変化はさほどなかったはずだが、それでも再会時には紀巳絵にひとめ惚れ。熱烈なプロポーズと相成ったのは悠成側が精神的に成長した証《あかし》だったと解釈するべきかもしれない。

つまりこの頃にはまだひとを見る眼がなかった悠成が「紀巳絵のほうが魅力的だった」などとのたまうのは露骨なお世辞以外の何ものでもなく、そんな夫の本音を彼女も見透かさないはずはない。憐《あわ》れむような薄ら笑いを浮かべた。「むりしなくていいよ、いまさら。当時はあたしのことなんか、まるで視界に入っていないのは丸判りだったし」

「いや、むりしてるわけじゃなくて、ほんとに。なんていう話は、さて措いて」

「って、さて措くんかいッ、こら」

「さっき当て馬って表現を使ったよね。てことは、長瀧さんがおれの名前を出して好意を大々的にアピールした理由はひとえに、雫石くんに対して自分の本命の素性を明かすわけにはいかなかったから……という理解でいいのか？」

「他にあり得ません。ユウくんだって、自分がカムフラージュに使われている、と全然認識していなかったわけじゃないんでしょ」

「そんなことじゃないかと薄々は。でもさ、同じ適当な当て馬をでっち上げるにしても、どうしておれなの？　そこがどうもよく判らない。だってさ、好きなひとがいるからと断るのはいいとして、わざわざ教師の名前を出したりしたら却って嘘臭くならないか？　雫石くんだって、おれはこんなに真剣なのに、長瀧さんは適当なことを言ってごまかすつもりだと受け取って、怒るかもしれない。ことをこじらせるばかりだ。長瀧さん、そういう心配はしなかったんだろうか？」

「沙椰ちゃんが敢えてユウくんの名前を出した理由はいろいろ考えられる。まず同年輩の男の子の名前を挙げるのは場合によっては洒落にならなくなる恐れがある。それがきっかけになって相手の男の子に本気になられても困るし、その子を好きな女子生徒から怨《うら》みを買うかもしれない。どっちにしてもめんどくさい。その点、若くて独身の男の先生のほうがある意味、無難じゃん。この歳頃の女の子って高校生とか大学生、へたしたら社会人とか歳上の男性に惹かれるのもありがちだから、それなりのリアリティも担保できるし」

「雫石くんも納得してくれやすいだろうと考えた、と？　そうかなあ」

「それと沙椰ちゃんには個人的な事情もあった。彼女にとって田附悠成という名前には単なる当て馬以上の意味があったから」

「え。え？　どういうことだそれ？」

「無駄に意味深な言い回しになっちゃったけど、残念ながらユウくんにとってはそれほど喜ばしい話じゃないんだよねこれが」

「喜んでるわけじゃないよ」

「むしろその逆かも。そもそも龍磨くんが沙椰ちゃんのこと、大好きになってしまった経緯から説明したほうがいいね。といっても、これ大半は伝聞で、部分によっては伝聞のそのまた伝聞だったりするから、情報としてどこまで正確なのかは保証の限りじゃないってことを前提に」

「判った。そのつもりで聞く」

紀巳絵はアルバムを捲った。Eホームのページ。その集合写真のなかのメタルフレームの眼鏡で三つ編みの女子生徒を指さした。「あたしと同じ演劇部だった、チョクさん」

「チョクさん？」

生徒氏名一覧表を見ると、当該女子生徒は『鳥海直穂《ちょうかいまほ》』とある。下の名前の読み方はマホだが、チョクホとまちがえられることが多かったらしい。加えて苗字《みょうじ》がチョウカイなものだから誤読すると「チョ」の音が重複し、なんとも紛らわしい語感となる。そのこともあってか〈迫知学園〉時代の六年間ずっと、チョクさんで友人たちのあいだでは通っていたという。

「紀巳絵は演劇部だったっけ？」

「ほら、語るに落ちた。全然興味なかったんじゃん、あたしのことなんか。一生懸命やってたんだよ、大学生になっても続けて」ちなみに紀巳絵は地元国立大学の出身だ。「結局自分には才能ないって途中で見切って辞めちゃったから、あんまり偉そうなことは言えないか。舞台に立ちたい一心で役柄に合わせて過激な肉体改造とかいろいろやってみたんだけど、ぜーんぜん。すべて無駄な努力でした。やれやれ。なんのためにあんなきついダイエットを。死ぬかと思った。って。んなこたあ、どうでもいいですねそうですね。で、チョクさんなんだけど」

長瀧沙椰と雫石龍磨関連で紀巳絵が知っていることはすべて、このチョクさんが情報源なのだという。

「チョクさんと、名前は忘れたけどあとふたりか三人くらいの女の子たちが龍磨くんの私設ファンクラブみたいなグループをつくってたの。ファンクラブっていうのもオーバーだけど実際、龍磨くんて女の子たちに人気あったんだよね。ちょっとアンソニー・ホプキンスに似てる、とかって。いや。いやいやいや。すっかりハンニバル・レクター博士のイメージが定着している現代では想像もつかないだろうけれど、アンソニーくんも七〇年代の出演作ではそこそこの美青年ていうか。ほら、ナタリー・ドロンと共演した『八点鐘が鳴るとき』とかアン・マーグレットと共演した『マジック』とか、あの辺を思い浮かべてもらえば」

「そんなこと言われても判らないよ全然。でも隔世の感があるんだろうな、きっと」

「殺人鬼どころか、あたしはどちらかというと被害者顔っぽいイメージを抱いてたけど。それはともかく。人気あったのよ、龍磨くん。特に、いまで言う腐女子っぽい文化系の女の子たちには。ユウくんとしては口惜しいだろうけど」

「口惜しくなんかないよ別に」

「だから要はファンクラブと称して、みんなで堂々と龍磨くんのお宅へ押しかける口実にしたかっただけなわけ」

「口実になるのか、そういうのが。まあ、なんでもいいんだろうけどね、そのお歳頃の女の子たちは」

「そゆこと。チョクさんはときおりこのファンクラブのメンバー以外の女の子でも、気が向いたら龍磨くんの家へ連れていったりしていた。にぎやかしのつもりだったのかな。ともかく、そのなかのひとりだったのが他ならぬ沙椰ちゃん」

「なるほど。ある日たまたまチョクさんに家に連れてこられた彼女に、雫石くんはひとめ惚れしてしまった、と」

「そうなんだけど、ちょっとちがう。ここからなんとも意外な展開になるんだ。チョクさんたちファンクラブのおまけみたいなかたちで付いていったはずの沙椰ちゃん。なんとそれから、彼女ひとりでも雫石邸を訪れるようになった。しかも頻繁に。チョクさんたちとはまったく別行動をとるかたちで、ね。さあ、さあさあさあ。どう？　どうよ。これで龍磨くんが誤解しちゃわないほうがどうかしている。そうは思わない？」

「たしかに。え、ひとりでもわざわざ家に遊びにくるなんて、ひょっとして長瀧さん、おれに気があるの？　って普通はそう思うよ。百パーセント確実に」

「だよね。ところがところが。沙椰ちゃんがチョクさんたちを差し置いてちょくちょく雫石邸を。って、ここ、洒落のつもりじゃないから念のため。龍磨くんちを訪れるようになったのは、実はまったく別の目的があったから。さて、なんでしょう」

「判らない。けど誰か、龍磨くん以外に気になるひとが雫石家にいたとか？　そういう裏でもあったのかな」

「大当たり。しかもそれがね、龍磨くんの家庭教師だったひと」

「ほう？」

「なんでもお継母さまの昔の教え子で、大のお気に入りだったとか。その時点ですでに社会人で多忙の身だったらしいんだけど、ぜひ息子にいろいろ教えて欲しいからと、かなりむりをお願いしたって話ね」

「長瀧さんは雫石くんではなく、たまたま彼の自宅で出会ったその家庭教師のほうを好きになってしまった？　そういうことだったんだな？」

「まさしくそのとおり。表向きの口実はどうあれ、沙椰ちゃんが龍磨くんちへ行くのは決まってその家庭教師が来る日だったっていうから、普通は彼女の思惑なんて簡単に察知できそうなものなんだけど。これがまったく夢にも思わなかった。いや、龍磨くん本人に確認したわけじゃないんだけど、思いもよらなかったはずだよ全然。最後の最後まで。それもむりはない。沙椰ちゃんがほんとは家庭教師のひと目当てで自分に会いにきていたと龍磨くんがまったく気づかなかったのには、まことにごもっともな理由があったから」

「それはどういう理由？」

「妙齢の女性だったのよ、その家庭教師のひとって」

「え……というと、そっちのほうの趣味だったの？　長瀧さんて」

「どうやら。彼女が進学を希望していたにもかかわらず高等部卒業と同時にお見合いし、すぐに結婚を決めてしまったのはご両親の意向が強く働いていたからじゃないかと言われていたけど。もしかしたら娘の同性愛的嗜好を隠したいとか、そういう世間体をはばかっての強制措置だったのかもね」

「雫石灯子先生の昔の教え子で女性、か。誰だったんだろう、その家庭教師」

「なんていったかな、名前。ど忘れしちゃったけど。沙椰ちゃんはかなり直球でそのひとに告白したらしい。その結果は残念ながら玉砕で。その家庭教師のひとは沙椰ちゃんに、あなたの気持ちは嬉しいけれど、わたしには好きなひとがいるの、ごめんねと。しかし沙椰ちゃんは引き下がらず、それってどんなひとなんですか、はぐらかそうと嘘を言っているんじゃないのなら、ちゃんと教えてくださいと問い詰めた。そこでその家庭教師のひとが挙げた名前というのが……」

「ちょ。ちょっと待て。まさか……まさかとは思うんだが、それがおれの名前だった……って？」

「まさに驚天動地。でも、そうだったらしいんだよねこれが」

灯子の元教え子で、一部の知己のあいだ限定ながら悠成に対する好意を公言していた人物といえばまさか……未紘？　未紘が龍磨の家庭教師をしていた？　ほんとうだろうか。少なくとも悠成は初耳だ。

その時期、未紘はすでに公立校の教員をしていたからたしかに社会人で多忙の身だ。それを敢えてプライベートで息子の家庭教師につけるとは、非常識は言い過ぎかもしれないが灯子の、なにやら尋常ではない作為を感じる。ひょっとして自分と義理の息子とのあいだに蟠るセクシュアルな危機を孕んだ緊張感を緩和したかったからとか？

自分へ向けられる龍磨の滾《たぎ》るような欲望を灯子だって痛いほど感じていただろう。そこで性的対象となり得る別の女性を家庭内へ出入りさせることで義理の息子の興味を分散させようと図った。穿《うが》ち過ぎた見方かもしれないが、ここでポイントとなるのが未紘という絶妙の人選だ。この緩衝材的役割を果たすためには家庭教師がそこそこ魅力的なのは必須条件としても、ほんとうに龍磨とまちがいを犯してしまっては本末転倒である。その点、未紘ならばときに優しく、ときにあしらい、適度な距離感をもって龍磨の関心の手綱捌《たづなさば》きができるだろうと灯子がそんな計算をしたとしてもおかしくない。いやむしろ説得力があり過ぎるほどだ。

「その家庭教師が男のひと、しかも学校の先生であるユウくんの名前を挙げたのがショックだったのか。それとも自分の秘めたる恋心を愚弄《ぐろう》されたような気分にでもなったのか、ともかく沙椰ちゃん、なにも知らずにお気楽に自分にアプローチしてくる龍磨くんに八つ当たりしちゃった。あんたがどんなに浮かれて迫ってこようと無駄よ、だってあたしは田附先生が好きなんだから、って」

「そこだよ、よく判らないのは。一歩譲って雫石くんに八つ当たりするのはいいとして、なぜそこでおれの名前を持ち出すんだ。教師と生徒だから顔見知りだったとはいえ、ろくに喋ったこともないのに。その心理がどうにも理解できない」

「あたしもよく判って喋っているわけじゃないけれど、失恋の腹いせ、みたいなものなのかもね。つまり沙椰ちゃんの、その家庭教師のひとに対する」

「腹いせ、ねえ。しかし雫石くんはそうとも知らず、彼女のその出鱈目《でたらめ》を真に受けてしまった……というわけか」

自分の恋仇《こいがたき》は田附悠成だと誤解したまま龍磨は死んでしまったわけか。そう思うと、なんだか切ない。灯子のヌード写真入りの文箱を悠成名義で長瀧沙椰へ送ろうとしていた理由もすんなり判明した。これも要するに腹いせだったわけだ。

文箱を長瀧沙椰がどうするか。これは彼女でないと判らない。仮にあの文箱を実家経由で受け取り、中味を見たとしても、ほんとうにこれが悠成から送られてきたものと鵜呑みにするかどうかも定かではない。そもそも中味のヌード写真のモデルが若き日の龍磨の継母だなんて気づきもしないだろう。龍磨だって自分がどういう結果を期待しているのか、はっきり確信をもって小細工を仕掛けたわけでもあるまい。

いみじくも龍磨自身が語っていたように、悠成の名前でいかがわしいアイテムが長瀧沙椰宛《あ》てに送りつけられてきたという事実のみが重要なのだ。そこからどんな影響が周囲にどういうふうに波及してゆくかはまったく予測不可能で、龍磨自身にとって吉と出るか凶と出るかも判らない。不確定要素だらけで、そもそも如何なる可視的結果も期待できないかもしれない、そんなつまらない悪戯をなんのためにやったのか。やらずにはいられなかったとしか龍磨自身、答えようがあるまい。そのための百万円という出費が悲哀を催すほどの怨みの深さを窺わせる。しかもその怨み骨髄のはずの悠成は、ほんとうは長瀧沙椰の本命ではなかったとくるのだから皮肉を通り越し、切ないとしか言葉がない。

「罪つくりだよね、沙椰ちゃんも。ほんとに好きなひとがいるのなら、当て馬の名前なんか挙げないで、ちゃんと正直に自分の気持ちを打ち明ければよかったのに。そのほうがよっぽど。あ。でも、もしもそうしていたら龍磨くんがまともに取り合ってくれない、と危惧したのかな？　龍磨くんがどうだったかは判らないけど、一般的に男って懸想《けそう》する女性が自分よりも女のひとが好き、だなんて現実はなかなか受け容れ難いかも。わざと意表を衝くようなことを言って自分の真剣な想いをはぐらかそうとしている、とかって、あらぬ誤解をされちゃうかもしれないし」

「その家庭教師の名前、藤得じゃなかったか？　ひょっとして、だけど。藤得未紘とか、そういう」

「とうとく？　うーん。ごめん。ほんとに憶えていない。けれど下の名前はノリコとかクミコとか、子が付くパターンじゃなかったような気がするから。うん、ミヒロとか、そういうのだったかも」

その夜、悠成の夢には未紘が登場した。特定の人物と夢のなかで顔を合わせる目的でタイムリープ現象を恣意的《しいてき》に起こす能力はどうやら悠成には具わっていないようなので、おそらくただの偶然なのだろうが、それにしても絶妙のタイミングである。

未紘はいつもの無表情のまま、悠成の憑依している視点人物に手を振って寄越《よこ》した。彼女のことをよく知らない第三者が見たら、もしかして手首を傷めたのか、とでもかんちがいされかねないそっけなさで。

見覚えのあるパンツスーツ姿で悠成の視界の斜め前に腰を下ろす。「ホット」という彼女のオーダーに笑顔で頷く女性従業員の制服からして、ここは〈ホテル・サコチ・ハイネス〉のティーラウンジだ。一九八八年十月のあの日。上階のチャペルでの徳幸と雪花との結婚式が終わった直後で、披露宴が始まるまでの短い休憩時間らしい。テーブルについているのは未紘と、そして悠成が憑依している人物のふたりだけ。

「緊張してる？」と未紘は呟いた。視点人物のほうを向いていないので、まるで独り言のようだ。

おれはいま誰に憑依しているのだろう。テーブルの下で脚を組んでいるパンツや靴は紳士物だから男だろう。あの日の式と披露宴でこれらを身に着けていたのはたしか、と悠成が記憶を探っていると、未紘がこちらへ眼を向けてきた。

「なにせトーコ先生を裏切ることになるわけだから、ね」

そのひとことで悠成は察しがついた。この日の夜に灯子との密会をすっぽかすことになる相手といえば陸央だ。

「とうとうこの日が。いや、別に洒落のつもりじゃないんだけどさ」未紘は相変わらず、にこりともせずに軽口を叩く。「露骨に、ばっくれようってわけだし」

「裏切る、とはまた大仰だな」

視点人物は苦笑混じりに呟いた。内部に憑依した際の独特の違和感を伴う声音の響き方だが、まちがいなく陸央だ。

「これも潮時ってやつだよ。こんなこと、いつまでも続けられるわけがない。向こうもそれはよく判っているだろ」

陸央が一学年上の先輩である未紘に敬語を使っていないことに気づき、悠成は少しうろたえた。目下の者からタメ口をきかれるのは平気だが、目上への礼節はたとえどれほど親しくなろうとも頑として欠かさない石頭タイプの陸央がいつから未紘にこんな口の利き方をするようになっていたのだろう？

「そうね。薄々は感じている頃かもね、トーコ先生のほうも。そろそろ相手にされなくなるんじゃないか、と。それに、さほど大したことでもないでしょ。今夜コッシーが来てくれなくてもさ」

え。そうか？〈中央レジデンス〉で陸央の到着を待ちわびる灯子の、あの気合い入りまくりの様子を目の当たりにしている悠成としてはとてもとても「大したことではない」ではかたづけられない。虚仮《こけ》にされたと烈火の如く怒り狂う灯子の鬼の形相が眼に浮かぶようだ。

「その選択に見合うものを今夜あたしがしてあげられるといいけどね。チェックイン、すませてきた」

「ありがと。何階？」

「七階。〈747〉。だいたい何時頃になりそう？」

「披露宴の後、何次会まで付き合うか、にもよるな」

「ユウ次第ってわけね。あはは。ユウ次第、だって。これってまるで、あなた次第よ、って言ってるみたい」あはは、と無機質的に棒読みする未紘の口角は相変わらず下がったままだ。「ま、そのとおりっちゃ、そのとおりか」運ばれてきたコーヒーにかたちばかり口をつけ、立ち上がった。「ここはリクに奢られておいてあげる。じゃあ後で」

先刻はコッシーと呼んだ陸央を今度はリクか。「コッシーが来てくれなくても」と灯子目線の話題のときとは意識して呼び分けたような印象だ。喜怒哀楽を滅多に表さない未紘だけに、たったそれだけの差異がふたりのひそやかな親密さを匂い立たせる。

客室を予約してあると未紘が陸央にわざわざここで告げたのは、彼に悠成をホテルへ連れてきてもらう手筈《てはず》になっているからか。つまり未紘の思惑に陸央が協力する段取りになっているのではないか、という木香の推測は当たっていたわけだ。

だが、ふたりのやりとりからするとどうやら、それだけではない。陸央は陸央でなにか未紘に便宜を図ってもらう約束になっているような雰囲気だ。具体的にどういうかたちかはともかく、この夜のふたりはお互いに利害の一致を見て行動していたらしい。

一旦目覚めて寝なおした同じ夜、悠成は再び夢のなかで陸央に憑依する。

どこかの家の玄関。お屋敷という形容が相応しそうな広い間口。沓脱《くつぬ》ぎからゆったりと悠成の視点人物はその家へ上がり込む。

いや、たしかに身体の動きそのものはゆったりしている。が、脱いだ靴を揃えず、すぐ眼下に並べられている高価そうなスリッパを履こうともせずに廊下を突き進んでゆくその所作は単なる不作法と評するには少し異質の緊張感が漂っている。少なくともいまこの憑依している人物が陸央なのだとしたら、いつも沈着冷静な彼に似つかわしくない。なにか緊急事態の類いを悠成に予感させた。

煌々《こうこう》とした照明に迎えられる。リビングとおぼしき広間。そこへ陸央として足を一歩踏み入れた瞬間、悠成は思い当たった。ここは雫石邸だ……と。

床に龍磨が倒れている。あのジャンパー姿で。首にはネクタイが巻きついている。ひとめで死亡していると知れる。そして傍らには血痕《けっこん》とおぼしき染みが。

いろいろな人物に憑依するかたちでタイムリープ現象を反復していれば、いずれはこういう場面にも遭遇するのではないか、とは思っていた。実際の殺害現場は想像していたほどドラマティックではなく、むしろ風景的には日常の陸続きの趣きだったが、それが逆に鈍痛のような重みをもって迫ってくる。

陸央の位置からは見えないが、龍磨の遺体の頭部には殴打された際の裂傷があるはずだ。血痕はそのときのものだろう。が、肝心の凶器が見当たらないと気づくあたりからじわじわと臨場することの現実感と恐怖心が這い上がってくる。しかし悠成にとってある意味、龍磨の遺体以上にショッキングな光景が陸央を待ちかまえていた。

誰かが遺体の傍らに佇んでいる。若い女性だ。リビングへ入る陸央をのろのろ振り返った、その顔は……雪花。

雪花だ。服装こそライダースジャケットにレザースカートという恰好だが、すでに日付の変わったこの前日に純白のウエディングドレス姿で徳幸と華燭の典を挙げたばかりの旧姓乗富雪花にまちがいない。

彼女と陸央の眼が合った。時間と空間が凍りつく。そのままどれくらいの時間が経過したか。五分か、それとも一時間か。実際には数秒ほどだったのだろうが、悠成にとっては窒息しそうなほど長く感じられる。

「あ……あたし、じゃない」それまで能面のようだった雪花の顔が、震える呻き声とともに罅割《ひび わ》れた。「ちがう。これは、ちがう。ちがうのよ。あたしがここへ来たときにはもう。ちがう。あたしじゃない。これは、あたしがやったんじゃ……」

「判っています。雪花先輩、落ち着いて」

悠成が記憶する限りでは陸央は彼女のことをいつも雪花さんと呼んでいたはずだが、ここでは敢えて「先輩」という呼称を選んだ。あるいは雪花に自分の立場を思い起こさせることで少しでも平常心を取り戻させようという狙いか。

「どういうこと？　これ、どういうことなの。判らない。わけが判らないのよ全然。明かりが点いているのに、チャイムを鳴らしても返事がないから、入ってみたら、こんな……こんなことに」

「ひとりですか？」

「え」

「雪花先輩、ひとりで来られたんですよね、ホテルからここへ？」

そうだ。当然そういうことになる。改めて眼前の光景の異様さに思い当たり、悠成はなんとも非現実的な感覚に襲われた。

〈モルテ・グラッツィエ〉での三次会の後、女性陣は〈ホテル・サコチ・ハイネス〉へ戻る。雪花はタクシーに乗り込む灯子と別れ、ボディストッキング入りの紙袋を妹の木香に託して〈1272〉号室から送り出す。未紘が客室から辞去したところまで悠成は見届けていないが、雪花はその後、着替えてから、こうして雫石邸へやってきた。時間帯からしてタクシーを拾って、独りで。

しかし。

しかし……なんのために？

こくこく、と雪花は機械的に頷いた。瞬きもしないその双眸は陸央に向けられていながらも、彼の姿を視認しているかどうか疑わしいくらい虚ろだ。

「あたし……あた……あたしは」

「なにも言わなくていいです。だいじょうぶ。判っていますから」

「判ってる……わ、判ってる、ですって？」軽い憤激とともに、ようやく彼女の眼の焦点が陸央に合った。「って、なにが判ってるって言うのよいったい」

「雪花先輩がいま、なぜホテルじゃなくて、こんなところにいるのか、という事情も含めて、すべて。もちろん、だいたい想像がつくという意味ですが」

どう想像がつくと言うのだろう？　悠成にはさっぱり見当がつかないが、陸央は雪花を宥めるために適当なおためごかしを並べているわけでもなさそうだ。

「あのひとが悪いのよ」雪花は涙眼で、いやいやする。「ノッチ……ノッチが」

え。ノッチ？　徳幸のことか？　雪花がいまここにいることが徳幸と、どう関係すると言うのだろう。

そもそもその徳幸との挙式と披露宴を終えたばかりの新婦が、なぜわざわざこんなところへ？　しかも新郎が友人たちと四次会の最中とされる間隙《かんげき》を縫ってこそこそと？　それとも雪花はなんらかの理由で、徳幸が雫石邸にいるはずだ、とでも思い込んでいたのだろうか？

「あのひとが悪いのよ」寒気を感じるかのように、しきりに我と我が身を抱きすくめる仕種。「だって、だって……」

「それも判ってますから」陸央はさりげなく雪花との距離を詰めてゆく。「とにかく、ここを出ましょう」

「え。あ、あの、でも、この子は？　きゅ、救急車とかは……」

「ぼくが善処します。すべて。心配しないでください」陸央は龍磨の遺体を一瞥し、そう急かした。「このままにしておいてだいじょうぶです。戻りましょう、ホテルへ」

「で、でも、もし……もしも警察とかに、このことについて訊かれたりしたら？」

「雪花さんは今日、ここへは来なかった」先輩という呼び方を唐突に変える。「ここへは来ていないんです。いいですか。三次会の後はホテルへ戻って、ずっと客室内にいたんです。ここへも、どこへも行っていない。判りますね？」

噛んで含めるように言い聞かせてくる陸央をぼんやり凝視していた雪花は、はっと我に返ったかのように慌てて頷いた。

「それでいいんです。誰にも、なにもよけいなことを言いさえしなければ、すべてうまくいく」にじり寄ってくる彼女の手を陸央は握りしめた。「スイのやつにも」一拍置いて、律儀に言いなおす。「もちろんご主人にも、です。なんにも言う必要はない。言ってはいけません。いいですね？すべて秘密にするんです。一生」

「美濃越くんは……」雪花も躊躇いがちに呼びなおした。「コッシーはどうするの。このこと、秘密にしておいてくれるの？」

「もちろん。秘密にします。安心してください」

「そりゃあ、あなたは頼りになるし、信頼できるひとよ。それはよく判っているけど、でも、なんだかんだ言って、ノッチとはお友だちなわけで……」

「ぼくだって、このことは秘密にしなければいけないんです。そうでしょ。もしも今夜こうしてこの家へ来ていたことがバレたら、まずいことになる。警察にその理由を問われても、ぼくは答えられないからです。判りますか？」

雪花も徐々に冷静さを取り戻してきたようだ。陸央をまじまじと見つめる瞳に艶っぽさが宿っている。

「雪花さんが今日ここにいたことをぼくがバラしたりするはずはありません。なぜなら、もしもそんなことをしたら、ぼく自身がここに来ていたという事実を暴露せざるを得なくなる。それはできない。だから雪花さんのことも秘密にするしかないんです」

雪花の表情に露骨な好奇心が滲み出る。こんな時間帯になぜ陸央が雫石邸へ来ているのか、という疑問に囚われたようだ。とりあえず己れの事情は棚上げにして。

「いいですか。くどいようだけど、もう一度確認しておきます。雪花さんは今日ここへは来ていない。ぼくも来ていない。従って我々はこの家で会っていないのです。三次会の後、雪花さんはずっとホテルにいた。ひとりで。そして夜が明けたらご主人といっしょに新婚旅行へ出発する。なにごともなかったかのように。いいですね？」

疑問よりも依存を優先する表情で雪花はこくこく頷いた。「一生守ってくれるのね、この秘密を。だったらあたしも守る。コッシーがここに来ていたことも、ええ、判ったわ、一生秘密にすると約束する」

「行きましょう」握ったままの雪花の手を引っ張った。「あ、もうひとつお願いが。ちょっと手を貸してください」

リビングを出て玄関へ戻る。そこで悠成は驚愕してしまった。さきほどは気づかなかったが広い沓脱ぎのところにスーツ姿の男がうなだれ、座り込んでいる。しかもそれは、なんと若き日の悠成自身ではないか。な、なにをやっているんだ、いったい？　雪花も驚いている。

「え。ユウくん？　ど、どうしたの？」

「ちょいと飲み過ぎたようで。酔っぱらって自分ではうまく歩けないみたいなんで、手を貸してもらえますか」

陸央と雪花、両側から肩を貸されてようやく立ち上がった二十八歳の悠成は、しかし眼を閉じたまま。なにやら息苦しそうな唸り声を上げるばかり。

どういうことだ？　なにがあったんだ。どうしておれはいまここで、こんな醜態を曝している？

悠成を引きずりながら、ふたりは雫石邸を後にする。途中、通行人に出喰わすこともなく真っ暗な住宅街を抜け、大通りへ出た。赤信号が点滅しているが車は通らない。森閑としている。

「すみません、雪花さん、ちょっとここで待っていてください」

「え。ど、どうするの、コッシー？」

「すぐに戻ってきます。それまでこいつのこと、見ていてください。それから、もしも運よくタクシーが通りかかったら、停めて。待ってもらっていてください」

陸央はいま来たばかりの道を住宅街のほうへ戻り始めた。街灯の明かりに浮かび上がる電話ボックスへ入る。そして一一〇番通報。現在地の町名を告げてから「雫石邸内で若い男が倒れている。どうやら死んでいるようだ」と一方的に伝えると、相手の反応を待たずに電話を切った。

なんと、警察に通報したのは陸央だったのか……自分の内部で茫然としている悠成を尻目に陸央は走って、大通りへ戻った。

うずくまる悠成に寄り添う雪花の傍らにタクシーが停まっている。後部座席のドアが開いたところだ。

陸央は雪花とふたりがかりで、ぐったりしている悠成をタクシーに押し込んだ。助手席に乗り込んだ陸央は運転手に「まず〈ホテル・サコチ・ハイネス〉へ。その後で」と雪花の隣りで眼を閉じたまま唸っている悠成を振り返る。「おい、ユウ。おまえの住んでいるところは。って、まあいいか。後で」

タクシーを発車させる。「雪花さん、さきほどの件、くれぐれもよろしく」と、まるで天気を話題にでもしているかのような口調で念を押した。

ホテルへ到着する。「じゃあ、おやすみなさい」タクシーからアプローチへ降り立つ雪花と入れ替わりに陸央は悠成の隣りへと移った。「お気をつけて」

何度か振り返りながらも雪花は小走りに、ひとけがなく薄暗いホテルのロビーへと消えてゆく。「おい、ユウ」陸央は悠成の頬をぴしゃぴしゃ叩いた。「帰るぞ。おい。おまえの住んでいるところ、どこだ？」

寝惚け眼の悠成と何度か頼りないやりとりをして、ようやく〈ハイツ迫知水道〉の住所を聞き出した。タクシーは再び走り出す。

到着し、タクシー代を払った陸央は相変わらずぐったりしている悠成に肩を貸しながら、なんとか部屋の鍵を仕舞ってあるところを聞き出す。

室内の明かりを点けると、先ず万年床が眼に入った。「おい、しっかりしろ」と布団の上に悠成を放り出した。

　動かない。悠成の寝息を確認しておいてから、陸央は枕元の電話機を引き寄せた。番号をプッシュする。それを見て悠成は、あっと悲鳴混じりの、実際は無音の声を上げた。なんと。陸央が押しているそれは惣太郎が陸央を捕まえるために何度も何度もかけていたところ、すなわち〈中央レジデンス〉五〇一号室の番号ではないか。

　しかも陸央は、まさに惣太郎がやっていたのと同じように呼び出し音一度切りを三回くり返しておいてから、じっくり応答を待つという、あの符牒を踏襲したのである。

　これはどういう……いや、しかしいま五〇一号室に惣太郎はいない。もしもまだいるとすれば……え、彼女相手にこの符牒？

「もしもし？」と苛立った女の声が陸央の耳に雪崩れ込んできた。まさしく灯子だ。

「リクちゃん？　リクちゃんなのね」怒っているのか、喜んでいるのか、声がオクターブ跳ね上がる。ふたりのあいだではコッシーではなくリクちゃんなんだなと悠成は悠長な感慨に耽る暇もない。「どうなってんの、リクちゃん。どこにいるの、いま？　なにやってんのよいったい。誰もこない、なんて」

「え。誰も？　って……いうと」

「だあれもこないのよ、ここに。あたしひとりで何時間も、ってどういうこと。どういうことなのよこれ。なんのつもり？」

「後で説明します。いいですか、よく聞いてください。龍磨くんが死にました」

「え？」

「誰かに殺されたようです。自宅で。いいから黙って聞いてください。判っています。どうして龍磨くんが家にいるんだ、と言うんでしょ。おれにも判りませんがどうやら、こっそり迫知に帰ってきていたようで。それがお留守のお宅で、誰かに殺された。だから。はい。だから質問は後で。とにかくそこから出てください」

「で、出るって？」

「通報はおれがしました。龍磨くんの遺体はすぐに警察が発見します。殺人事件として捜査されることになる。そしたら問題になるのは関係者のアリバイです。灯子さんは息子さんが殺されたとき、どこにいましたかと訊かれて、なんと答えるつもりです？」

「え……え、えと」ようやくなにが問題なのかを理解し始めたらしい、灯子は泣きそうな声になった。「どうするの、あたし、ど、どうすればいいの？　ここを出ろって、それでどうしろと」

「ホテルへ行ってください。〈ホテル・サコチ・ハイネス〉です。未紘が〈７４７〉号室に泊まっている。そこへ行ってください。そして警察に訊かれたら、ひと晩中、彼女といっしょにいた、と答えるんです」

「そういえばミイちゃん、部屋を予約してある、みたいなことを……でもどうして」

「説明は後。全部後回しで。とにかくホテルへ行ってください。早く」

「で、でも、ミイちゃんはたしかユウくんと会っているはずじゃ？　そこへあたしがいきなり行ったりして……」

「だいじょうぶ。おれが全部話を通しておきますから。いいですね。詳しいことは後で。とにかく早く行ってください」

「わ、判った。判ったわ」

電話を切った。かと思うや陸央はすぐに別の番号をプッシュした。今度は符牒の変な前振りはなしで。

「お待たせしました。〈ホテル・サコチ・ハイネス〉でございます」という男の声。ホテルのフロントだ。

「〈747〉号室の藤得さんをお願いします。わたしは美濃越ともうします」

「ミノコシさま、ですね。少々お待ちくださいませ」

内線ですぐにつないでくれる。「もしもし?」という未紘の声。

「おれだ。待たせてすまない、とかいろいろ言わなきゃいけないことがたくさんあるが、全部後回しだ。とりあえずトーコ先生がそこへ行く」

「なにがあったの? ああはいはい、後回しね、詳しいことは」

「雫石家で龍磨くんが何者かに殺された。彼がどうして自宅にいたのかは判らんが、関係者たちのアリバイが問題になるのはまちがいない。だから今夜はとりあえずトーコ先生をそこへ避難させる」

「警察に訊かれたら、あたしはここでトーコ先生とずっといっしょにいた、と言えばいいのね」

呑み込みの早い未紘である。「判ったわ。リクはどうするの」

「おれはいまユウのところだ。ふたりで、はしご酒をした後、泊めてもらったというシナリオにする」

「ふうん。まあそれはそれで。了解。がんばってちょうだいね。で、他のひとたちはどうするの」

「スイもソーやんも三次会の後、消えちまった。どこへ行ったか判らない」

「どうしたの、あのふたり。トーコ先生のところへは行かなかったの？」

「どうやら揃いもそろって、すっぽかしちまったらしい。おれと同じように」

「あらら。あとのふたりが行くから、おれがひとり、ばっくれてもどうってことないだろ、と。三人が三人とも同時にそう高を括っちゃったわけね。あーららら、たいへん。ここへ来る頃にはトーコ先生、身体の火照《ほて》りがおさまっているかしら」

「それどころじゃあるまい。いや、逆に興奮してるかな。その場合はミイに任せる」

「甘い顔してたら、ひとのこと、いいように使ってくれちゃって。まあいいや。じゃあとりあえず、そゆことで。スイとソーやんについては、どうしてあげようもないか」

「成り行きにまかせるしかない」

「案外、事件が発覚したらリクとユウに接触してくるかもね、ふたりとも。アリバイを証言してくれ、とかって」

おそるべき炯眼《けいがん》だが、この未紘の見立てが的中することになると陸央も予想しているのだろう、苦笑を洩らした。「かもな。ともかくトーコ先生をよろしく頼む」

第三部

牢獄

そういえば、あの店。〈アルブル・パルファン〉……あの店名は、もしかして？　学校の近所の喫茶店〈マーメイド〉がなくなった後に出来ていたあのカフェ。あれは雪花と木香、乗富姉妹の店なのでは？

木の香りの意でアルブル・パルファン。語義的に正しい訳なのかどうかはフランス語に疎い悠成には判断がつかないが、経営者の名前が由来だとしたら、それが乗富木香だとしてもおかしくない。

ただ悠成の記憶によれば、店名には例えば「ゆかこのか」や「ゆきばなこのか」というふうに姉妹両方の名前を使いたい、と木香は言っていた。当初の目標だった姉との共同経営の夢はなんらかの事情で叶《かな》わなかった、ということなのか。だとしても、その名前が入っていないにもかかわらず店名の符合に悠成が思い当たったのは、ここで俄然、雪花の存在がクローズアップされたからに他ならない。

龍磨が殺されたまさにその夜、彼女は雫石邸にいた。その意味するところは、たったひとつ。雪花は新郎の不倫を疑っていた。その相手として彼女が目星をつけていたのは、妹の木香ではない。雫石灯子だ。

具体的にどういう経緯で雪花がふたりの密会を確信したかは判らない。なにしろ彼女たちの挙式当日の夜である。いくら新郎の徳幸に友人たちとの四次会という隠れ蓑《みの》があり、灯子が自宅で独りになる予定がその場の共通認識だったとしても、それらは言うなれば不貞行為のチャンスの有無の状況証拠に過ぎない。少なくとも仮に悠成が雪花の立場だとしたら、まさか、いくらなんでもそれはあるまい、と逡巡が勝つだろう。わざわざホテルを脱け出してまで雫石邸へ乗り込む実力行使には踏み切れない。

それを雪花は敢《あ》えて踏み切った。怒りに己れを抑えられなかったのか。それとも、よほどの確証を得ていたからなのか。

いずれにしろ、彼女が乗り込んだ雫石邸に新郎と灯子の姿はなかった。雪花を出迎えたのは龍磨の遺体だ。

ただし彼女の予測は全面的に的外れだったわけではない。おそらく徳幸と灯子は長年にわたって不義の関係にあったのだろうし、あの夜も逢瀬の約束を交わしていた。少なくとも灯子の側はその気満々だったわけだが、彼らが落ち合うはずの場所は雫石邸ではなかった。あの部屋だ。〈中央レジデンス〉五〇一号室。まさか……とは思う。しかし、くだんの五〇一号室で灯子と密会する予定だった面子に陸央と惣太郎だけではなく徳幸も加わっていたとなると、いきおいその可能性は浮上してくる。すなわち灯子が男たちの到着をいまや遅しと待ちわびていたあの菖蒲谷邸とは、実は碓井夫婦が雪花の叔父から無償で借りていたという新居と同一部屋ではなかったか、という。

この疑念は悠成がある夜、事件から四年後の一九九二年にタイムリープした際に裏づけられた。

悠成が憑依したのは、二十四歳のときの紀巳絵だ。眼の前には三十二歳の悠成自身がいる。

紀巳絵との結婚目前で、すでに〈ハイツ迫知水道〉を引き払い、2DKの賃貸マンションへ引っ越してきている。部屋ではまだ悠成がひとりで寝起きしている状況だが、この日は紀巳絵も来ていて、ふたりで手分けし、結婚式と披露宴の招待状の準備に没頭しているところだ。

リストに従って悠成が宛名書きした封筒に順次、印字された招待状を紀巳絵が入れてゆく。その流れ作業のなかで、妻に憑依した悠成の視線はふと、彼女の手もとに吸い寄せられた。表書きが『碓井徳幸様・碓井雪花様』の封筒。

その住所は駅前の〈中央レジデンス〉なのだが、その末尾にこうある。『五〇一号／菖蒲谷様方』と。他ならぬ自分自身の筆跡で記された『菖蒲谷』の文字に、悠成は愕然《がくぜん》となった。まったく記憶にない。書いたのは十八年も前で、おまけにこれはその時点では雪花の叔父の名前というよりも碓井夫婦の住所項目の一部という認識が邪魔してか、全然印象に残らなかったのだ。

つまり、あの部屋を密会場所として借りたのは灯子ではなかった。もともと妻の親戚の厚意で住まわせてもらっていた徳幸が、怪しげな夜会のために自室を提供したのだ。なんと大胆な、と呆れるばかり。夫の行動にひそかに眼を光らせていたであろう雪花にしても、まさか自分が新婚旅行出発に備えてホテルに宿泊中という留守のあいだに我が新居がそんないかがわしい目的に利用されようとしていただなんて、完全に想定外だろう。盲点中の盲点である。

しかしこれで、ばらばらに散逸していた謎の断片が一点に集中し、ある構図を描く。鍵となるのがボディストッキングというアイテムだ。〈中央レジデンス〉で着用し、待機していた灯子。

新婚旅行先で妻に着せようとしていた徳幸。そして怜次にむりやり装着させたヒトミはもちろん事前に惣太郎から手渡されていたのだろう。

彼らは予備も含めて全員の分を通販で一括して購入していた。だからあれほど悠成が憑依する先ざきで、普通はあまり目にする機会のない類いのセクシーランジェリーに遭遇したのだ。あのキャミソールタイプ、ロングスリーブタイプ二種類のボディストッキングこそが灯子、徳幸、惣太郎の三人をつなぐ接点だった。

いや、三人ではない。正確には陸央を加えた四人だ。陸央も彼らの仲間だった。いまにして思えば〈モルテ・グラツィエ〉の三次会の席上、〈中央レジデンス〉のような豪華な5LDKにタダで住める碓井夫婦をしきりに羨ましがってみせる灯子に「先生、なんだかまるで、実際にその部屋へ行ったことがあるみたいですね」と陸央が評していたのは、なんとも強烈な皮肉だったわけだ。行ったことがあるみたい、どころではない。部屋の所有者も本来の借り手である雪花も与《あずか》り知らぬうちに、かつての教え子の男たちとの複数プレイに耽っていた。〈モルテ・グラツィエ〉のテーブルの下で灯子が隣りの徳幸を、真向かいの陸央を挑発するみたいに爪先で弄《いじ》っていたのはその後のグループセックスへ向けての言わば前戯の一環で、だからこそ男ふたりも素知らぬふりでそれを受け流していたのだ。

その時点で彼らの関係が昨日今日に始まったものではない、根の深さを窺わせる。洗面所や風呂を使う灯子の勝手知ったる所作からして〈中央レジデンス〉を饗宴に利用するのもあの夜が初めてではなかっただろう。

女王蜂の如き逆ハーレムがいつ構築されたのかは判らないが、灯子が己れの精神的優位を担保する教師としての立場をフル活用したのは想像に難くない。男たちが〈迫知学園〉の生徒の頃からすでにそれぞれの関係は始まっていたのだろう。ざっと数えても、一九八八年の段階ですでに十年余り。仮に男たちが中等部の頃からだとしたら十五年は下らなかったかもしれない。

いずれにしろ灯子の性的支配は長期間、続き過ぎた。彼女は己れのヘゲモニーの継続は永遠と錯覚していたかもしれないが、意のままに操っていたはずの純真な男の子たちはすぐに狡猾なおとなになる。どれだけ肉欲の呪縛が普遍的に絶大であったとしても、同じひとりの女の武器の効力など儚《はかな》いものだ。

灯子は自分が男たちを支配する側のつもりでいながら、いつしか彼らにとって都合のいいだけの女に堕していたのだ。他に性欲処理の適当な当てがなければそれまでどおり灯子に従順なふりも辞さないが、より商品価値の高い女が射程圏内に入ればそちらを優先するに決まっている。

古女房の如き灯子などあっさり切り捨て、約束をすっぽかす。その茶番劇こそがあの夜、起こったことだった。しかも互いに示し合わせたわけでもないのに偶然、集合するはずだった男三人がいっぺんに。

〈OPリキッド〉へ向かう直前になって「ちょっと野暮用がある」と一行から離脱した徳幸はそのとき、惣太郎と陸央が四次会を適当に切り上げて〈中央レジデンス〉で灯子に合流するものと思い込んでいただろう。

その後ろ姿を見送った惣太郎は惣太郎で、徳幸はひと足先に灯子のもとへ駈けつけるつもりだと誤解した。新婚旅行への出発前に思い切り羽目を外しておくべく灯子と乱痴気騒ぎを繰り広げているものと、決めつけていた。だからこそ翌日、〈マーメイド〉でアリバイの口裏合わせを陸央と悠成に懇願する態度があんなにも変だったのだ。

「コッシーといっしょじゃないのなら、スイのやつ、いったいどこへ行ってたっていうんだよ」と惣太郎は眼を血走らせんばかりだった。「女じゃないのなら、なんなんだ。女以外に、なんの用があったんだ」と続ける彼の言葉を悠成はこれまで「徳幸が昨夜どこにいたのかはともかく、少なくとも女のところじゃなかったことだけはたしかだ」という意味だとかんちがいしていた。

しかし、ちがう。惣太郎にとって、もしも徳幸が陸央といっしょではなかったのなら、それはすなわち灯子ともいっしょではなかったことを意味する。惣太郎の言う「女」とはつまり灯子のことで、ほんとうに徳幸が〈中央レジデンス〉へ行かなかったのなら、セックス以上に重要な用事なんてなにがあったのか、と問い質していたわけだ。

〈OPリキッド〉へは来なかった徳幸と惣太郎、ふたりのうちのどちらか、もしくは両者は寄り道をすませた後で結局は〈中央レジデンス〉へ向かったはずだと、陸央は陸央でそう高を括《くく》っていた。

徳幸と惣太郎の離脱の理由を訝る悠成に、「男が野暮用、つったら、ひとつしかあるまい。女だよ」と陸央はこともなげに断言したではないか。具体的な心当たりでもあるのかと訊くと、「こういうのはたいてい、身近な存在と相場が決まっている。存外、おまえも知っている女だったりして、な」と答えた。陸央が言うところのその「女」こそが灯子だったのだから。

それが緊急事態下、電話の符牒を使って〈中央レジデンス〉に連絡をとってみたら、なんと、そこにいたのは灯子ひとり。まさか自分だけではなく、徳幸と惣太郎も揃って密会の約束を勝手にキャンセルしているとは、陸央にも想定外だったわけだ。しかし。

合点がいかないのは、最初から〈中央レジデンス〉へ行くつもりのなかった陸央はどうして、さっさと〈ホテル・サコチ・ハイネス〉へ悠成を連れていかなかったのか？　という疑問だ。未紘が客室を用意して、待っていたというのに。

まさか、灯子と同じように、未紘のこともすっぽかすつもりだった、とは考えにくいが。陸央が向かったのはホテルではなく、雫石邸だった……なぜ？　しかもわざわざ、酔いつぶれた悠成を連れて、だ。いったい、どういう経緯だったのだろう。

もしかして、雪花がホテルを脱け出して雫石邸へ乗り込んだこととと、なにか関係があるのか？例えば、陸央は悠成を連れて一旦は〈ホテル・サコチ・ハイネス〉まで行っていたのかもしれない。そこでたまたま、カジュアルな服に着替えてホテルを出てゆく雪花の姿を目撃する。思い詰めたかのような彼女の様子から尋常ならざる緊張感を察知し、とっさに雪花の後を尾行することにした、とか。そんなふうに考えると一応の辻褄は合うような気もする。

いくら雪花の表情からただならぬ雰囲気を感じ取ったとしても、普通はそこまでしないだろう。しかし陸央はそのとき、ひょっとして雪花は徳幸の浮気現場、すなわち灯子の待っている〈中央レジデンス〉へ乗り込むつもりだ、と懸念したのではあるまいか？　そこでひと悶着が起きたりした場合、徳幸とは乱交仲間だった陸央にも飛火して、なにかとめんどうないざこざに巻き込まれてしまうかもしれない。

そんな事態を回避すべく、雪花がタクシーに乗るのを確認するや、陸央も別のタクシーを拾い、後を追った、と。ざっとそういう経緯だったというふうにも説明はつきそうだ。が、違和感も残る。

仮にこれが陸央が独りだったという状況ならば、そのフットワークの軽さもなんら不自然ではない。しかし彼はそのとき、自分の足で歩くことも覚束《おぼつか》ないほど泥酔した悠成というお荷物をかかえていたのだ。

まさかその場に捨ててゆくわけにもいかなくて、とっさに悠成もいっしょにタクシーに押し込んだ。それだけのことだったのかもしれない。しかし浮気現場に踏み込む雪花を阻止するのが目的だったのならば、彼女の尾行なんかせずに、タクシーで〈中央レジデンス〉へ先回りしそうなものじゃないか、という気もするのだ。

なのに明らかに先回りはしていない。雪花のほうが早く雫石邸に到着し、陸央はその後から駈けつけたとおぼしきあの状況は、律儀に彼女を尾行した結果にしか見えない。つまり雪花がタクシーでどこへ向かっているのか、陸央には確信が持てなかった。ひいては彼女の意図も不明なまま、とにかく後を尾《つ》けていった、などという不自然な経緯になりかねないのだが。

いずれにしろ悠成は不安だった。これまではあの夜、〈ＯＰリキッド〉で陸央とふたりで飲んだ後は他の店などには寄らずに、まっすぐ〈ハイツ迫知水道〉へ帰宅したものとばかり思い込んでいた。

しかし実際には、なんと悠成自身が、殺害現場となった雫石邸へ行っていたとは……その部分が記憶から完全に抜け落ちている。たしかに憑依した陸央の眼を通して見る二十八歳の自分は相当泥酔していて、タクシーに押し込まれたり、雪花に介抱されたりしている醜態などもまったく憶えていないとしても無理はないようにも思える。

もしも当時、この事実が発覚していたら、あるいは自分も容疑者候補に挙げられ、警察からもっと厳しい取り調べを受ける羽目になっていたにちがいない。その場面を想像するだけで悠成は冷や汗をかいた。

ともかく一度、あの〈アルブル・パルファン〉というカフェへ行ってみよう。もしも想像通り店の経営者が木香、もしくはその関係者だとしたら、そこから雪花の現在の消息も手繰《たぐ》れるかもしれない。一九八八年のあの夜の一件について、できるならばその詳細を雪花本人の口から聞いてみたい。

辛抱強く待っていればそのうち、タイムリープ現象で過去の彼女やその関係者に憑依するチャンスもあるかもしれないが、自分も雫石邸に居合わせたという事実を知ってしまうと、あまり悠長にかまえてはいられなくなる。もう〈中央レジデンス〉に住んでいない碓井夫婦のそれぞれの実家に連絡してみようかとも思ったが、古い名簿は見当たらなかったり、メモに残っている電話番号はすでに使われていないものだったりする。

現在の己れと過去を結ぶよすがは、もはや〈アルブル・パルファン〉だけだ、と。そう変なふうに思い詰めている自分が悠成は滑稽で仕方がなかった。行くなら行くで仕事帰りにでも気楽に寄ればいいいものを、まるでバンジージャンプかなにかの一大イベントに臨むかのようなこのある種の悲壮感は、いったいなんなのだろう。

つらつら考えてみるに、その理由はたったひとつしか思い当たらない。それは木香に会うことへの心理的抵抗だ。あるいは忌避感と称すべきかもしれない。

若い頃はあれほどコケティッシュで魅力的だった彼女の、五十に迫らんとする姿を目の当たりにして幻滅したくないとか、そういう心情ではもちろんない。年齢にかかわりなく、木香という女性に対峙《たいじ》することへの畏《おそ》れみたいなものが、いまの悠成にはある。彼女の徳幸との交情場面に実質的に臨席する体験を経た後では、もはや冷静に木香と向き合える自信がない、というか。

たしかに中学高校を通じて仄《ほの》かな憧れを抱き続けていた女性だ。他の男との激しい交情シーンというだけでショックなのに、その相手が彼女の姉の夫だったとなると義憤めいた嫌悪感も手伝って、ただただ眼を逸らしたくなるばかり。駄々っ子並みの衝動に我ながらいらいらさせられるが、ともかく放課後、時間の空いたときに行ってみようと決意するまで思いの外、というよりも、ばかばかしくなるくらい、長い時間がかかる。

しかし決心してから後が、さらに長かった。悠成が実際に〈アルブル・パルファン〉へと赴いたのは、なんと、それから九年も経ってからだったのだ。

*

二〇一一年、東日本大震災の年。紀巳絵の母親が脳梗塞《のうこうそく》で死去した。

その葬儀で悠成は義兄の居郷文巳昭《ふみあき》とひさしぶりに顔を合わせた。一九九二年の自身の結婚式以来だから、実に十九年ぶりである。某大手保険会社に勤める文巳昭は、妹の結婚時には迫知支店に配属されていて、妻子とともに地元暮らしだったが、直後に県外へと転勤。海外の単身赴任などを経て、現在は妻と福岡市在住。関連会社の社長におさまっているという。

ふたりの息子も長男は東京で就職、次男は大学卒業間近。あとは自身の引退を待って悠々自適。できれば迫知へ戻ってきて余生を過ごしたいと思っていたのだが、妻の猛反対でそれは難しいらしい。「老後はどこか、環境のいいところへ移住して、のんびりしたいと言っているんだよね。それでいまネットとかで、千葉の房総《ぼうそう》あたりにいい物件はないかと熱心に調べているようなんだけど」

文巳昭は明確に言葉にはしなかったが、彼の妻が老後の移住先として関東方面を希望しているのは都内在住の長男に気安く会いにゆける距離を保ちたいからだろうと、なんとなく想像がつく。もとより文巳昭の妻は義理の両親とは折り合いが悪く、たとえなにがあろうと老後は迫知には戻らない、と若い頃から公言してはばからなかった。

「もしかしたら、いつか家内を説得できる日が来るんじゃないかと漠然と期待したりもしていたんだが、今回のおふくろのことで、それは完全にご破算になりましたよ」と文巳昭が自嘲《じちょう》するのは彼の妻が特に義父と犬猿の仲だからだ。彼の母親も決して嫁との関係が良好とは言えなかったが、それでも息子一家との対面を余儀《よぎ》なくされる席ではそつなく仲裁にこれ努めていた。その緩衝役がいなくなったのだ。文巳昭の妻は、姑が急死したというのに、喪主である舅とは顔を合わせたくないという理由で葬儀にも出てこないのだから、その拗《こじ》れ具合は推して知るべしである。

悠成は嫌な予感がした。長らく妻とふたり暮らしだった義父は旧態依然とした封建主義者で、自分が家事にはいっさい携わらない生活をむしろ誇りにしてきた節がある。そんなタイプの人間がいきなり、やもめ暮らしとなれば、やがて現出する苦境は万人の予想を裏切るまい。最初こそ「これからは男子厨房《ちゅうぼう》に入らず、などと言っている場合じゃない」と殊勝にかまえてみせていたが案の定、口先だけで、食事はすべてコンビニ弁当。掃除も洗濯もなにもできず、自宅はたちまちゴミ屋敷と化してしまう。

娘として放っておくわけにもいかず、紀巳絵は車で往復三時間はかかる実家へ定期的に通わざるを得なくなった。当然きついが、「考えてみれば十代の頃はこれ、毎日だったんだよね。しかも自家用車なんかじゃなくて、バスで」と本人が笑うものだから、悠成は驚いた。「え。まさか実家から通学していたのか、〈迫知学園〉に？」

「中等部一年生の、一学期のときだけだけどね。毎日バスで往復してたよ。でもさすがに三時間は。あ。その頃のバスは、もっとかかったっけ？　ともかく毎日まいにち。そんなとき、母の古い知り合いが自宅を改築して賃貸の集合住宅にすると知って。お願いして一室、押さえてもらったの。なにしろ十三歳かそこらの娘っこが、学校の寮とかならばともかく、市街地で独り暮らしとはいかがなものかと父は大反対だったけど。実質的には独り暮らしなんかじゃなくて、その母の知り合いの家に下宿させてもらうようなものだからと。うん。一階にちゃんと大家の住居があったから。なんとか父をそう説得して。二学期から実家を出て、結局〈迫知学園〉とそれから大学を卒業するまで、そこにいた。ほんとうは就職してからも同じところに住もうと思っていたんだけど……」

大学卒業を待ちかまえていたかのように、紀巳絵は父親に実家へ連れ戻された。結婚前に悠成と出会った書店にはそういうわけで、車で往復三時間かけて通勤していたのだという。「いまにして思えば、長男である兄はお義姉《ねえ》さんに引きずられて、迫知にはもう戻ってこなくなる、と父は予想していたんでしょうね。だから娘のあたしだけは、がっちりと実家に繫《つな》ぎ留めておきたかったんだ」そのせいか、二十四歳で悠成との結婚を決めたときは、かなり難色を示されたという。「父としては、あたしが一刻も早く実家から逃げ出したいばっかりに、好きでもない男といっしょになろうとしているんだとすら、かんぐっていたみたいで。あ。初めて聞く話？　うん。わざわざ言うことでもないし。まさか父も、あたしに隠れてユウくんに面と向かって変な文句をつけたりはしないだろうから、これまで黙っていたけれど」

結婚後も紀巳絵は仕事を辞めずに、ずっと同じ書店に勤めていた。やもめ暮らしの父親の世話のために定期的に実家へ通うようになっても、さほどの支障はないと思われたが、やがて状況は悪化の一途を辿ってゆく。

今度は悠成の母が乳癌《にゅうがん》の摘出手術のために入院することになったのだ。紀巳絵の父親ほど封建的ではないものの、悠成の父もまた自分で自分のめんどうを見られるかどうか怪しいタイプの男だったため、当初はなんとも心許なかった。ただでさえ多忙な息子夫婦の世話を当てにしてこないことを願うばかりだったが、どうにかこうにか妻の退院時まで自力で乗り切ってくれる。

ところが周囲がひと息ついたのも束の間、自宅療養を始めた妻を置き去りにし、父は突然、行方不明になった。警察に捜索願を出して約ひと月後、山中の木にぶら下がった遺体が発見される。それが悠成の父だった。

警察は自殺と結論したが、もちろん悠成は納得できなかった。自宅からも、縊死《いし》現場である山中からも、遺書は発見されていない。なにより父が、癌の摘出手術を終えたばかりの母の介護を放り出してしまうような無責任な人間だとは信じたくない気持ちも強かった。かといって何者かに自死を偽装してまで殺されるほどのいざこざの類いがあったとも思えない。父がなぜ自ら命を絶ってしまったのかは、長らく謎のままとなった。

その数年後、悠成はある事実を知る。どうやら母が入院する前後に、悠成の実家の近所に、東日本大震災の支援団体を名乗る怪しげな男女ふたり連れが出没していたという。父はそのふたりの口車に乗り、義援金詐欺《さぎ》の被害に遭ってしまったのではないか……というのが生前の父と交流のあった某隣人の見立てだ。

それを聞いた悠成には思い当たる節があった。父の死後、預金通帳を調べてみると百万円ずつ、三回に分けて合計三百万円が引き出されているのだ。日付は母の入院後だったため、なにかと物入りだったのだろうとも思ったが、それにしても金額が大き過ぎる。

父とて男の端くれ、まさか悪い女に引っかかり、貢がされたんじゃあるまいなと危惧《きぐ》していたが、義援金詐欺だったとは。だとしても、それが自殺の原因だったかとなると話は別である。たしかに決して小さくない金額だし、老後資金の一部を毟《むし》り取られたわけだから重大である。しかし自ら死を選ぶほどのことなのか、となると判断が難しい。

悠成としては、この詐欺の一件はすべての原因ではないが決して無関係でもない、そう結論せざるを得ない。想像するに父が失ったのは三百万円という金だけではなく、独りで生きてゆくことの自信、みたいなものだったのではあるまいか？

父はやはり母に対する依存度の高い人間だった。特に人生の節目に於《お》ける社会的、対外的な選択の決断はすべて母に委ねていたという印象が強い。そんな父がたまたま、意思決定権を持つ母が不在の折、義援金詐欺グループの訪問を受けた。もしもこれに母がいっしょにいてくれていたら、絶対に騙されたりしなかっただろうに、と。自分独りで安易に判断したばっかりに、こんな理不尽な目に遭ってしまった。父は自己嫌悪に陥り、自信喪失したにちがいない。

折しも母は癌の手術で入院中で、この先、いつまでも自分の傍にいてくれるわけではないという現実をひしひしと突きつけられた。無事に手術を終えて自宅療養に漕ぎ着けた母を迎え入れても、その不安は解消されなかった。いやむしろ、これからどんな不測の事態に見舞われるか判らない、という絶望的な気持ちになった……と。もちろん仮にこうした想像が多少なりとも的を射ていたとしても、それだけが父を死に駆り立てたすべてだとも考えにくい。

ともかく将来、例えばタイムリープ現象で生前の父もしくはその関係者に憑依するとか、そういうチャンスでもない限り、真実を見極めることはできないだろう。いや、タイムリープ現象は決して視点人物の心の裡まで明確に読み取れるわけではない。どこまでいっても父の想いは永遠の謎となるだろう。

そんな父の抱いたであろう悲観的な未来予想図が現実化したわけでもあるまいが、悠成の母の自宅療養は半年も保《も》たなかった。癌の肺への転移が見つかり、再入院となったのである。

そうこうしているうちに紀巳絵の父親が自宅の浴室で転倒。骨折したのをきっかけに体調を崩し、ほぼ寝たきり状態に。紀巳絵も以前より頻繁に実家へ通うようになる。

その怪我との因果関係は不明だが、もともと疑いのあった義父の認知症が急激に進む。家事や雑用をすませて紀巳絵が帰ろうとすると不機嫌になる。「泊まっていけばいいじゃないか」とさも当然の如く呆れてみせるのはまだいいほうで、「おまえの家はここだろ。いったいどこへ帰るというんだ」と怒ったりする。娘が結婚していることを忘却するようになったのだ。

これはいよいよ特養ホームとか然るべき施設に入所させなければならなくなったが、適当な空きはおいそれとは見つからない。そのうち、紀巳絵が帰ろうとすると義父は怒るのではなく、自分を見捨てないで欲しいと懇願し、さめざめと泣くようになった。「ちゃんとおかたづけもするから。もっとお手伝いもするから。要らないものも、ちゃんと棄ててくるから。ね。この前みたいにいっしょに、おかたづけして、要らないものを全部ぜんぶ、どこかへ棄ててこようよ」と。どうやら紀巳絵を娘ではなく、自分の亡母と混同しているらしい。

要介護4の認定が下りても、引き受けてくれる施設は見つからない。ヘルパーによる居宅サービスをめいっぱい利用しても、紀巳絵は限界に近づいていた。もちろん書店の仕事はとっくに辞めている。精神的にも体力的にも疲弊しきっている妻を悠成もせいいっぱいサポートしているが、それも自ずと限界がある。

このままだと悠成自身が早期退職を余儀なくされる可能性すらあった。結婚して十九年、子どももおらず、夫婦ふたりでのんびりやってきたツケがいま、いっぺんに回ってきたような気がした。夫婦ともどもこれだけ追い詰められている状況で、昔の雫石龍磨殺害事件を呑気《のんき》に考察する余裕などあるわけがない。タイムリープ現象はたまに起こっているのだろうが、その夢が事件にかかわる内容であっても、ろくに記憶に残らない。多少憶えていたとしても、目が覚めてから改めて考えてみる気にはなれない。

そんな修羅場の最中でもある夜、一九八八年の事件以前の灯子に憑依したときは、さすがに驚いた。そして呆れた。例の洋書を模した文箱にまつわる謎が解けたのである。

「うん、そう。一昨日、連絡があったわ」と悠成の視点人物はがらがらと、うがいをした水を、ぺっと吐き出し、首を持ち上げた。鏡に映ったその顔は灯子だ。シャワーでも浴びた直後なのかノーメイクで、濡れた髪がうなじに張り付いている。

その背後で腕組みをしている女と灯子の視線が、鏡のなかで搦み合った。ショートカットで、どこかしら埴輪を連想させる面長。ヒトミだ。ふたりの女は、ともに白いバスローブを羽織っている。

「うまく唆《そそのか》すことができたみたい」

「じゃあ、いよいよ?」と、にやにやしているヒトミの脇をすり抜け、灯子はバスルームを出た。ベッドがふたつに簡易応接セット。どこかのホテルの客室のようだ。

「ええ。近いうちに龍磨はあなたに接触してくるでしょうから」灯子はライティングデスクに置いてあるバッグから、なにかを取り出した。「これ、渡しておいて」

ベッドに腰を下ろして高々と脚を組むヒトミに手渡されたものこそ、あの洋書を模した文箱だった。「これ?」ヒトミは可笑《おか》しそうに文箱を振って、かたかた鳴らす。「ほんとに、このなかに?入ってんの?」

「そ。あたしの若気の至りが、ね。鍵がなくて、いまここでその、ぴっちぴちの身体をお見せできないのが残念」

「鍵がない? じゃ、どうすんのこれ」

「そんなことは龍磨が考えるでしょ。もう壊しちゃうなりなんなり」

「じゃなくて、これの中味がほんとに彼の求めているブツなんだってことを、龍磨くんに信用してもらえるのか、って話よ」

「そんなの、ヒトミのかけひき次第でしょ。お手並み拝見ってところかしら。もちろん、くれぐれもあたしの差し金だってこと、あの子に悟られないようにしてちょうだいね」

灯子は前屈みの姿勢で、ヒトミと唇を重ねた。ねっとり舌と舌を搦ませ合いながら彼女のバスローブの前をはだけると、ヒトミの乳房が露《あらわ》になる。その下の腹部を擲《う》ち据えるようにして赤銅色の光沢を放つ張り形が、そそり立っていた。おそらく惣太郎と怜次とのプレイで使ったのと同じものだろう。

それで悠成が憶い出したのは〈モルテ・グラツィエ〉での三次会の後、ホテルへ向かう女性たち四人のあいだで交わされたやりとりだ。灯子は雑談のどさくさにまぎれて木香、雪花、そして未紘にやたらにボディタッチしていた。アルコールに任せてのちょいと濃いめのスキンシップともとれるが、もしかして灯子は男子生徒のみならず女子生徒まで、その毒牙にかけていたのだろうか。

それは極端な想像だとしても、灯子がバイセクシュアルだったことはたしかなようだ。ヒトミは彼女を、同じ男を奪り合ったこともあるライバルだと評していて、その因縁自体は嘘ではないかもしれないが、こうしてひそかに互いの肌と肌を重ね合わせる仲でもあったわけだ。

それにしても例のヌード写真の一件の黒幕が実は灯子だったとは……つまり司祭館のベックの書斎のキャビネットからあの文箱を盗み出した女はヒトミではなく、灯子自身だった。この件にまつわる場面で、その後の灯子とヒトミへの憑依を何度か経たうえで細部を想像で補うと、ことの経緯の全体図が明らかとなる。

この時期、灯子はすでに夫の雫石和歩から離婚を迫られていたらしい。それはふたりの娘の里桜が、実は和歩の種ではない、という衝撃的な理由からだ。

一九八〇年代後半の話だからまだＤＮＡ鑑定などは実施されていないが、里桜の父親は和歩ではあり得ないと、それぞれの血液型から判明した。灯子は里桜ともども、激怒した和歩に雫石家から問答無用で追い出される危機に瀕《ひん》していたのだ。

灯子はどうやら離婚自体は避けられないと覚悟していたらしい。むしろ雫石家とは縁を切りたがっていた節もある。しかし、同じ和歩と別れるにしても、なるべく自分に有利な形勢に持ってゆきたい。己れの不義がそもそもの原因だから慰謝料は難しいとしても、なんとか里桜の養育費という名目での保障が欲しい。そこで思いついたのが、義理の息子の龍磨を自分の側に抱き込んでおく、という手法だ。必要ならば龍磨と肉体関係を持ち、その明確な証拠を押さえておく。ただ家族とは距離を置き、東京で独り暮らしをしている龍磨に自然なかたちで接近し、誘惑するのは容易ではない。そこで龍磨自らが迫知へやってくるように仕向ける計画を練り上げた。そのための呼び水が、若かりし頃の灯子自身のヌード写真だ。

手順としては先《ま》ず東京で、具体的な素性は不明だが、灯子にとって信頼のおける知人を龍磨に接触させ、お望みならば継母の弱みを握れるチャンスがある、と彼に吹き込んでもらう。例えばこんな具合に……迫知でバーラウンジを経営しているヒトミという昔、男を巡って灯子とライバル関係にあった女が、その意趣返しを虎視眈々《こしたんたん》と狙っていたところ、ひょんなことから彼女のいかがわしい写真を入手することに成功したようだ、と。

灯子はおそらく自分に向けられる義理の息子の欲望を感知していただろうから、その程度の仄めかしでも充分に龍磨にはスイッチが入り、なんとか写真をヒトミから譲り受けるべく行動に移すはずとの確信があった。それを脅迫材料にして、龍磨は自分に肉体関係を迫ってくるだろう、と。脅しに屈するふりをして龍磨との淫行の証拠を揃《そろ》えておけば、これは逆に和歩に対する交渉の材料になるわけだ。これこのとおり、あなたの息子に凌辱《りょうじょく》された、この事実を世間に公表されたくなければ、離婚にあたってはこちらの要求を呑んでもらう、と。灯子が思い描いていたプランは、ざっとそんな具合だろう。

「あ。あああ、楽しみ。楽しみだわ、こんなふうに」ディルドを装着したヒトミにベッドに組み伏せられながら灯子はのけぞる。「龍磨に、タッちゃんに、めちゃくちゃにされたい、はやく」宙に蹴り上げた両脚でヒトミの腰を挟み込む。「はやくきて、タッちゃん、めちゃくちゃにしてえええええ」

そんな灯子にとって計算ちがいだったのは、龍磨が写真を継母への脅迫材料ではなく、かつての恋仇（と勝手に彼が思い込んでいる）悠成に対する嫌がらせとして利用しようとしたことだ。あまつさえ、その試みが発動する以前に、龍磨は何者かに殺害されてしまった。これが最大の誤算だった。

龍磨という唯一の交渉材料を失ってしまった以上、灯子はただ和歩に押し切られるがままに離婚を受け入れざるを得なかった。仕事を辞めたのも、そもそも和歩と昵懇だった校友会会長と後援会理事長の引き立てで〈迫知学園〉の教職に就いていたという事情ゆえ、身の置きどころを失ってしまったかたちだ。娘の里桜を連れ、県外へ逃げ出すしかなかったのだろう。

そんな己れの末路もまだ知らない、夢のなかの灯子はヒトミに刺し貫かれる快楽にただ酔い痴れる。ディルドを装着しているのはヒトミだけではない。灯子もまた股間からドリルのような逸物を生やしている。ベルトが太腿の付け根でふたつに分かれ、自らも張り形を装着したままで相手のディルドを受け容れられる仕様になっている。のしかかってくるヒトミをときに押し退《の》ける灯子は彼女を四つん這《ば》いにさせ、腰をかかえて背後から挿入したりする。ふたりの女の交合シーンは攻守を入れ換えながら、幾度となく淫夢《いんむ》に横溢《おういつ》した。そのたびに悠成は、あの文箱とその中味に翻弄されたままこの世を去った龍磨の心情に思いを馳《は》せる。

鍵を壊した後、長らく放置していた文箱を悠成は、中味のヌード写真もろとも、ようやく処分した。なんとなく始末しそびれていたのが、すべては灯子の陰謀だったと知って、ある種の幻滅とともに、長年の呪縛が解けたかたちだ。

と同時に、この文箱がそもそもどうして自分の手もとにあったのか、その経緯も拍子抜けするくらい呆気なく憶い出した。同じ一九八八年だったか、それとも年が明けていたかは曖昧だが、ある日、学校の職員室の悠成の机の上に大振りの幕の内弁当ほどのサイズの段ボール箱が置かれていた。事務に問い合わせると、〈迫知学園〉気付で送られてきた差出人不明の荷物で、中味を確認すると『田附悠成様』記載の付箋《ふせん》が貼られていたという。わけも判らず、とりあえず家に持ってかえり、どこかへ仕舞い込んだまま忘れてしまった、という次第。

いまにして思えば、龍磨の居候先のあの女性が、彼の指示通りに文箱を長瀧沙椰宛てに郵送したのだろう。沙椰本人かその家族かは判らないが、古ぼけた文箱を贈られる謂《いわ》れや意図の見当が皆目《かいもく》つかず、持て余した。結局送り主とされる悠成へ戻そうと、伝票に記載されていた龍磨の東京の住所へではなく、わざわざ学校宛てに返送したわけだ。差出人を明記しなかったのが故意なのかどうかは少し気になるが。

そんななか、癌の肺への転移が見つかり再入院していた悠成の母の容体が急変。心不全で死去した。その葬儀の最中、順番待ちしていた紀巳絵の父親の特養ホームへの入所がようやく決まる。

これでとりあえずは、ひと息つける……と安堵しかけたその矢先、紀巳絵が倒れた。長年の父親の介護疲れだったのか、脳溢血《のういっけつ》で帰らぬひととなってしまった。

二〇一八年、十月のことである。
享年五十。

＊

〈アルブル・パルファン〉というカフェの存在に悠成が再度着目する余裕が出てきたのは、その翌年。二〇一九年、十月。

すでに平成の時代は終わり、元号は令和《れいわ》に改められた。一九八八年、すなわち昭和六十三年に起きた雫石龍磨殺害事件はすでに三つの元号を跨《また》ぎ、実に三十一年も前の、過去の出来事となっている。

悠成も正直、事件そのものにはもはやなんの興味も抱けなかった。来年には還暦を迎える。人生は終盤に差しかかり、終生の伴侶《はんりょ》として添い遂げるつもりだった紀巳絵はもうこの世にいない。両親ともに他界し、居郷家との交流も途絶えた。

存命の近しい親族もいない天涯孤独の身になってみると、未来にさしたる関心を持てないが、それ以上に過去の意義も薄れゆくばかりだ。にもかかわらずある日、仕事帰りに〈アルブル・パルファン〉へ寄ってみる気になったのは、ひとつには単純にその日の夕食のためだった。

紀巳絵が死去した後、自炊が日に日に億劫《おっくう》になっている。共働きで家事はずっと夫婦で分担していたから、掃除や洗濯などの作業自体はさほど苦にならない。しかし食事をひとり分だけ用意するという行為は他の家事よりもひと際、孤独が強調されるのか、想像以上に精神的な負担が大きい。妻に先立たれた夫がそのロスを克服するためには生活上のルーティンやサイクルを極力変えないことが重要だとアドバイスされ、最初はそれをなるべく守ろうとしていた悠成だったが、だんだんと外食が増えてゆく。

どうしても行きつけの店が固定されがちになり、すぐに飽きる。気軽に食事できるところの新規開拓は常に悩みの種だ。学校周辺の店舗は生徒たちと鉢合わせする確率が高いため、ずっと避けてきたが、この日はふと、その気になったのだった。

〈アルブル・パルファン〉の営業時間は平日午前七時から中休みなしで午後五時まで。学校を出た悠成が店のドアを開けたとき、すでに四時半になっていた。

オーダーストップを宣告された場合の第二候補の店を脳内検索している彼に「いらっしゃいませ」と、細身でセミロングヘアの女性が笑顔を向けてきた。

二十代半ばといったところか。もしかしたら学生アルバイトかもしれないが、若く溌剌としたその容姿と所作は瞬時にして、ある人物を悠成に連想させた。

「すみません……」店内を見回すと、他に客はいない。「まだ食事はできますか」

「はい。お好きな席へどうぞ」

初めての店で、しかも連れのいない客の場合、カウンター席というのはいきなり距離が近すぎるだろうか。そんなどうでもいい迷いに身が竦んでいることひとつをとっても、いかにその女性従業員の印象が悠成にとって鮮烈だったかが知れる。

「あの、こちらの日替わりランチセットというのは？」

「だいじょうぶですよ。ランチタイム以外でも、終日やっていますので」

からりと笑うセミロングヘアの彼女以外に従業員の姿は見当たらない。たまたまそういうシフトの時間帯なのか、それとも普段から彼女ひとりで切り盛りしているのか。

「あの、もしまちがっていたら、ごめんなさい」悠成は結局カウンター席に腰を下ろすことにした。「ここって、ひょっとして乗富木香さんのお店？」

「そうです。はい」口角は上げたままだったが、悠成の前に水のコップとおしぼりを置いた彼女は眼をしばたたいた。「今日はちょっと、いないんですけど」

「やっぱり。お店の名前からしてそうなんじゃないかと、ずっと思ってはいたんだけど。もっと早くお邪魔すればよかった。なかなかその機会がなくて」

「あら、そうなんですか」と気さくに応じていた彼女だったが、悠成が「お姉さんの雪花さんの名前も店名に入れるつもりだと言っていたけれど、結局、木香さんの名前だけにしたんですね」と付け加えると、初めて笑顔が消えた。

「お客さん……もしかして、母の知り合いですか？」

「ええと。するとあなたは、木香さんのお嬢さん？」

第一印象が大当たりだ。悠成とふたつちがいの木香も五十七歳で、子どもがいるとしたらもう成人していてもおかしくないし、それにこの容姿、立ち居振る舞い。木香の娘だとしか考えられないと最初から確信はあったものの、本人の口から告げられると、やはり隔世の感に軽くショックを受ける。

「田附といいます。木香さんとは〈迫知学園〉で同じ吹奏楽部だった。楽器も同じフルートで」

「へ……へぇえ。そうなんですね」笑顔に戻ったものの、少しばかり引き攣っているような気もした。「お待たせしました。日替わりランチです」

鯖《さば》の味噌煮をメインにご飯と味噌汁、小鉢数点。それらを黙々と胃におさめていると、セミロングヘアの彼女は厨房の奥でなにやらスマートフォンをいじっている。いまどきの娘だな、と思っただけで、それ以上は気に留めなかったのだが。

悠成がほぼ食べ終え、焙《ほう》じ茶の湯呑みを傾けたところへいきなり、バンッとけたたましい音をたてて店のドアが開いた。時刻はもう午後五時を回っていたので当然、セミロングヘアの彼女は「すみません、今日はもう終わりなんです」と入店を断るものと思っていたのだが。

女性がひとり、つかつかと店内へ入ってきた。艶やかな銀髪と称したくなるグレイヘアをシニヨンにしている。眼ぢからの強いその美貌は六十近くにして健在だ。木香がそこに立っていた。

悠成が思わず「乗富さん」と声をかけると、木香は「へっ」と、なんとも素っ頓狂な声を上げた。先刻まで強張っていた表情が、すっかり困惑したかのように溶け、ぽかん、としている。

「え。えと。え？　ユ、ユウさん？　まさか、ユウさん……ですか？」おひさしぶりですと続ける余裕を与えず、木香はせわしなく店内を見回すや、セミロングヘアの娘を、きっと睨みつけた。

「サヤカ、あなた、な、なんのつもり。どういうこと。これはいったい、どういうことなのよッ」

娘の名前は紗綾香《さやか》と書くらしいと知るのは少し後のこと。彼女は彼女でカウンター越しに、ひたと母親を睨み据えた。「どうもこうも。このひとなんでしょ?」

「はあ?」

「だから、このひとが」いささか不躾《ぶしつけ》に悠成を指さしてくる。「このひとが……ね? そうなんでしょ?」

一瞬の空気の凍結とともに沈黙が下りる。と、木香はガス爆発並みの激しい溜息をつくや、近くのテーブル席の椅子に、崩れ落ちるかのように腰を下ろした。

「……もうこの娘は、ばか。ほんとにバカな、かんちがいを」

「かんちがい? ごまかさないでよ」

「しずかになさいッ。んもうう。ごめんなさい、ユウさん」よろけながら立ち上がると、やや屁っぴり腰でぺこぺこ頭を下げ、悠成の隣りへ移ってきた。「せっかくお店へ来ていただいたのに、このばか娘が、とんだかんちがいを」

「かんちがい? というと」と訊く悠成に木香は自分のスマートフォンを取り出して見せた。「この娘ったら、さっきラインしてきて、いまお店にパパが来てる……って」

「パパ……って」カウンターへ戻したばかりの湯呑みをひっくり返しそうになった。「え。えッ」

「だってだって、このひと、ちゃんと知ってたよ」紗綾香は声を張り上げた。「ここの店名、ほんとはママのだけじゃなくて、伯母《おば》さんの名前も入るはずだった、って」

「え?」

「そのことを知ってるの、パパだけなんでしょ? ね? そう言ってたよね、ママ。他のひとには誰にも教えていない、って」

「そ、そうだけど……え？」半泣き、半睨みで悠成を振り返る。「え。ほんとに？　どういうこと？　ユウさん、どうしてこのお店の名前のことを……」

「昔の話なんで、はっきりとは憶えていないけど」無難な答え方をしておく。「ミイさんだったかな。ともかくそのへんから、ちらっと聞いたような気が」

「え？　ミイさん？　ていうと、あの、藤得さんのこと？」

木香の惑乱の表情からしてどうやら、ほんとうにきれいに記憶から抜け落ちているらしい。まあむりもない。あの三次会からホテルへの帰路の際、木香はアルコールも入っていただろうし、なにより徳幸との逢瀬を控えて気分が高揚していただろうから、本来は他人に打ち明けないはずの話を浮かれた勢いで未紘や灯子に披露している自覚がなかったのではあるまいか。

「……あたし、そんな話をしたかな、ミイさんに。どうも覚えがないんだけど。ミイさんて、ひとが隠している秘密をなにげに引き出すのが抜群にうまいひとだったから。もしかしたら酔った勢いかなにかで言っちゃったのかも。でも、でもね、紗綾香」と、なにか口を挟もうとした娘を遮った。「もしも洩らしたとしても、そのミイさんてひとだけ。ほんとに彼女だけ」

「あのね、ママ、たとえひとりにだけであっても、他人に教えちゃった時点で同じことじゃん」

「あとは絶対、絶対に誰にも教えていない。いないはず」娘に苦笑されても往生際の悪い木香である。「特に男には。パパ以外の男には絶対に、一度も」

「なんだかもうしわけない、いろいろ複雑そうなところに割り込んでしまって」

紗綾香は、自分の父親が誰なのかも知らない？　どんな顔をしているのかも知らない、つまり木香はシングルマザーということなのか？

「……ひょっとして、もうずっと音信不通とかそういうことなの、スイさんとは？」

うん、と虚《うつ》ろな声音で頷いた木香だったが、一拍遅れて、ぎょッと眼を剝いた。その畏怖の表情を見て悠成もようやく、己れの失言に気づく。

「ユ、ユウさん、どうして？　まって。まさか、ま、まさかそれもミイさんに聞いた、なんて話じゃ……」

「知ってるんですね」紗綾香は厨房を飛び出してきた。いまにも悠成の胸ぐらを摑まんばかりの勢いで。「あたしのパパのこと、知っているんですね。教えて。教えてください。いったい誰なのか」

「まって。まって、ったら。まってちょうだいッ」木香は木香で腰を浮かせ、娘を悠成から引き剝がそうとする。「判った。紗綾香、判ったわ。話す。この際、全部話すから。ちょっと落ち着いてちょうだい」

頭をかかえて座りなおした木香は大きく嘆息した。「……ユウさん。こちらのごたごたに巻き込むようでもうしわけないけれど、いま時間、だいじょうぶ？　ちょっと立ち会って欲しい、っていうか、実はずっとユウさんにも、訊きたかったことがあるんです」思い詰めたように間をとった。「つまり、スイ……徳幸のことで」

徳幸を呼び捨てにするところに彼女の覚悟が顕れているようで悠成はなんだか、いろいろ切なくなった。「お役に立てるかどうか判らないけど」正直、自分からなにを聞き出せると木香が期待しているのかは皆目見当がつかなかったが、神妙に頷いてみせる。「ぼくでよければ」

「ありがとう。ちょっとまっていてくれるかしら」微笑んでみせるものの、一気に老け込んだかのような印象が否めない。「なにしろ素面《しらふ》じゃ話せそうにないから、そこのコンビニでお酒でも買ってくる。紗綾香、なにかつまみでも用意しておいて」

「いいけど。あたしが買ってこようか？」

「あたしとユウさんをここでふたりだけにして、あなた、不安じゃないの？　つまり、もしもあなたがいないあいだにママが、このひととなにか口裏合わせでもするんじゃないか、とかって？」

悠成は感心してしまった。おとなになったな、と。十代、二十代の頃の木香なら、たとえうわべだけのものにしろ、こういう気の回し方は絶対にしなかっただろう。それにアルコール類なら店にも置いてあるだろうに、わざわざ買物という口実で一旦席を外したのは己れの気持ちを落ち着かせる時間が欲しかったのかと後になって思い当たった。なかなか思慮深い。やはり歳月はひとを変えるということか。

木香が店を出てゆくと、紗綾香はてきぱきと悠成の前から食器をかたづけ、洗いものをし始めた。先刻の感情的な一面が嘘のようだが、こういう、ちょっとドライだなとひとによっては受け取りそうな切り換え方は母親譲りのような気がする。

木香が戻ってくるまで紗綾香は、ひとことも発しなかった。それは悠成との口裏合わせの危惧を排除すべく買い出しを娘に任せなかった母親に義理立てする、ある種の阿吽《あうん》の呼吸のようにも悠成の眼には映る。母娘というより、姉妹っぽいというか。

レジ袋を提げて戻ってきた木香は手慣れた動きでドアをロックし、シェードを下ろす。買ってきた缶ビールをいちばん奥のテーブルに置く動作につられて、悠成もそちらへ移動した。

「えーと」娘から受け取ったコップを泡だてながら木香は、ちらりと上眼遣い。「まず、その、ユウさんはどの程度……ていうか、どうして知っているんですか？」

「あれは」悠成は注がれたビールをぐびりと飲み下し、息を整えた。「もう三十一年も前の話になるのか。雪花さんとスイさんの結婚式の日。同じホテルにミイさんも部屋をとってたことは知ってる？」

「あ痛」両掌で顔面を覆う。「そっか。やっぱりミイさん経由なのね。嫌な予感はしていたのよ。あの夜、ミイさんも同じホテルに泊まると知って。まさかと思ったけど。やっぱり気づかれてたんだ」ふと両掌を下ろし、まじまじと悠成を見つめてきた。「そういえば、あれってたしかミイさんがユウさんといっしょに泊まるため……でしたよね？　てことはユウさんも自分の眼で直接？」

「いや、ぼくは結局ホテルへは行っていないんだ。あの夜は、その、いろいろあって。そんなことよりも」怖い顔をしてふたりを見比べている紗綾香のほうへ、悠成は掌を上向けてみせた。「本題を」

「名前は碓井徳幸。生きていれば、いま六十歳。そっか。もう還暦だ」

「うすい、のりゆき……それが、あたしのパパ？　何者？」

「あたしの姉、乗富雪花の、つまり紗綾香の伯母さんの夫だったひと」

紗綾香の表情は変わらなかったため、どの程度ショックを受けているのか、それとも全然受けていないのか判別できなかったが、数秒ほど遅れて、なにやら縋《すが》るような潤んだ眼を悠成のほうへ向けてきた。仕方なく無言で頷いて返す。

「そうだったんだ」沈黙の後、紗綾香はそう呟いた。「伯母さんの……つっても、いまいち実感が湧かない。直接会ったことがないせいかな」

「そうね。あなたが生まれたときは失踪《しっそう》して、もう三年くらいは経って……」

「失踪？」驚くというより悠成は、ぽかんとなった。「え。雪花さんが？　失踪って、なに。ど、どういうこと？」

「ある日、突然いなくなったんです。神隠しに遭ったかのように。まったく連絡がとれなくなった。以来ずっと、行方《ゆくえ》が判らない。警察にも捜索願を出したけど、現在に至るまで生死すらも不明のままで……」

「ま、まて。ちょっと待ってくれ。それはいったいなんの……雪花さんが？　行方不明って、ほ、ほんとうの話なの？」

コンクリートの壁でも射抜けそうな眼で、木香は頷いた。「実はユウさんに訊きたかったというのは、そのことなんです。なにか知らないか、と思って」

「いや、まって。ほんとうに待ってくれ。なにか知っているもくそも。雪花さんとは一度も会っていないんだ、三十一年前の結婚式以来。失踪？　行方が判らない？　だなんて。そんな……そ、そんなとんでもないことになっているだなんて、いま初めて知った」

でしょうね、とでも言いたげな諦観混じりに頷く木香に悠成はさらに戸惑い、混乱してしまう。

「どうして……どうしてぼくが、なにか知っているんじゃないか、なんて?」

「そもそも雲を摑むようなというか、曖昧模糊《もこ》としたというか。これがもしももっと、はっきりした話なのであれば、ユウさんの勤め先は目と鼻の先のご近所だもの、さっさと会いにいってました。でも、いまいち思い切れなかったのは、もしかしたらあたしが雪花の行方を捜そうと躍起になるあまり、なんでもかんでもおかしい怪しいと疑ってかかるノイローゼみたいに病んでいるんじゃないか、と心配されるのが嫌で」

「ノイローゼって、それほど雲を摑むような、曖昧な話なの?」

「順序立てて説明すると、雪花と徳幸との結婚式の後、あれは、えーと、二、三年は経っていたかな? あたしたち姉妹で、とりあえずお店をオープンしたんです。場所はここじゃなくて、ちょっと郊外寄りの空き店舗を借りて。〈喫茶シスターズ〉っていう、なんの捻りもない店名で」

「そんなに早く? 全然知らなかった。教えてくれたらよかったのに」

「あたしと雪花、ふたりじゃ心許なかったから、ホールスタッフの経験のあるひとを、ひとり雇って。いよいよ知り合いたちにも大々的にお披露目をしようと準備を進めていたときに届いたのが、ユウさんの結婚式と披露宴の招待状だった」

「あのとき? じゃあ一九九二年だね。雪花さんたちの結婚式から四年後だ」

「招待状をもらって、雪花はすごく喜んで。うわあ、おめでたいうえに、これってグッドタイミングじゃない、ユウくんたちの二次会や三次会に使ってもらうには場所がちょっと遠いけど、みんなにお店のことを知ってもらう、いいチャンスだわ、って」

「なるほど。でも雪花さんとスイさんには式に来てもらえなかったけど」

「当初は雪花だけで出席するつもりだったらしいんです。徳幸はその日、どうしても外せない用事があるから欠席するということで、お互いに納得していたはずなのに」

お互いに納得していたはず……その言い方に違和感を覚え、悠成は首を傾げた。「なにかあったの？」

「それが判らないの。ひとりで出席の返信を出すということで夫婦間で合意していたはずの雪花が、投函《とうかん》直前になって、なんだか納得がいかない、みたいな文句を言い出したらしくて」

「意味がよく判らない。どういうこと、納得がいかない、って？」

「それが、自分がユウさんの結婚式に出席することそのものに……みたいな。このままじゃ、素直に祝福もできない、と」

「このままじゃ、って。つまり例えば、あたしひとりじゃなくて、あなたも多少無理をしてでもいっしょに出席しなきゃ駄目よ、とスイさんに迫った、とか？」

「そんなふうにも聞こえるんだけれど、なんだか変でしょ？　ユウさんの式と披露宴に徳幸が欠席したとして、どういう差し障りがあるの？　だってユウさんは残念がるだろうけど、それでどこかから責められる心配でもあるわけ？　彼からの御祝儀だって雪花が預かって持ってゆけばいい。それで、どこから批判が出るというの。いったいぜんたい雪花は誰の手前をはばかっていたのか、それがどうにも謎めいていて……」

「それで、ぼくがなにか知っているんじゃないかと思ったの？　でも、ぼくは雪花さんとスイさんに連名で招待状を出しただけだよ。文面も、他の招待客へのものとまったく同じで。例えば、絶対に夫婦揃って出席してもらわないと困るとか、そんな変なプレッシャーをかけるような文言は特に記していなかったはずだけど」

「そりゃあもちろんそうでしょうね。でも、招待状のことで夫婦で揉めたその翌日だったか、翌々日だったか。雪花とはまったく連絡がとれなくなった。お店にも出てこないし、自宅にも実家にも戻っていない。三日目か四日目に、徳幸が警察に捜索願を出して。以来……それっきり」

「って……ほんとうに、それっきり？　九二年から現在まで、ってことは、え、二十七年も？　ずっと行方不明のまま？」

木香は頷いた。「ユウさん、いまの話を聞いて、なにか心当たりはないですか？　どんな些細《ささい》なことでもいいんだけど」

「いや、まったく。なにも考えつかない」雪花とは三十一年も没交渉だったせいか、大事件だと頭では理解できるものの、いまいち実感が湧かないこともたしかだが。「そんなおおごとになっていた、なんて……」

「そんなこんなであたしも、せっかくユウさんからいただいた招待状に返信もできないままになっちゃってました。いまさらだけど、ごめんなさい」

「そんなことは全然」

「奥さまはお元気？」

「いや。それが昨年に脳溢血で、なんとも呆気なく……」

木香は掌で口を覆った。「……そうだったんですか。ユウさんの奥さまには一度もお会いできないままになっちゃったんだ。ほんとうに残念です」

「でも……おかしいな」

指の腹で、そっと眼尻を拭っておいてから木香は改めて、もの問いたげな表情をして寄越す。

「なにが？」

「雪花さんがそんなふうに姿を消してしまったこと、ミイさんは知らなかったのかな」

「ミイさん？　さあ、どうかしら。こちらからわざわざ伝えたりした覚えはないけど。雪花の行方不明の件は地元のメディアでも何度か取り上げられたから、知っていてもおかしくない」

「え。そうなの？　ニュースにもなっていたのか……全然気づかなかった」

「よくありますよね、なぜだかテレビでも新聞でもたまたまその事件だけ、うっかり見逃してしまう、っていう。実際こうしてユウさんもいままで知らなかったわけだから、ミイさんもどうだか判らないな」

いくらよくあることかもしれないとはいえ、よりにもよってこんな重大な報道をたまたま見逃してしまっていたなんて、と悠成は臍《ほぞ》を噛む思いだ。「ミイさん、ぼくたちの式と披露宴に来てくれていたんだよ。そのとき、さほどじっくり話し込む余裕はなかったとはいえ、雪花さんのことはいっさい話題に出なかった。やっぱり知らなかったのかな」

「とは限らない。知っていたとしても、おめでたい席でわざわざそんな話を持ち出すのもなんだし。それに、その時点ではまだ失踪直後で、まさかこれほど長期間にわたって行方知れずのままになる、なんて事態は誰も予想できなかったし」

　まあそうだね、と応じようとした悠成を遮り、紗綾香は勢い込んだ。「その伯母さんが行方不明になって三年後くらいに、あたしが生まれたの？　てことは、そのあいだママってば、ずーっと、本来は義理の兄であるその男と関係を持っていたってわけ？」

「面目次第もございません。それが笑っちゃうのは、妊娠が発覚して未婚の母になると決めた途端、逃げられてしまったんだから、ざまあないわ。ったく」

「スイさんに？　え。逃げられた、ってどういうこと？」

「かけおちしちゃったの」まるで他人ごとの如く、さばさばと肩を竦める。「例の〈喫茶シスターズ〉で雇っていた娘と」

「へ……え、えええッ、かけおち？」

　木香ほどの女を捨ててまで？　という、ほとんど不本意な義憤まがいの悠成の驚愕に調子を合わせるかのように、当の彼女は半分おどけて唇をひん曲げてみせた。「特にこれといった特徴もない、きれいでもなんでもない小娘なんですよ。強《し》いて言えば、ただ若いだけが取り柄の」

　言葉だけ抜粋すると対抗意識丸出しのようだが、木香の如何にもつまらなそうな表情と口吻からして至極率直な感慨、それ以上でもそれ以下でもないのだろう。

「で、現在に至るまで消息不明なの？　あのスイさんが？」

　頷く木香はなんの疑念も抱いていないようだが、ほんとうだろうか。かけおち、なんて徳幸のイメージからはいちばん遠く懸け離れている。少なくとも悠成はそう思う。たしかに女に束縛される境遇を忌避するタイプではあるだろう。そのせいで義妹の妊娠を知って逃げ出したという一瞬さもありなんという気にもなるが、かといって別の女と手に手を取って逃避行なんて愚をわざわざ冒すだろうか。

己れの行動範囲を狭めて窮屈な思いをするよりは、むしろホームグラウンドにしぶとく留まり、複数の女性と同時進行でうまく立ち回る道を選ぶ。徳幸はそういう男のはずだ。ひょっとして、かけおちなんて牧歌的な事情ではなく、相手の娘に拉致《らち》監禁でもされているんじゃあるまいな、と悠成は半ば本気で疑ってしまう。

「ずっとその女といっしょにいるかどうかはともかく、いまどこで、どうしているものやら。あ、そうそう、ユウさん。それで憶い出したんだけど」

そもそも徳幸が逐電するにあたって具体的な意思表示の書き置きの類いは残しているのかどうか、その点を確認しようとした悠成を遮った木香は、これまでとはまた別種の深刻さで身を乗り出してきた。「徳幸とかけおちした、そのトリウミっていう娘。うちに来る前までいろんな飲食店で働いていたらしくて、経験豊富なところを見込んで雇ったんだけど。そのうちのひとつが〈洋菓子工房ルネ〉だったんですって」

悠成は利用したことはないが、昔は〈杉本《すぎもと》ベーカリー〉という老舗《しにせ》のパン屋だった。悠成が十代の頃に代替わりで店名を変更。スイーツ販売やイートインスペース設置などで事業拡張に成功し、〈迫知学園〉の女子生徒たちにも人気を博していた。

「賀集先輩の弟さん、知ってますよね」

「怜次くん？　惣太郎さんの家に遊びにいったとき、よく顔を合わせた」……はて。木香の言葉が棘《とげ》のように引っかかり、胸がざわついたが、その暗雲のような不安の正体がなんなのか、とっさには思い当たらない。「吹奏楽部じゃなかったけど、部室にも頻繁に出入りしていたし」

「彼の奥さんの実家が、その〈洋菓子工房ルネ〉らしいんだけど」

「へえ？　それは初耳。そんな話、惣太郎さんからも聞いた覚え、ないな」

「あたしも全然知りませんでした。怜次さんとは定演の手伝いとかで顔を合わせても、ちゃんと喋ったことってあったかな？　ってくらいだったから」

「雪花さんの式にも、惣太郎さんは来てたけど、怜次くんは招《よ》ばれていなかったし」

「これって、その徳幸を寝盗った泥棒猫の娘が〈洋菓子工房ルネ〉を辞めた後の話らしいけど。怜次さん、警察の厄介になってたんだって。知ってました？」

「警察？　いや、全然知らない。なにかやらかしたの、彼？」

「なんでもある夜、明け方だったかな？　繁華街をふらふら歩いているところを巡回中の警官に職務質問された。よっぽど挙動不審だったのか、任意で持ち物検査をされたんですって。そしたら、帯封された札束を上着のポケットに入れていた。なんと、百万円。けっこうな額だったから、これはなんのお金ですか、と訊かれた」

「百……万円？」

「ところが怜次さん、ちゃんと答えられず、しどろもどろだったらしいんですよ。折しも、ちょうどその頃、近所で事務所荒らしの窃盗事件が続発していたものだから、さあたいへん。本格的に事情聴取を受ける羽目になったとか」

「ちょ、ちょっとまって。それっていつの話？　明け方とか言ったけど、まさか、一九八八年の雪花さんとスイさんの披露宴の翌日だったんじゃ……」

「厳密に何月何日だったかまではその娘は知らなかったけど、どうも話を聞いていると多分、その頃っぽいですね」

まちがいない。それは龍磨がヒトミに文箱の対価として支払った、あの百万円だ。

龍磨が〈秘途見〉から立ち去った後、入れ替わりにやってきた怜次はしきりにあの金のことを気にしていた。ヒトミが急死し、兄の惣太郎といっしょに自分たちの痕跡の消去作業の最中、どさくさまぎれに札束をポケットに仕舞い込んだにちがいない。

「結局その窃盗事件とは無関係と判明して、逮捕もされず、無罪放免になった。でも警察はそれでいいとしても、身内は納得がいかないわけです。いったいなんなの、その大金は？　って。でも怜次さんはやっぱり、ちゃんと説明できなくて。すっかり奥さんとその家族の信用を失ってしまった。それ以来、お店のその日の売り上げの収支が合わなかったり、実家とは全然関係のない赤の他人の家での盗難騒ぎとかがあったりするたびに、怜次さん、まさかあなたの仕業じゃないでしょうね、みたいな厭味《いやみ》を言われるようになった。実質的な入り婿《むこ》で結婚しただけに、すっかり居場所を失ってしまって、離婚に至ったそうです。その後がまた悲惨で……」

「ちょ、ちょっとごめん」先刻覚えた不安の正体に悠成は唐突に思い当たった。「その怜次くんの話を教えてくれた娘……トリウミ、って言った？」

「名前？　うん。たしか鳥に海と書いていたはず」

胸騒ぎがした。「そのトリウミさん、いろんな飲食店で働いた経験がある、という話だけど……」

人知を超えた異形の意思にでも操られるかのように、するりとその店名が悠成の口から滑り出た。

「ひょっとして〈モルテ・グラツィエ〉でも？」

「もる？　え。どこですかそれ」

「ほら、雪花さんたちの披露宴の後の三次会で、みんなで行った……」

「ああはい。そういえば、あそこでバイトしていたこともある、って話だったかな。それがなにか？　あ、そうか。もしかしてその三次会の席であの娘、すでに徳幸に眼をつけていたんじゃないか、ってことですね？」ぱしッと手を打って勢い込んだわりには、木香はすぐに半眼で首を傾げた。「でもあのとき、チョクチョクに接客してもらったっけ？　どうも覚えがない」

「いまなんて言った？」

「ん？」

「チョクチョクって、その娘のこと？」

「綽名っていうか、ときどきそう呼んでいたんです。下の名前が、なんだったか忘れたけど、真っ直ぐの直っていう漢字が入っているのが由来で。昔から友だちにはチョクさんで通っていたんですって。それにちなんだわけでもないけど、あたしと雪花はチョクチョクって、ちょくちょく呼んで。いや、これは洒落のつもりではなくて」

「メガネは？　かけてた？」

「チョクチョク？　いつもはコンタクトだったけど、ときどきかけてたかな」

まちがいない。紀巳絵の同級生で、同じ演劇部だった鳥海直穂だ。苗字の読み方がトリウミではなくチョウカイだということを木香は知らないのか、それともかつては知っていたが現在は失念して、かんちがいしているだけなのかはともかく。

ひさしく忘れていた雫石龍磨殺害事件の謎に悠成は再びとり憑かれた。なんといっても引っかかるのは鳥海直穂が〈迫知学園〉在籍時代に私設の龍磨ファンクラブなるものの活動をしており、実際に雫石邸にも頻繁《ひんぱん》に出入りしていた、という事実だ。そんな彼女が、三十一年前に〈モルテ・グラツィエ〉でアルバイトをしていた……これは単なる偶然なのか？　厳密に言うと問題はあの夜、鳥海直穂は悠成たちの接客をしていたのか、それともしていなかったのか、だが。

実際に自分の店で雇っていた木香が三次会で「見た覚えはない」と言うのなら、直接は接客していないのかもしれない。しかし彼女がその日、休みではなかったのなら、店内にいた可能性はある。

だとしたら……どういうことになる？　己れの思考の道筋がなかなか見通せず、悠成は焦った。要するに鳥海直穂は〈迫知学園〉卒業後も龍磨と個人的なつながりがあったのかどうか、そこがポイントだ。

もしも龍磨の上京後も交流が続いていたのだとしたら、家族に内緒で帰郷していた彼に寝泊まりする部屋を提供した女性こそが鳥海直穂だったのかもしれない。だとしたら……だとしたら、どうなるというんだ、いったい。すぐそこにシンプルな構図が見えているようでいて、全体像がなかなかスムーズにまとまらず、もどかしい。

「……ともかく現在もそのチョクチョクと、どこかでいっしょに暮らしているかもしれないわけなんだね、スイさんは」

「あるいは別の女とくっついているか、ね。ソーやんみたく殺されたりしていなければ、だけど」

「殺され……って、え？」鳥海直穂と龍磨の接点の検証も一瞬吹っ飛んでしまうくらい、悠成は仰天した。「こ、殺されたって、惣太郎さんが？」

「うん。さっき言ったように、怜次さんは奥さんから離婚されて。その後、ひどく情緒不安定になっていたみたい。直接的な原因はよく判らないらしいんだけど、お兄さんのソーやんと言い争いになった挙げ句、刃傷沙汰《にんじょうざた》に発展。結果ソーやんは怜次さんに刃物で刺し殺されて……怜次さんも、どこかビルから飛び下り自殺した、って」

「ほ、ほんとの……ほんとの話なのかい、それは」

あの賀集兄弟が死亡していたとは。しかも弟が兄を殺して自殺するという、これ以上はないほどショッキングなかたちで。

「知らなかった……ほんとに知らなかった。そんな大事件を、いままで全然」

「あたしも知りませんでした、チョクチョクから聞くまでは。それも無理のない話で、どうもこの一件はメディアで報道されなかっただけでなく、箝口令《かんこうれい》というと大袈裟だけど、賀集家ゆかりの有力な関係者によって、ひた隠しにされているみたいなんですよ。末代までの身内の恥だから、とかで」

「それは……」なんとなく判るような気もした。表層的な事象だけ聞いても、なんだか兄弟で心中したかのような、ある種の禁忌めいた印象を醸し出す。はたして関係者や身内が、兄弟間での愛憎劇をどの程度まで具体的に把握していたのかは別としても。

怜次としては、百万円をネコババした己れの身から出た錆《さび》とはいえ、そもそもはヒトミとのアブノーマル・プレイに引きずり込まれたことこそが人生の破滅に直結したという、兄への怨みが嵩《こう》じての犯行だったのだろう。〈秘途見〉での饗宴とその後の痕跡消しの顚末《てんまつ》を目の当たりにしている悠成としてはそう確信するものの、ここでその詳細を開陳するわけにもいかない。

気まずい沈黙。仕切りなおそうとするものの他に適当な話題に思い当たらない。「コノちゃんは」と苗字ではなく昔の通り名で呼んでしまった自分に、しばらく経ってから気がついた。「ミイさんとは？　会ったりはしていないの」

「全然。もともとあたしは雪花のお伴のような立場でミイさんとお近づきにさせてもらっていたんだし。ずっと憧れていたんですよね、あんなふうにクールな、おとなの女になりたいなあ、って。でもいつの間にか、すっかり疎遠になっちゃった。直接会ったのは、うーん、それこそ姉の結婚式と披露宴のときが最後だったような……あ。そうそう。そういえば」木香は一旦仕舞っていたスマートフォンを再び取り出した。「話がころころ変わってもうしわけないけど、トーコ先生のお嬢さん、憶えてます？　ひょっとしてユウさんは会ったことはないのかな」

「里桜ちゃん？　なら先生の家に遊びにいったときに何度か」

「そうそう。名前、やっぱりリオだ。里に桜と書くんですよね？　ちょっとこれ、見てください」

スマートフォンケースから木香が取り出したのは一枚の名刺だ。某携帯電話会社の羽住町支店の住所と『主任』という肩書の下に、その名前は記載されていた。『美濃越里桜』……と。

「美濃越……」

「これね、紗綾香が成人式の後だったから、四年くらい前？　二〇一六年だっけ？　じゃあ三年前か。あたし、生まれて初めてスマホなるものを買いにいったんですよ。それまでは、ずっとガラケーで」

「いい加減、既読機能のあるラインにしてくれ、ってあたしが頼んだんです」と紗綾香は苦笑い。

「ママってこう見えてメールとか、めっちゃ苦手で。返信が遅れがちだったり、全然なかったり。歳も歳だし、生存確認の意味も込めて、せめてこっちからのメッセージが伝わっていることくらいは判るようにしてちょうだい、って」

「生存確認って、あんたねえ、ひとを行き倒れかなにかみたいに、ってむかついたけど。冗談じゃなくて実際に介護してもらわなきゃいけなくなる日も近いことだしと素直にショップへ行って。応対してくれたのがこの名刺のひと。ミノコシ？　あれれ、と思ったんだけど。ぱっと見、四十前後かな。コッシー先輩のきょうだいにしちゃ歳が離れ過ぎのような気もするし、子どもだとしてはちょいとトウがたっているから。縁者とかじゃなくて、たまたま同じ苗字なんだろうなあと。そのときはそれ以上、深く考えなかったんです。だけど後になって、憶い出したの。以前、小耳に挟んだ噂《うわさ》のことを」

「噂？」

「トーコ先生がご主人と離婚されたことは知ってますよね、もちろん。同じ職場だったんだし。その理由のほうは？」

「洩れ聞こえてきたところでは、どうやらトーコ先生の浮気が原因で、しかもお嬢さんが……」

はッと息が詰まりそうになった。「まさ……まさか？」

「そうなんです。里桜ちゃんの父親って実はコッシー先輩なんじゃないか、と」

「そんな。いや、だってもしもそうなら、里桜ちゃんは美濃越さんが高校生のときの子どもだということに……」

だとしても全然おかしくない。高校生どころか、もしかしたら陸央が中学生の頃からすでに灯子とは肉体関係があったかもしれないわけで……悠成と木香の眼が合った。敢えて口にせずとも、互いに同じ認識を共有していることは明らかだ。

「そもそもなぜそんな話が出たかというと、ですね。トーコ先生の離婚後、里桜ちゃんは養子縁組をしてコッシー先輩の養女になったらしい、と」

「えと。それはトーコ先生が美濃越さんと再婚した、という意味ではなくて？」

「ちがうみたいなんです。というのも、コッシー先輩はどうやら、ミイさんと結婚したらしい、と」

悠成は絶句してしまった。口がいたずらに開閉するだけで、声が出てこない。

「籍は入れていない、内縁関係じゃないかって説もあったようだけど、ともかく一時期、いっしょに暮らしていたことは、ほんとうらしくて」

「一時期？　っていうと、いまはちがうってこと？　それに、だとしたらトーコ先生は、どうなったの」

和歩との離婚後、里桜を連れて県外へ引っ越したという話はどうなったのだろう。むろん小耳に挟んだ程度で、情報としてどこまで正確かは保証の限りではないが、陸央との養子縁組に伴い、里桜だけ迫知へ舞い戻ってきたとか、そういう事情なのだろうか。

「さあ。よく判らないんだけど。そうした一連の噂を憶い出したものだから、ひょっとしてあのショップのひとがトーコ先生のお嬢さん本人なのかしら？　って気になって気になって。でも、なにも用事がないのにわざわざ会いにゆくのもなんだしなあ、と。そのままにしていたんです。そしたらその翌年、うまい具合に、っていう言い方も変だけど、スマホの調子がおかしくなって」

「信じられます、田附さん？　ママったら、てっきり故障したものと思い込んで持っていったら店員さんに、これ、電源を五千九百時間以上、入れっぱなしになっていますよ、って言われたんですって。ごせんきゅうひゃくじかん、ですよ。あり得なくないですか。およそ二百四十日ものあいだ、なんていくらなんでも。ちゃんと定期的に電源を切って再起動させてください、って話で」

「画面が暗くなったら電源が切れているものとばかり思ってたのよ。まさかスリープ状態とかそういう狸寝《たぬき》入りだとは夢にも思わないじゃない」なによ、狸寝入りって、という娘の失笑気味のツッコミは完全無視。「ともかく、これはいい口実ができたと張り切ってショップへ行ってみたら、美濃越さんはいなくて。別の店員さんが応対してくれた。帰り際に訊いてみたら、美濃越はもう退職いたしました……って」

木香から聞かされた諸々の昔話が大いに刺戟になったのだろう。帰宅してからも龍磨殺害事件の再考で頭がいっぱいだったせいか、悠成はその夜、ひさしぶりに一九八八年のあの日の夢を見た。

憑依した視点人物の眼前には、三十一年前の悠成自身がいた。ひとめ見て笑い出しそうになるほどの酩酊《めいてい》状態。もちろん笑いごとではない。場所はどうやら〈ＯＰリキッド〉のカウンター席で、悠成の隣りに座っている視点人物は陸央だ。

「らかられ、なかっらころにしらぃんれふよ」頬杖をついた二十八歳の悠成は薄眼を開けるのもしんどそうで、頭がぐらぐら揺れている。脱いだ上着をストゥールの背凭《せもた》れに掛け、外したネクタイを弄《もてあそ》んでいる。どうやら「だからね、なかったことにしたいんですよ」と言いたいらしいが、まったく呂律《ろれつ》が回っていない。

「いったいなにを？　なかったことにしたいんだ」と陸央は応じた。憑依している悠成はその身体にアルコールの火照りを感じるが、喋り方はしっかりしている。セーヴして飲んでいるようだ。

「だから初体験を、ですよ」

いっぽう、半分眠り込んでいる悠成の声は水底に沈んだみたいにくぐもっていて「だから」は「らから」に、「初体験」は「はずだいげ」にしか聞こえない。

「ほんと、一生の汚点ですよ。あんなわけの判らない、おばはんなんかと」

泥酔していたとはいえ、こんな暴露話を垂れ流していたのかと悠成は自分自身に呆れ返った。学生時代、下宿の近所で知り合った中年女性が偶然、故人である悠成の母方の叔母と同級生だったことが判明し、親しくなったのだ。そういえば誰にだったかは忘れたが、悠成は女性に関しては歳上趣味だと一度ならず指摘されたことがあったような気がする。昔から自覚のないまま、そういう癒着依存型の雰囲気を醸し出していたのだろうか。

「わけの判らない、は失礼だろ。おまえのほうだってちゃんとその気になって、ことに及んだんだから」

そのとおり。相手は悠成とあまり歳の変わらぬ子どももいる人妻だったが、なびいてくれそうな感触があったので、いつになく積極的に押してみたら、わりとあっさり肉体関係にまで進んだ。残念なのはその女性とは、ぜひもう一度お手合わせを願いたいと思えるほどの体験ではなかった、ということ。

「一度目はね、そりゃあそれなりに眼も眩《くら》みましたけど。その後は、なんていうかもう、手込めにされたようなもので」

まだ二十代の頃の己れの粋がりぶりに悠成は滑稽を通り越し、憐憫《れんびん》の情すら催してしまう。たしかにこんなおばさん、抱くのは一度でたくさんだとか、早く縁を切りたいとか不遜《ふそん》に思い上がっていた。それはほんとうだ。ところが、いざその人妻が家族といっしょに遠方へ引っ越してしまった途端、なんだか裏切られたというか、騙されたかのような気分で傷ついたこともまた事実だった。

後から思えば、夫の転勤が決まっていたからこそ彼女のほうも気楽に悠成と遊べたという側面もあったのだろう。なのに彼女のことを空腹時の非常食並みに軽んじていた己れのあさましさが図らずも露呈してしまった恰好だ。その羞恥を糊塗するため、彼女との関係は不慮の交通事故みたいなものだったんだ、という位置づけをすることで現実逃避に終始する自己欺瞞《ぎまん》に、このときの悠成は囚《とら》われてしまっていたのだ。

「だからもう、なかったことにしたいんです。ちゃんとした相手と、きちんと最初から、やりなおして」

「やりなおす、って初体験をか」陸央としては苦笑するしかあるまい。「ちゃんとした相手って、例えば」

「例えばトーコ先生とか、ですよ」

ばかが。お気楽なこと、ほざきやがって、と悠成は若いというより幼稚極まる自分自身に苦々しい嫌悪を禁じ得ない。そんな余裕をかましてみせておいて、いざほんとうに灯子と肉体関係を結んだとしたら己れはいったいどういう反応を示すか。賭けてもいいが、実際の初体験の相手の人妻の場合とおっつかっつの幻滅を味わうに決まっている。

たしかに現在の悠成は灯子の性的に奔放な裏の顔を見知っているからこそ、そう確信できるという面は否めない。が、問題の本質はそこではない。要は悠成が何歳になっても、いつまで経っても、生身の女性と真摯に向き合えていない、ということなのだ。

「トーコ先生となら、もっとましな初体験ができる、ってか？」

「うん。きっとそうですよ。そうだ。これからお願いしにいこうかなあ。たしかさっき、先生は今夜から自宅でお独りだって話でしたよね？」

まったく、酔っぱらいというやつはどうしようもない、と皮肉っぽく自嘲している場合ではなかった。まさか、この展開は……最悪の予感にかられていると、陸央は「いいかもな。先生、家に帰っても独りで寂しいって言ってたから、きっと歓迎してくれるぞ」と焚《た》きつける。

もちろん、まさか悠成がこれからほんとうに雫石邸へ乗り込んだりするはずはない、と高を括っての挑発だったのだろう。加えて陸央はこのとき、灯子が実は自宅にはいないことを知っていたのだから、悠成がまちがいを犯そうにも犯しようがないと安心もしていたのだ……が。

「お。そうかも。そうですよね」と酔いとは別種の黄色い不純物に濁った己れの眼を見て悠成の不安はピークに達した。そしてトイレに立った陸央がカウンター席へ戻ってきたとき、その嫌な予感は的中していた。

悠成がいたはずの席は空っぽだったのだ。椅子の下の籠には引出物などの手荷物が置きっぱなしだったが、背凭れの上着はなくなっている。「お先に失礼しますと、おっしゃっていました」との従業員の伝言を受けた陸央の視線が、ふとカウンターへ落ちた。

先刻まで悠成が口をつけていたグラスの横でネクタイがとぐろを巻いている。見覚えのある悠成のネクタイだ。どうやら忘れていったらしい……と思っていると、すぐ隣りにいた中年男性の客が「どうもありがとね。お勘定」と席を立ちながらそのネクタイを、ひょいとつまみ上げた。

「あ。それは……」と声をかけてきた陸央の顔と、自分の掌のなかのネクタイをまじまじと見比べる中年男性。「ん。おや。おっと、ごめんごめん。これはちがう、と」慌ててネクタイをカウンターに戻すと、きょろきょろ周囲を見回した。「あらら？　じゃあおれのネクタイ、どうしたんだ」

「すみません。どうやらわたしの連れが、まちがえて持ってかえってしまったようです。これからすぐに取り返してきますので」

「いやいやいや。いいよいいよ。別に急がなくても、いつでも」どうやらその男性も〈OPリキッド〉の常連で、陸央とも顔馴染《かおなじ》みらしい。「いいからいいから。今度来たときにでも、ママに預けといてちょうだい」

「ほんとに、すみません。ご迷惑をかけてしまって」

ネクタイ……いまのいままで、そのアイテムの重要性にまったく思いが至らなかった。たしかに龍磨は頭部をなにかで殴打されていたが、死因は首を絞められたことによる窒息《ちっそく》。つまり遺体の首に巻きついていたネクタイこそが直接の凶器だ。

その凶器はいったい、どこから湧いて出てきたのか。現場の住人の和歩か龍磨自身のものだろうと、これまでなんとなくそう決めつけていた。それも道理で、もしも問題のネクタイがもともと雫石邸にあったものではないというのなら当然、関係者はアリバイの有無と同時にその持ち物も厳しく調べられたはずだ。特に結婚式と披露宴では着けていたはずの誰かのネクタイがいつの間にかなくなっていた、などという情報提供が仮にあったのだとしたら、警察が見逃すはずはないし、巡りめぐって悠成の耳にも入ってこよう。

しかし当時、関係者の誰かのネクタイが重要視されたという話はついぞ聞こえてこなかった。少なくとも悠成は知らないし、自身も警察の事情聴取で特に問い質されたりもしなかった。もしもあの夜、着用していたはずのネクタイをいつの間にか紛失したりしていたら、事情はまったく変わっていただろうが、もちろんそんな事実もない。

悠成がカウンターに忘れていったネクタイはおそらく後から陸央が合流する際、届けてくれた。となると、自分のものと取りちがえた隣りの席の客のネクタイはどうなったのだろう？　というか、悠成はそれをどうしたのか。仮にそのまま〈ハイツ迫知水道〉へ持ちかえっていたとしたら酔いが醒めた後、見知らぬネクタイが一本増えていることに戸惑ったはずだ。しかしそんな覚えはない。

ということは、店から持ち出したそのネクタイを途中で手放した。どこで？　陸央を置き去りにした悠成が向かった先はどこか……ひょっとして雫石邸で？

もしも問題の凶器が〈ＯＰリキッド〉で隣りの席の客のものを取りちがえた悠成が現場へ持ち込んだネクタイだったのだとしたら、まさか……まさか、龍磨を殺害した犯人は他ならぬ悠成自身だった？　そんなばかな。あり得ない。

いや、そう一概には否定しきれない。なんとなれば悠成は酔っぱらっていて記憶がないとはいえ、陸央とのやりとりから推し量る限り、明確かつ邪《よこしま》な目的をもって雫石邸を訪問したわけだ。ひょっとしたら勝手に上がり込んだのかもしれない。そこでたまたま彼と同じ思惑で実家へやってきていた龍磨と鉢合わせしたとしたら、どうなったか。なにが起こったか。

なにしろ長瀧沙椰を巡っての因縁の相手だ。少なくとも龍磨側は悠成に対して怨み骨髄だったろう。その恋仇が夜中にわざわざこんな場所に現れたのは継母に劣情を催したからだと龍磨が察知したかどうかまでは判らないが、悠成に攻撃的な態度をとり、ふたりは諍《いさか》いになった。それが暴力沙汰にエスカレートした挙げ句、悠成は龍磨を死に至らしめてしまう。が、泥酔状態だったため、その経緯をまったく憶えていない……と。こう考えると辻褄が合う。合ってしまうではないか。

そんなばかな、と鼻で嗤《わら》って一蹴しようとするものの、なかなかうまくいかない。なにしろ以前体験したタイムリープ現象によって、二十八歳の悠成があの日、殺害現場である雫石邸にいたことは他ならぬ自分自身の眼で確認済みなのだ。

するとやっぱり、悠成が犯人だったのだろうか？　泥酔していたせいで、その事実が記憶からすっぽり抜け落ちているのか。だとすると徳幸や惣太郎のアリバイを証言してやったつもりでいて、実はそれは結果的に悠成自身の現場不在証明の申告に過ぎなかった……のだろうか？　いや。激しい動悸とともに悠成は過去の夢から目を覚ました。いや、まて。待つんだ。結論を急がず、もっと冷静に考えてみよう。

寝室から出て、ダイニングキッチンのテーブルについた。紀巳絵がいなくなったせいでずいぶん広く感じられ、その分、虚無的な空気も重くのしかかってくる。未だに慣れることができない。水を一杯飲んで、なんとか気を落ち着かせる。

たしかに三十一年前のあの夜、悠成は現場である雫石邸にいた。しかし龍磨を殺害することは物理的に不可能だったのではないか。そんな気がしてならないのだが、なかなかその具体的な根拠に思い至れない。

考えて考えて、ようやく閃いた。そうだ。ポイントは関係者各人が雫石邸へやってきた順番だ、と。無人の雫石邸へ最初に現れたのは龍磨だ。これはまちがいない。なぜなら家の鍵を持っているのは龍磨だけのはずだからだ。

　よしんば彼以外の者が先に着いていたとしても邸内に上がる術はないし、龍磨がわざわざその人物を自宅へ招き入れるとも考えにくい。やはり龍磨こそが、いちばん乗りだったはずだ。

鍵を使って邸内に入り、照明を点けた龍磨の後で現れた人物が犯人。そして龍磨を殺害した犯人が現場を立ち去ってから、やってきたのが雪花だ。

　この段階ではまだ悠成は雫石邸には来ていない。仮に到着していたとしたら、雪花がリビングへ上がろうとしたときに鉢合わせしているはずだ。

　龍磨の遺体を見つけ、雪花は驚く。そのあいだに悠成は雫石邸へ着くが、酔っぱらっていてリビングへ上がる余裕もなく、玄関の沓脱ぎでへたり込む。そこへ遅れて駈けつけたのが〈OPリキッド〉から悠成を追いかけてきた陸央だ。

　陸央は動揺している雪花を宥《なだ》め、ともに雫石邸を撤収。ここで初めて雪花は玄関でへたり込んでいる悠成の存在に気づく。それは陸央に介抱の手を貸して欲しいと頼まれたときの彼女の驚きの表情からしても疑いようがない。この順序こそ、悠成が雪花よりも後で現場へ来たことの傍証でもあるわけだ。

　これは龍磨殺害が雪花の仕業ではないとの前提に立っているが、仮に彼女が犯人であったとしても基本的に到着の順番は変わらない。なぜなら、もしも雪花がやってきたときにすでに悠成が玄関でへたり込んでいたとしたら、彼女はその脇をすり抜けてまでわざわざリビングへ上がり込んだとは考えにくい。結果、犯行には至らなかったという可能性すらある。従って雪花が龍磨を殺したのだとしたら、悠成はその後で到着したと判断するのが妥当だ。

つまり、どのような状況下であろうとも雪花のほうが悠成よりも先に現場に到着していたという事実は動かない。この確定された順番こそが、悠成は龍磨を殺した犯人ではあり得ないことの証明となるわけだ。

よし、完璧。水をも洩らさぬ論理だと一旦は確信したものの、いや、はたしてそうだろうか？すぐに自信が揺らいでくる。よく考えてみると、この仮説の全体図にはまだ、もっとも重要なピースが嵌められていないではないか。凶器のネクタイだ。

仮にこのネクタイが、悠成が〈ＯＰリキッド〉で取りちがえたのとは別のものならば、なんの問題もない。しかしまさにこの凶器を現場へ持ち込んだのが悠成だったとしたら、事件全体の構図が一変してしまう。龍磨の次に雫石邸へやってきたのは悠成だったとしか考えられなくなるからだ。

しかし悠成が犯人なのだとしたら、その後の各人の到着の順番に説明はつくのか？　改めて考えてみる。説明はつく。そう結論できそうだ。例えば、こんな感じで。

雫石邸へやってきた悠成は、先に来ていた龍磨と鉢合わせする。どういう経緯だったかはともかく悠成はなにかで龍磨を殴り、持っていたネクタイで彼の首を絞める。その後、どこか邸内の奥のほうへ紛れ込む。予想外の雪花の来訪に気づき、隠れようとしたのか、それとも単に酩酊状態だったため、外へ逃げるつもりが方向をまちがえてしまっただけなのか。

ともかく龍磨の遺体を前にして自失している雪花、そして彼女を宥める陸央のふたりがリビングにいるあいだに、一旦奥へ引っ込んでいた悠成はふらふら玄関の沓脱ぎのところへ彷徨《さまよ》い出てきて、そこで力尽き、眠り込んだ、と。こんなふうに考えても一連の経緯に一応の説明はつく。この場合、陸央はリビングに上がる直前に、沓脱ぎのほうへ出てこようとしている悠成の姿を視認していたのだろう。だからこそ玄関へ出る際に雪花に、悠成の介抱の手助けを頼んだわけだ。

要するに、悠成が犯人か否かは凶器のネクタイの出所ひとつにかかっている。〈OPリキッド〉で取りちがえたものか否か次第……いや、ほんとうにそうだろうか？　凶器は悠成が雫石邸へ持ち込んだものであり、なおかつ悠成は犯人ではない、という想定は成立し得ないのか。さらに考えてみる。

こういうのはどうだろう。ひと足先にリビングへ上がり込んだ龍磨は、自分のすぐ後からやってきた悠成の存在には気づかない。酔っぱらっている悠成はリビングの前を素通りし、どこなのかはともかく、家の奥へ奥へと彷徨い込んでしまう。

そこへ犯人がやってくるのだ。悠成がリビングの出入口を通過する際に廊下に取り落としたネクタイを、犯人はなんの気なしに拾い上げてから、リビングへ入る。そこで龍磨と諍いになり、殺害。

現場で偶然入手したネクタイを遺体の首に巻きつけたまま逃走する犯人。入れ替わりに雪花がやってくる。彼女がリビングに上がり込むのといきちがいになるかたちで、家の奥からふらふら悠成が玄関へ出てくる。そこへ駈けつけてきたのが陸央だった、と。

時系列的にこういう展開だったとしても、たしかにおかしくはない。問題のネクタイも悠成が自分では気づかずに取り落とし、そして意図せずに犯人の手に渡ってしまったという流れも充分にあり得る。しかし正直、ここまで細かい想定が許されるのなら、もはやなんでもあり、という気もする。要するに悠成としては、自分は犯人ではない、という前提ですべてをかたづけたいわけだから当然とも言えるのだが。

この問題に白黒をつけるのは簡単だ。〈ＯＰリキッド〉と雫石邸のリビングのシーンを再度夢で見るのを待って、それぞれのネクタイが同一のものかどうかを確認すればいい。もちろんタイムリープ現象の発生はランダムだから都合よく両方セットで起きるとは限らないし、へたしたらどちらも二度と見られないまま人生が終わってしまうかもしれない。まあいい。なるようになるさ。

意外なくらい冷静に、すべてを受け留めている己れに悠成は少し戸惑う。もしも自分が龍磨を殺害した犯人だったりしたらどうしよう、とか苦悩する気配が微塵もないのは、やはりもう三十一年も昔のことだからだろう。来年還暦なんて人生はまだまだこれからとする向きも当然あろうが、悠成はほぼ終焉《しゅうえん》を迎えた気分でいる。もしも紀巳絵がまだ生きていたり、自分たちに子どもでもいたりしたらまた別だったろう。が、もはやなにがどうなっても、あとは死ぬだけだ、との開きなおりがどうしても勝ってしまう。

いずれにしろネクタイの件に関しては同じシーンを再度追体験してみないことには、いくら考えてみたところで際限がない。寝なおそうとして、ふと悠成はスマートフォンの着信に気がついた。

ラインアプリを開くと、紗綾香からだ。電源を五千九百時間以上入れっぱなしだったという木香のエピソードが披露された際、ふたりとライン交換していたのだが、まさか木香よりも先に紗綾香からメッセージをもらうとは予想外だ。

「こんばんは」「パパの昔の写真とか、持ってませんか?」「あったら見たいです」「よろしくお願いします」

ウサギのようなキャラクターが物陰から片眼だけ出してこちらを窺っている絵柄のスタンプに苦笑しつつ、悠成は「了解です」「ご都合のいい日をご指定ください」と返信を入れておく。

しかし安請け合いしたものの、よく考えてみたら碓井徳幸の写真は手もとにあまり残っていない。徳幸に限らず、未紘や陸央など学年のちがう知人たちのショットは出身校の卒業アルバムには、わずか数点のクラブ活動中のスナップや集合写真などを除くと、掲載されていない。その例外的数点にも徳幸の姿は見当たらなかったり、あっても顔が識別できないほど小さかったり。

どうも期待に応《こた》えられそうにないなと諦めかけたとき、古いフォトアルバムが収納から出てきた。手書きで『一九八八年、十月』と記されている。が、悠成の筆跡ではない。はて、これは?開いてみると、なんと、徳幸と雪花の結婚式と披露宴のスナップ写真集だ。かなり色褪《いろあ》せているが、捲っていると、たちまちいろいろな想い出が甦ってくる。

しかしこれはいったい、なんだろう? こんなプライベートショットを撮影した覚えはないのだが……しばらく考えているうちに憶い出した。これは紀巳絵との結婚祝いで、陸央からファンシーグッズ一式といっしょに贈られたものだ。

そういえばその頃、徳幸と雪花の結婚からすでに四年も経っていたため正直ちょっと、いまさら感があったっけ。いまにして思えば一九八八年以降、龍磨殺害事件に加えて灯子の離婚など、あのときの出席メンバーたちにとって暗い影を落とす出来事が続いたので、陸央としては冷却期間を置いたつもりだったのかもしれない。しかし雪花のことに言及したメッセージの類いがなにもなかったのは、彼女の失踪事件を陸央も知らなかったからか？

「うわあ。ママ、めっちゃ若い」悠成から手渡されたフォトアルバムを捲るたびに紗綾香は歓声を上げる。「え。え？　これパパ？」とお色直しで白いタキシード姿の徳幸を指さす。「これがパパですか？　うわ、やばッ。かっこいい。マジか」

営業終了後の〈アルブル・パルファン〉内には紗綾香と悠成のふたりだけで、他には誰もいない。どうやら昔の写真鑑賞については母親には内緒らしく、木香不在の日をわざわざ指定されたようだ。

「これが伯母さんなんだ」ブーケを顎の辺りに掲げて満面の笑みの雪花。その隣りで木香がピースサインをしている。「きれーい。ママとめっちゃ仲、好さそう」

「仲は好かったよ、ほんとに」

「なのにどうして……どうしてパパと、そんなことになっちゃったのかなあ」しんみりと溜息。

「まあ、好きになったから、だよね。結局。好きになっちゃったんだから、どうしようもない。きっと伯母さんと同じくらい、好きだったんですね、ママは」

紗綾香の口調はわりとあっけらかんとしていたが、その言葉は妙に悠成の胸に染み込んできた。おそらく紗木香が徳幸へ寄せた好意は、雪花が徳幸に抱く愛情にも負けていなかったのだ、と。おそらく紗綾香が言わんとしている大意はそんなところだろう。

しかし悠成の実感に伴う解釈は少しちがう。木香は徳幸のことも大好きだったが、姉のことも大好きだった。いや、総合的な優先順位で言うなら、むしろ雪花への愛情のほうが深かったのではないか。それどころか、姉の選んだ男だからこそ徳幸にも惹かれた、そんな極端な想像すらしてしまう。

「ゆかこのか」もしくは「ゆきばなこのか」という姉妹の名前で飲食店をやりたい、そして義兄の徳幸には共同経営者になって欲しい。そんな未来図を木香は夢想していた。ただの軽口にも聞こえたが、改めて考えるとなにやら荘厳な重みすら帯びて悠成に迫ってくる。自分のすぐ傍に大好きな姉がいて、大好きな義兄がいる。そんな状態が木香にとって最高の幸福の理想形だったのだ。徳幸とのあやまちにしても、姉への裏切りとか不実とかそういう常識的な道徳観を超越していた。木香はあくまでも無邪気に、自分が好きなものすべてに囲まれていたかっただけなのではあるまいか。そんな気がしてならない。むろん徳幸のほうがそんな義妹との関係をどんなふうに捉えていたのかはまったく別の問題だが。

「ね。ね。田附さん。このひと」ふいに紗綾香が悠成の肩を叩いた。「このひと、どなたですか？」

指さしたスナップ写真には未紘が写っている。黒っぽいパンツスーツ姿がマニッシュなせいか、おどけて花嫁の腰の辺りを抱き寄せる仕種が凄腕のジゴロっぽい。

「藤得未紘さん。雪花さんの同級生で、いちばんの親友だったと言ってもいいんじゃないかな。伯母さんのことをユカじゃなく、セッカと呼んだりして」

「男装の麗人というか、宝塚歌劇のハードボイルドで危険な男役が似合いそうな、妖しい雰囲気ですね。ふうん、そっか。このひとがそうなんだ。納得」

「納得って、なにが？」

「この前、ママが言ってたじゃないですか。昔、このひとに憧れてた、って。ママの言うクールな、おとなの女ってどういう感じなのかなあ、と気になってたの」

「なるほど」

「でも一時期、すごくやきもちを焼いてたこともあったとか」

「やきもち？　木香さんが藤得さんにかい。どうして？」

「このひとが雪花伯母さんと、すごく仲が好かったから。ひょっとして身体の関係があるんじゃないか、とまで疑ったんですって。んとに、我が母ながら、ばかじゃない？　これだけでも充分呆れるんだけど、ママってば嫉妬にかられるあまり、こうなったら自分がこのミイさんてひととエッチしてでも伯母さんを奪い返してやるとまで思い詰めたんですと。いやいやいや。それ、なんの解決にもならない以前に、まったく支離滅裂だし。意味判りませんて」

未紘を起点とする木香と雪花とのあいだの特殊な緊張感を紗綾香がおもしろおかしく語れば語るほど、乗富姉妹と徳幸の複雑な三角関係に思いを馳せていた悠成としては、さらなる深読みを迫られたような気分だ。

「まあ結局ママも、さっき田附さんが言ったように、ふたりは親友なんだと。変な意味じゃなくて、ほんとに仲のいいお友だちなんだと理解したらしいんだけど。そんなの、改めて考えなきゃいけないようなことですか、って話で。ほんと、ばかじゃない？　って嗤うしかなかったんだけど。でも、こうしてミイさんてひとの写真を見せられると、また別の意味で納得かも」

「別の意味？」

「ママって要するに、このミイさんてひととエッチしたかっただけなんじゃない？　って。でも素直にそう認めるのはイヤだから、彼女と伯母さんとの仲をかんぐったんだ、とかなんとか。そういうめんどくさい言い訳をしたんですよ、自分自身に対して」

ずいぶん穿ち過ぎた見方だと二十代の頃の自分なら一笑に付していただろう。だがいまの悠成にとっては、三角関係というものが織りなす人間模様全般について改めていろいろ黙考させられる解釈である。

「でもママの気持ちも、うーん、判らないでもないかな、これを見ると。こんなふうに彼女に抱き寄せられたりしたら、あたしもやばいかも。てへ」

紗綾香は口もとの涎《よだれ》を拭うふりをして、おどけてみせる。どうやら未紘のユニセックスなムードの魅力は世代を超越しているらしいなと悠成が感心していると、紗綾香はふと首を傾げた。

「でも、変ですね」

「なにが？」

「こっちも、同じ彼女なんですか？」紗綾香はフォトアルバムの最後のページを捲ってみせた。

「ほら、これ」と指さしたのは、未紘単独のバストショットだ。なにかを小脇にかかえている。

「そうだよ。藤得さんだ」

「でも髪形が、ちがってません？」

「え？」

指摘されてみるとたしかに、同じ黒っぽい上着だったので気づかなかったが、雪花とのツーショット写真と比べて髪が若干長めだ。改めてよく見なおしてみると、未紘が嵌めている腕時計の色とデザインもそれぞれが明らかに異なっている。

「それに、これ。脇にかかえているのは置き時計っぽいけど、こんなものをわざわざ式や披露宴に持ち込んでいたんですか？」

「いや……」ちがう。最後のページの一枚だけは一九八八年の結婚式よりも前か後かはともかく、披露宴会場とは別のところで撮影されたものだろう。

その未紘が持っている置き時計には見覚えがあった。陸央から贈られた結婚祝いのひとつだ。そもそもフォトブック自体が同じ箱に入っていたわけだが、ひょっとして……悠成はふと変なことを考えた。この写真に気づいた悠成はきっと置き時計に着目するだろう、ふたりはそう見越していた、とか？

つまりこの写真は未紘と陸央からの、なにかの謎かけなのではないか？　帰宅した悠成はすぐに、押入れの天袋に仕舞い込んである古いがらくたを調べてみた。

問題の置き時計は縦半円形のドーム状。数字盤の横にフレンチホルンをかまえた妖精の人形がいて、秒針に合わせてゆっくり回転する仕掛けだ。そういえば吹奏楽部での未紘のパートはフレンチホルンだった。これが陸央からの祝いの品だという先入観に囚われ過ぎていたのか、贈られた当時はそんな符合には露ほども思い当たりもしなかった。

新婚当初は数年ほど寝室に置いていたが、電池が切れた後、交換もせずにそのままお蔵入りになったのはややサイズが嵩張《かさば》り、場所をとるためだ。持ってみると見かけのわりには軽いので取り回しは悪くないのだが、それが逆に生活空間から、あっさりとかたづけられてしまった一因かもしれない。

簡単に埃を拭っておいてから悠成は、その置き時計をじっくり眺め回した。裏向けて、電池を入れる部分の蓋を外してみる。空だ。その内部も、蓋の裏側も、なにも変わったところはない。

考え過ぎだったかな……他に、なにか仕込めそうなところはないし。そう訝りながら悠成は時計を浮かせ、底部を覗き込んでみた。するとシールが貼られている。フレンチホルンの妖精を逆さまにすることに微かな心理的抵抗を覚えつつ、よく見てみると、そこには手書きでこう記されていた。『シャンティＣＩ迫知』……なんだろう？

そういえば何年か前、担任クラスの生徒の身上書でこの名称を見かけた覚えがある。そうだ。たしか市中心街のマンションだ。ひょっとして、ここに？　未紘と陸央がいる、という謎かけなのだろうか。しかし。

この置き時計をもらったのは一九九二年。もう二十七年も前だ。そこから数年程度後ならいざ知らず、現在もふたりはそのマンションに住んでいるだろうか。というより、そもそもこれが悠成に対するメッセージだと解釈するのは妥当なのか。

仮に未紘と陸央からの謎かけだとしても、いったいどういう意図で？　行ってみれば判る、ということなのだろうか。とはいえ向こうも、まさか悠成が仕込みに気づくのに二十七年もかかるとは予想していなかったのではあるまいか。とっくの昔に忘却してしまっている可能性のほうが高い。が。

無駄足になる覚悟で、悠成は行ってみることにした。〈シャンティＣＩ迫知〉は三階建ての共同住宅だ。

一階に一世帯、二階に三世帯、三階に二世帯。マンションとしてはずいぶんゆったりとしたたたずまいに、そこはかとなくバブル時代の香りが漂う。本来はディベロッパーに縁のない一等地の界隈にたまたま余った土地が取得できたので、変則的かつ豪奢で余裕のある造りにしてみました、みたいな。そんな想像をかきたてられる。

一階の部屋など破格の広さに加え、専用の庭付きだ。こういう遊び心のある建築仕様は九〇年代初頭ならではで、現代の迫知では到底無理だろうという気がする。

その庭付きの一階の部屋のネームプレートに『美濃越』とある。悠成が驚いたのは連名で『上薄』と記されていたことだ。上薄……憶い出すのに、さて何分かかっただろう。いや、見た瞬間、判っていたような気もする。灯子だ、と。上薄は彼女の旧姓だ。

悠成が我に返ると、インタフォンを押している自分がいた。夢のなかに彷徨い込んだかのような、酩酊にも似た非現実感がまとわりついてくる。

かしゃん、とノイズ音の後、「はい」と女性の声で応答があった。

「……田附です」

「あら」一瞬にしろ躊躇してしまった悠成とは対照的に、からり恬淡《てんたん》とした二十七年前と変わらぬ声音と口調。「ずいぶん遅かったじゃない。どうぞ」

オートロックが解錠される音がどこか遠くで響き、悠成は建物内へ、そして部屋へと招き入れられた。

偶然にも未紘は木香と同じく、ショートカットの髪をまったく染めていない。単なるトレンドなのか本人の趣味なのかはともかく、彼女のグレイヘアも年齢を感じさせる以前に妖艶さを引き立たせる。ただ未紘の場合、かつての威圧的な長身瘦軀《そうく》というイメージに反し、なんだか全体的に小柄におさまってしまった印象。物理的に縮んだわけではないだろうが、歳月のうつろいが空気感の薄さに顕れているような気もする。

「こちらは、もしかして」勧められたリビングのソファに悠成は腰を下ろした。「四人でお住まいで？」

湯気をたてているコーヒーカップを未紘は悠成の前に置いた。「どうやら、最初の最初から全部説明する必要はないみたいね」

「いや。できれば、ほんとにいちばん最初からお願いしたいです。どこらへんが最初の部分なのかはさて措き」

「いまここに住んでいるのは四人じゃないよ。ふたり。あたしと里桜だけ」

「……というと」

「トーコ先生は死んだ。去年。蜘蛛膜下出血《くもまくかしゅっけつ》で」思わず息を吞む悠成を尻目に未紘は淡々と続ける。「陸央はいま入院中」

「どこかお悪いんですか？」

「半年前に交通事故で。頭部損傷による、遷延性《せんえんせい》意識障害ってやつに」

「せんえん……せい？」

「自力移動や摂食、意味のある発語、意思疎通などもすべて不可能な状態。いわゆる植物状態だけど、脳死とちがうのは、脳の広範囲が活動できなくても生命維持に必要な脳幹部分が生きていて、自発呼吸や脳波もちゃんとあるということ。けれど……」

「な、治らないんですか、もう？」

「判らない。なにしろ重度の昏睡《こんすい》状態だから。遷延性意識障害になった後で意識が回復した事例はけっこうたくさんあるらしいんだけど、これぱっかりは、ね」

「じゃあ里桜さんは、いま……」

「うん、病院。よかったよね。こうしてユウが来てくれたのが、たまたまあたしのほうが在宅の日で」

「ミイさん……ミイさんは、ちっとも変わらないね」ごく自然に彼女に対する敬語が抜け落ちた。

「昔、おれが好きだった頃のミイさんと全然」

「嘘おっしゃい。あなたにとってオナニーのお伴はトーコ先生で、淡い恋心を抱く高嶺の花はコノちゃんだった。さあ。反論できるものなら、どうぞ」

「まったくそのとおりなんだけどさ」昔と変わらぬ未紘の直截《ちょくせつ》なものいいに悠成は苦笑いする

しかない。「でもそれは、ミイさんにはソーやんというひとがいるから、ふたりのあいだには付け入る隙がないと。そう思っていたから。いや、判ってます。これはあくまでも、そんなふうに見えた、って話。当時は、ね」可笑しそうに眉《まゆ》を上下させる未紘に、悠成は肩を竦めてみせた。

「おれ、ずっとかんちがいしてたんだ。ミイさんとソーやんは互いを生涯のパートナーと定めているものと。だから雪花さんとスイさんの結婚披露宴の後の三次会の席で、ソーやんの逆玉の輿婚約のことを知ったときはほんとに、びっくりしたんだ。え、そんな。じゃあミイさんはどうなるの？　って」

「男の出世のために身を退《ひ》く糟糠《そうこう》の妻、みたいな薄幸《はっこう》のイメージを勝手に抱いて、同情してくれてたってわけ？」

「陳腐な話だけど。でもね、そんなふうに誤解していたのは、なにもおれが鈍かったからだけじゃない。ちゃんと根拠があった。実際、ミイさんとソーやんは親密そうだったし。在学中も、それから彼よりひと足先に卒業後も部活にまめに帯同して、なにかと世話を焼いてた。弟想いのお姉さんさながらね。その姿はおれなんかの眼には、恋人同士以外のなにものにも映っていなかったんだけど……ちがっていたんだ」

「ちがっていた……どんなふうに？」

「ソーやんがミイさんに接近していたのは、ミイさん本人が目当てじゃなかった。ソーやんはミイさんに、本来の目的の橋渡しになって欲しかった。要するに、そういうことだったんですよね」

未紘は頷いた。心なしか教師が生徒に、はい、よくできました、と褒めているかのような趣きで。悠成が我知らず敬語に戻っていたせいかもしれない。

「ソーやんは陸央さんのことが好きだったんだ。心身ともに結ばれたいと願うほどに。しかしなにしろ男同士。世間的な体裁云々以前にソーやん自身、そんな行為に及ぶには心理的抵抗が大き過ぎた。そのために、ふたりのあいだに入ってくれる緩衝材として白羽の矢が立ったのがミイさんだった、というわけです。具体的にソーやんはなにがきっかけで、そんな無茶を頼める相手だとミイさんを見込んだのかは謎だけど」

「昔からそういう才能があったんだよ、あたしには」未紘はあくまでも屈託がない。「道ならぬ恋に思い悩むカップルのあいだの溝を埋めてあげる役割を、なぜかいつも担わされる。ま、自分も嫌いじゃなかったしね。才能があるっていうのは、つまりそういうことでしょ。いきなりリクと男色行為には及べないソーやんも、あたしとならすんなりセックスできる。こう見えて一応女だしね。で、最初はそれで馴らしておいてから、リクを加えた3Pに持ってゆけば、すんなり自然なかたちで男同士、肌を触れ合えるって寸法」

全員が十代の頃の話ながら未紘の口調からして、その試みはうまくいったのだろう。というか、うまくいき過ぎた。すっかり目覚めた惣太郎は、男女同時に相手にする複数プレイそのものに、のめり込んでしまう。さらなる快楽を追求するあまり、当初の陸央に対する純粋な想いなぞどうでもよくなり、ただ己れの欲望を満たすためには相手を選ばないという本末転倒に陥った。

灯子を中心としたグループセックスへの参加もさらに拍車をかけた。その飽くなき快楽の放埓《ほうらつ》に巻き込まれたのが弟の怜次だ。惣太郎にしてみれば耽溺《たんでき》するプレイがアブノーマルであればあるほど、そのメンバーには口の堅い身内をひとりでも加えておいたほうが安心という計算があったのかもしれないが、ヒトミを交えた倒錯的な関係は結局、弟を破滅へと、そして自身をも死へと引きずり込んでしまう。その悲劇的な顚末を未紘がどの程度詳しく知っているのか判らなかったが、ここで敢えて話題に上げる必要もあるまい。

「そして陸央さんのほうも、その経験によって、同じ手法の有効性に気がついた……というわけですか？」

「自分がソーやんに仕掛けられたように、今度は自分からユウに仕掛ける。なにしろ橋渡しの必要素材であるあたしは、いつでもそこにいたんだから。使わない、って手はないでしょ」

「その伏線としてミイさんは、ことあるごとに周囲におれに対する好意を、暗に匂わせたり、陽に洩らしたりしておいた。あの夜、ミイさんが〈ホテル・サコチ・ハイネス〉に部屋をとっていたのは、おれと逢引するためだと雪花さんもコノちゃんも、そしてトーコ先生でさえ、信じて疑っていなかった」

「おやま。ずいぶん詳しいね。それ、誰に訊いたの？　コノちゃん？」

「陸央さんが、さりげなくおれをホテルの部屋へ誘導することでミイさんに協力しているんだろう、というのがコノちゃんの見立てでした」

「やっぱり彼女か。リクがユウをホテルへ連れてきてくれる手筈になっているんでしょ、とコノちゃんに指摘されたときは、お、なかなか鋭いわねと感心したけれど。そんなコノちゃんも、まさかあたしが、ふたりの男の逢瀬のための橋渡し役だとは夢にも思わなかったでしょうね」

その計画は龍磨殺害事件が発生し、関係者たちのアリバイ確保を急遽《きゅうきょ》優先しなければならなくなったため、中止となる。その連絡の際、悠成の部屋に泊まることになった陸央に「それはそれで。了解。がんばって」と未紘が伝えたのは、「あたしがいなくても、ひとりでちゃんとユウのこと、抱ける？」という意味だったのだ。

「でも……でもトーコ先生は、多分だけど、なんとなく気づいていたというか、知っていたんじゃないのかな」

時系列的には、灯子が教え子たちを侍らせる逆ハーレムを構築したのと、未紘を触媒とした少年たちのホモセクシュアルな絆《きずな》が結ばれたのと、どちらが早かったのか。少し気になるが、もはや当事者たちにとっても明確ではないのかもしれない。

「ん。あたしとリクや、ソーやんとの関係のことを？　さあ、どうだろう。改めて話したりはしなかったけれど。トーコ先生は少なくとも、あたしにそういう接着剤的な才能があることは、ちゃんと見抜いていた」

だとすれば、未紘が性愛的なフィクサーとしての立場を灯子に先んじて確立していた可能性のほうが高そうだ。

「なるほどね。だからトーコ先生は多少の無理を押してでも、龍磨くんの家庭教師をミイさんにお願いしたんだ」

「そういうこと。雫石和歩先生との夫婦関係がいずれ破綻《はたん》する事態は避けられない。トーコ先生はいろんな局面を想定して、龍磨くんを自分の側に取り込んでおきたかった。そのためには彼をセックスで虜《とりこ》にするのがいちばん手っとりばやく、かつ効果的だと判断したんでしょうね。ところが、なかなかうまくいかない。龍磨くんのなかでは身近な熟女の肉体に対する欲望よりも、継母への反発のほうが上回っている。そう察したトーコ先生は先ず、あたしを刺客として義理の息子のもとへ差し向けた、ってわけ。頃合いを見計らって自分もプレイに参入すれば、龍磨くんはもう完全に掌中におさめられる、と」

「ミイさんて、トーコ先生とは、それ以前から？」

「やってたかってこと？　うーん。女同士っていろいろ微妙だよね。どこまでなら、やったことになるのか、っていうのが。まあ、手と口でくらいなら。わりとしょっちゅう」

義理の息子に未紘をあてがうような真似を灯子がしたのは、てっきり自身へ向けられる欲望の矛先を逸らせるのが目的かと思っていたのだが、まったく逆だった。むしろ灯子はすんなり龍磨と肉体関係を結ぶために、未紘を利用しようとしていたのだ。

「でも結局、トーコ先生の思惑通りに、ことは運ばなかった？」

「まあね。それはひとえに、あたしが龍磨くんの好みじゃなかったから。これぱっかりはね。いくら才能があっても致し方ない」

未紘を餌付けに使う手段が空振りに終わった灯子は、昔の自分のヌード写真をヒトミを介して入手させることで、龍磨を肉欲の罠《わな》へ引きずり込む方法へと方針転換した。が、その代替案も結局は不発に終わる。

「あの結婚祝いの置き時計の底のシールに、ここのマンション名を記していたのはなぜ？」

「結局どうだったの、あの夜？　リクはあなたのこと、抱いた？」

「……判らない。酔っていたし。いま思い返すと、それっぽい夢はたしかに見たけれど。実際にはどうだったかは判らない。ミイさんは聞いていないんですか、陸央さん自身の口から直接？」

「なんにも。つまり、それが答えよ」

「どういうことです」

「あの夜、リクは正体を失っているあなたを抱いたかもしれないし、抱かなかったかもしれない。それは問題じゃない。なぜなら、どちらにしてもそれはリクの望んでいたかたちではなかったから」

ふいに背後に気配を感じ、悠成は立ち上がった。振り返ると、そこにひとりの女性が佇んでいる。誰何《すいか》せずとも、すぐに判った。それが四十三歳の里桜であることは。彼女が陸央の実の娘だという確信とともに。

「やっぱりあたしがいないとダメだった。それがリクの結論よ。あなたとふたりだけというかたちは、なにかちがう、と。もう一度、あたしを交えてのチャンスが訪れるかどうか。それは判らない。置き時計の謎かけのシールにあなたが気づくか、気づかないかは、もはやどうでもいい。ただの気休め」未紘も、うっそり立ち上がった。「わざわざ来てくれて、ありがと。もしもいまリクが喋れたら、あなたがついに里桜と顔を合わせられたこの日を喜んだかもしれない。自分の代役としての期待、という意味も含めて、ね」

代役という言葉に一瞬、激しい嫌悪を覚えた。陸央は動けない自身の代わりに、未紘と里桜の擬似的な家族としての役割を悠成に望んでいる、というのか？　仮に陸央が本気でそんなふうに他者の人生を将棋の駒のすげ替え並みに客体化して捉えているのだとしたら、とんでもない。平然とそんな妄言を口にする未紘に対しても怒りを覚える悠成だったが長くは続かず、やりきれない想いにかられる。倒錯しているとはいえ、あるいはこれも未紘なりに真摯な自分への愛の告白かもしれない……と思い当たったからだった。むろんそうとでも解釈しないと自分を見失ってしまいそうで怖かったこともまた事実だが。

判らない。とどのつまり悠成には、なにも判らなかった。が、未紘にとって陸央と里桜の存在がいかにかけがえのないものか、その切実さだけは伝わってくる。完全に理解はできないし、そのふりをするつもりもない。ただ眼前の現実は現実として受け入れ、それ以上の批評を自制することは二十代の自分には決してできなかっただろう。それだけはたしかで、老成した己れに悠成はこのとき初めて感謝する気持ちになった。

父親譲りの双眸で凝視してくる里桜に、悠成は会釈した。視線はそのままで、自分の背後にいる未紘に訊いてみた。「……それならなぜ、というのも変だけど。どうして陸央さんもミイさんといっしょに、おれと紀巳絵の結婚式に来てくれなかったのかな。もちろん実際にどうなっていたかは判らないけれど、謎かけとしてはそっちのほうが、もっと判りやすかったかもしれないのに」

「そう……だね」初めて未紘の声音が少し澱んだ。「言われてみれば、たしかにそうだ。ていうかリクはあのとき、ちゃんと出席するつもりだったはずだけど……なにか用事ができたんだっけ？」

「仕事の予定が狂った、って話じゃなかったっけ」里桜は微笑むと、そつなく悠成を促した。「どうぞお座りになって。ほら。お母さんも。わざわざ立ちっぱなしでお話しすることもないでしょ。ちょうどよかった。はい。ケーキ、買ってきたんだ。お茶、入れるね。コーヒーのお替わりがい
い？」

「あたしは紅茶をお願い」未紘は従容とソファに座りなおした。「リクの仕事の予定が狂ったって、どういうこと？」

「結婚式の招待状の返事を書こうとしたら、お友だちから急な相談を持ちかけられた、とかって話じゃなかったっけ」

里桜がなんの迷いも衒いもない自然体で会話に混ざり、仕切ってくるものだから、彼女の記憶力に悠成が感嘆するまでにずいぶん時間がかかってしまった。

「友だちから？　急な相談ですって？」

未紘は特に不審がる様子もなくそう訊くが、これは二十七年も前の話なのだ。当時、里桜は高校一年生くらいか。

「里桜さんはその頃には」皿に取り分けられたケーキを悠成は上《うわ》の空で受け取る。「もう陸央さんといっしょに、ここで？」

高校生にもなっていれば、その頃の記憶がわりと鮮明に残っていること自体は不思議ではない。しかし思春期の女の子にとって、さほど興味を惹《ひ》かれる話題とも思えないのだ。これは里桜にとって世界のすべての中心が父、すなわち陸央にあったからこそではないか。悠成はそんな気がした。

いや、確信していた。ほとんどなんの根拠もないまま。

「はい。十五か、十六のときで。もう美濃越姓になっていました。けれど父と養母は、まだ籍を入れていなくて」

「あたしが里桜の養母になるより、トーコ先生がリクと再婚したほうが、すっきり話が早いんじゃないかとか、まだいろいろ整理がついていなかったのよ」

「陸央さんの友だち。誰のことだろ?」

「名前は判らないけど、その方の奥さんが失踪したんだとか。その件で父に、なにか心当たりはないか、と訊いてきたみたい」

「失踪……」思わず腰を浮かせた拍子に悠成は膝をコーヒーテーブルにぶつけた。「まさか、それ……そのお友だちって、スイさんのことじゃ?」

「どゆこと」未紘は眉根を寄せた。「奥さんが失踪って、もしかしてセッカが?」

「どうやらそうらしいんだけど……」木香から聞いた話をかいつまんで説明。「ミイさんは知らなかったんですか、このこと?」とりあえず己れの迂闊《うかつ》さは棚上げにする。「ちゃんと報道されていたそうなのに。ニュースも観ていなかったんですか」

「全然。ほんとの話なのそれ」いっぽう未紘はといえば己れの世情の疎さに悪びれる様子もなく、真に受けたものかどうか逆に不安になるほどだ。「思えばセッカとは彼女の結婚式以来、疎遠になっていたからなあ。ユウの式にも、あ、来られなかったのか、と残念だったことは憶えてる。お店の準備やらなにやらで忙しいのかな、と」きっと雪花のほうも、悠成の結婚披露宴でひさしぶりに未紘に会えることを楽しみにしていただろうに。「でも、連絡がとれなくなってそのまま？　二十七年も？　って……どういうことだろ」

「スイさんが陸央さんに相談していたって話は、おれもいま初めて聞きました。けれど、そのスイさん自身もまた行方をくらましてしまっているんだから、わけが判らない。当時、雪花さんたちのお店で雇っていた女性従業員とかけおちしたっていうんだけど……ほんとなのかな」

「スイったら自分も逐電するくらいなら、なんでわざわざリクにセッカのことを相談したりしたのかしらね？」

「いや、そこらあたりはあたしに訊かれても困るんだけど。ともかく、そのお友だちから相談を受けたお父さんはいろいろ心当たりを調べるために仕事を休んだりしたみたい。その皺寄せがきて」里桜は悠成を一瞥し、名前を確認してきた。「田附さん？　の式の日、ほんとうなら休めるはずだったのが休めなくなった。で、やむなく欠席した、と。たしかそんな経緯だったと聞いています」

「いくらスイに相談されたからって、仕事を休んでまで？」未紘は首を傾げた。「なんだかリクらしくない、ような気も」

「なんでも、お父さんなら原因に心当たりがあるんじゃないか、と言われたとか言われなかったとか」

「原因って、セッカの失踪の？　なんでリクにその心当たりがあると？」

「そもそもはそのセッカさん本人が、失踪する直前に、個人的な悩みなのかなんなのかは判らないけれど、至急お父さんと話し合わなければならないことがあるんだ、と旦那さんに洩らしていたんだって」

「セッカがリクと？　話し合うって、いったいなにについて？」

「それはお父さんにも判らない。特に心当たりもなかったそうなんだけど、そのお友だちに泣きつかれたらしいんだ。そもそも女房はおまえと話し合わなければいけないと言い残していなくなったんだから、責任とれ、みたいな。いや、責任て言葉は使わなかったかもしれないけれど、とにかく、おまえなら失踪の原因が判るはずだ。いや、おまえしか彼女の往き先を知らないんだ、と」

「って、そこまで？」

「そう。そこまで言われちゃったらお父さんとしても、がんばって調べてみるしかなかったんじゃないの。そしたら肝心の、そのお友だち本人とも連絡がとれなくなった。しかも、いま田附さんのお話を聞いていて憶い出したけど、たしかに奥さんじゃない女のひととかけおちした、みたいな話だった。親身になっていたお父さんも、さすがにばからしくなって……」

「その件については、あたしにも言いそびれてたのか。なるほど」

「これがもし刑事ドラマとかだったら、お父さんが犯人って流れだよね」

「犯人？　なんの」

「そのセッカっていうお母さんの友だち、二十七年間も行方知れずなんでしょ。これがドラマならいまごろ、とっくに殺されて、遺体がどこかに隠されているって展開になりがちじゃない」

「セッカをひそかに殺したのがリクだっていうの？　で、それに気づいた夫の口を封じるためにスイも殺した、と？　別の女とのかけおちを装って？」

「ドラマ的な流れだと、動機もごくごく、ありきたりなもので」

「痴情のもつれとか？　セッカとスイ、どちらとかは知らねど、うっかり深い仲になっちまったリクがどろどろの三角関係を清算するために。って。いや、ちがうよ」未紘は、我知らず非難がましげな眼つきになっていたらしい悠成の鼻先で、ひらひら車のワイパーみたいに掌を振ってみせた。「これはあたしじゃなくて、世間はそういう邪推をするだろうな、って話。それこそ里桜が言ったように刑事ドラマ的な発想で」

「もちろん実際問題としてはちょっと、あり得ませんけどね。お母さんの友だちとその旦那さん、そして偽装かけおちの相手の女、合計三人も殺して、三人分の遺体をどこかへ隠さなきゃいけない。お父さんひとりじゃむりでしょ、いくらなんでも」

「現実的なご意見、どうもありがと。仮にも妻としてはホッといたしました」

「さらにドラマなら、不可能と見せかけておいて、実はその妻と娘が共犯でした、っていう流れになるのもありがちな」

「って。こら。そっちへ落とすんかい」

未紘と里桜の冗談混じりのかけあいを聞いているうちに悠成の胸中では、どす黒い不安が渦巻いてゆく。雪花は、もうどこかで殺されている？　そして徳幸と、そのかけおちの相手とされる鳥海直穂も？　まさか……しかし実際に三人の行方は二十七年ものあいだ不明のままなのだから、一概に否定できない可能性であることもたしかだ。

ひょっとして……ふと悠成は妙な考えに囚われた。仮に雪花が何者かに殺されたのだとしたら、その理由はなんだろう？　もしかして雫石龍磨殺害事件と、なにか関係があったりしないのか……例えば。

例えば雪花がひょんなことから、龍磨を殺した犯人の素性を知ってしまった、とする。犯人側もまた彼女に自分の犯行だと気づかれたことを察知し、慌てて雪花の口封じを図った、と。

一見突拍子もなさそうだが、決してあり得ない話ではない。なにしろ彼女はあの夜、実際に殺害現場へ足を運んでいるのだ。雪花が雫石邸へとやってきたのは、おそらく犯行直後の犯人と入れ替わりだったはず。互いに路上ですれちがっていたかもしれない。

雪花は、そのとき犯人の顔を目撃する。しかしその人物と龍磨が殺害されていた事実との因果関係に、当時は思い当たらなかったのだろう。仮に思い当たったとしても、その目撃情報を提供するためには先ず自分が事件現場にいた経緯から警察に説明せねばならなくなる。夫の不倫疑惑という身内の恥の暴露を躊躇い、二の足を踏んでいるうちに四年が経過し、いつしか雪花もそのことをすっかり忘れていた……が。

いやでも憶い出さざるをえない、ある出来事が起きる。きっかけは木香と〈喫茶シスターズ〉をオープンさせたことだ。その客のなかに偶然、雫石邸付近の路上ですれちがった人物がいた。最初は雪花も、どこかで見たことのある顔だ、くらいに思っていただろう。だがやがて、はっきり憶い出し、慌てた。ひょっとしてあのひと、龍磨くんを殺した犯人じゃないの？　と。

こう考えると、失踪直前に雪花が至急陸央と話し合わなければならない、と洩らしていたという話にも合点がいく。陸央もあの日、雫石邸にいたのだから、ひょっとして自分が遭遇したのと同じ人物を彼も目撃していないかどうか確認しようとしたのだろう。悠成も、もしもあれほどぐでんぐでんに酔いつぶれていなかったとしたら、やはり雪花から相談を受けていたかもしれない。

雪花は陸央と話し合ったうえで、警察に情報提供するつもりだったのではあるまいか。しかし実際に行動に移す前に犯人にその動向を察知され、口封じのために殺されてしまった……としたら。

もしもこの仮説が的を射ているとしたら、雪花に続いて徳幸がかけおちしたとされている件にも実は、その犯人が関与しているかもしれない。妻の行方を捜していた徳幸は、どういう経緯かはともかく、その犯人の素性に辿り着いた。そして雪花と同じように抹殺された……ただの失踪ではなく、〈喫茶シスターズ〉の従業員だった鳥海直穂とのかけおちを偽装されて。

ただ徳幸の場合は、雪花の失踪とは無関係で、ほんとうにかけおちだったという可能性もある。いみじくも里桜が指摘したように、三人も殺してその遺体をすべてどこかへ隠蔽するというのは簡単な作業ではない。雪花の遺体だけでも重労働だ。

もしも三人とも殺害されているのだとしたら、単独犯ではまずあり得ない。殺人の共犯ではなくても、いっしょに遺体を処分した協力者がいたと見るべきだろう。

「……いいから。それ、寄越せ。さっさとしろよ」その夜、眠りに就いた悠成の夢のなかの憑依視点人物はいらだたしげに、そう声を荒らげた。「早く寄越せったら。こちらに寄越して、さっさと帰れ」

「どうするんですか、これ」と眼前の女は視点人物の手を振り払うようにして、なにかを自分の胸に掻き抱く仕種。「なぜいま、これが必要なんですか」

一歩あとずさっただけで地響きがしそうなほど横幅のある巨体。満月並みにまん丸い顔にロイド眼鏡、うなじを刈り上げたおかっぱ頭……悠成には見覚えがあった。彼女の容姿だけではなく、その声にも。龍磨と電話でやりとりしていた、あの。

「どうでもいいだろ、そんなことは。おまえには関係ねえんだから」

「そんな言い方はないでしょ。あたし、仕事中だったのに、むりして脱け出してきたんですよ。おまけに、わざわざうちにまで、これを取りにいかせて」

彼女が持っているもの。それは大振りの幕の内弁当ほどのサイズの段ボール箱だ。郵送用の伝票を貼ってある。その記載事項が読めずとも中味があの文箱であると知れる。

その文箱入りの段ボール箱といっしょに、女の左手からなにかがぶら下がっている。それが二の腕に絡み付いたネクタイであることに気づき、悠成は戦慄《せんりつ》した。まさか、この場面は……いま悠成が憑依しているのは龍磨で、もしかしてこれから？

「なんのためにこれを無理してここへ持ってこさせたのか、その理由くらい、教えてくれてもいいじゃありませんか」

彼女は龍磨が居候していた部屋の住人だ。あの夜、女は帰宅が遅れそうだと自宅へ電話してきた。その際、彼女の口から、灯子がひと晩中、自宅で独りになるらしい、と聞かされた龍磨は、翌朝の長距離バスに備えて早めに就寝するつもりが矢も楯《たて》もたまらず雫石邸へ向かう。

いくら継母への反発も手伝って実家から距離を置いていたとはいえ、熟れた女体への欲望は抑え切れなかったわけだ。灯子を服従させるためのかけひきの道具として、例のヌード写真の現物が手もとにあったほうがなにかと有利だ、と龍磨が思い当たったのは雫石邸へ向かう途中だったのか、それとも到着してからだったのか。

いずれにしろ興奮に任せて、すでに居候先を飛び出していた彼は引き返す時間と手間を惜しんだ。雫石邸に着くなり、まだ仕事中の女に連絡をとり、文箱を持ってこさせた。その龍磨が電話をかけた彼女の勤め先こそが〈モルテ・グラツィエ〉だったのだ。

そう。この女は三次会の席で悠成たち一行を接客していた、あの従業員だ。

灯子が雫石邸で独りになる予定を、この女が知っていたのも道理。悠成たち八人の会話を盗み聞いていたからなのだ。

「うるさいな、おまえは。黙っておれの言うことを聞いてりゃいいんだよ。なにをかんちがいしているんだ、この……」と龍磨は女性に対する、聞くに耐えない侮蔑《ぶべつ》の言葉を連発する。憑依している悠成が思わず耳を塞《ふさ》ぎたくなるほど口汚く。「判ったか。おまえは、おれとこうしていっしょにいられるだけでも幸せなんだよ。甘い顔してりゃ、いつの間にか、つけあがりやがって。ほら、早くしろ。さっさと寄越せったら、寄越せ。とっとと帰って、じっくり鏡でも見なおしてこい」

興奮に声を裏返らせて、龍磨は女に摑みかかった。憤怒と屈辱に歪《ゆが》んだ彼女の相貌《そうぼう》が鼻面へと迫ったと思ったその刹那《せつな》。頭部への衝撃とともに、龍磨の視界が暗転した。

女が龍磨の手を振り払った拍子に、文箱入りの段ボール箱の角が彼の側頭部を直撃したのだ、と少し遅れて知る。

薙《な》ぎ倒されたカメラさながら天井を向いた龍磨の視界に、女が覆い被さってきた。胸部への圧迫とともに、首になにかを巻きつけられる。龍磨には死角に入って見えないが、あのネクタイだ。

そのまま、ぎゅッと容赦なく絞め上げられたところで悠成は目が覚めた。ベッドから起き上がっても動悸がおさまらない。パニックに近い興奮状態のまま、悠成は家じゅうの収納という収納を探し始めた。ただただ気が焦るばかりで、自分がなにを見つけようとしているのかもなかなか判然としない。

ただひとつ、はっきりしているのは三次会の接客をしていたあの〈モルテ・グラッツィエ〉の従業員こそが龍磨を殺した犯人であり、犯行後に雫石邸から逃走する姿を雪花に目撃された女である、ということだ。

事件から四年後、あの女は雪花と木香がオープンした〈喫茶シスターズ〉へ、客としてやってきたわけではない。ホールスタッフの経験を買われ、従業員として雇われていたのだ……鳥海直穂は。

面接の段階ですでに気づいていたのか、それとも働き始めてから徐々に、どうも以前にどこかで会ったことのある顔だと憶い出したのか。ともかく彼女が〈モルテ・グラッツィエ〉で接客していたことと、同じ夜に雫石邸付近の路上で目撃したことの因果関係に雪花は思い当たり、確信したのだ。鳥海直穂こそが龍磨を殺した犯人だ、と。

鳥海直穂、通称チョクさん。そうだ。ようやく悠成も自分がなにを探しているのかに思い当たった。一九八四年表記の〈迫知学園〉中等部修了アルバム。

巻末に龍磨の学年の生徒たちの住所一覧が掲載されている。行方不明とされるチョクさんの現在の居場所がどこかはともかく、かつての保護者の連絡先から、なにか辿ってゆけるかもしれない。

ところが中等部修了アルバムは探しても探しても、なぜか当該年度の分だけが見当たらない。この年の担任でも副担任でもなかった自分に配付されていないことは判っていたが、たしか自宅内で見た覚えがある。どこかにあるはずだ。どこだっけ。どこだっけと、うろうろしていて、やっと憶い出した。そうだ。あれは紀巳絵の分だった、と。

妻の遺品は服や装飾品、靴、自室の家具など主なものはあらかた処分してしまったが、紀巳絵の大学の卒業証書や結婚記念写真などは嫁入り道具として特注した簞笥《たんす》にまとめて仕舞ってある。が、なぜだかそのなかにも見当たらない。結局、そこにだけは入れた覚えはないと思い込んでいた押入れの天袋から、一九八四年表記の中等部修了アルバムは見つかった。

早速、巻末の卒業生の氏名と住所一覧のページを捲ってみる。が、問題の『鳥海直穂』の項目へ辿り着く前に悠成のひとさし指と視線は、ぎくりと停止した。

『長瀧沙椰』……その項目から眼を離せなくなった。その部分だけ、まるでスポットライトでも浴びているかのように視界へ浮かび上がってくる。

赤い、マジックとおぼしきもので、長瀧沙椰の名前にアンダーラインが引いてある……これは。なんだこれは。紀巳絵はいったいなんのために修了アルバムに、こんな書き込みを。いや……ちがう。

ちがう。この赤い線を書き込んだのは紀巳絵ではない。

龍磨だ。あの夜、あそこで。あの女の部屋で。文箱の郵送用の伝票を記入する際に……ということは。

ということは龍磨が居候していたのは、紀巳絵の部屋だった？　彼女が中等部一年生の二学期から大学卒業まで独り暮らししていたという、紀巳絵の部屋だったのか？

すると〈モルテ・グラツィエ〉のあの従業員は鳥海直穂ではなく、若い頃の紀巳絵だった、と？

ばかな。そんなばかな。

あり得ない、あのときの女従業員と紀巳絵が同一人物だなんて。外見がまったく、ちがうではないか。

体重だって、あの女は紀巳絵の軽く倍はありそうだ。あれからたった三年後に書店で悠成と出会うまでに、いったい如何なる魔法を使ったというのか。ダイエット？

ダイエット……そういえば大学時代に過激な減量をしたとかなんとか、そんな意味のことを紀巳絵の口から聞いた覚えがある……ような気がする。まさか。いや。

いや、それはおかしい。〈迫知学園〉時代も大学卒業後も紀巳絵の体型はほとんど変わっていない。事実、この修了アルバムの集合写真のなかにいる十五歳かそこらの彼女はスリムだ。それが大学時代だけ、あんな別人のように？

ふと、その言葉が浮かんできた……肉体改造。そう。紀巳絵はたしかそういう言い回しをしていた。大学生になってからも演劇を続けていた紀巳絵は役欲しさに過激な肉体改造をしたと。それは痩《や》せるほうではなく、一時的に肥らなければならないという意味だったのだ。体型を元に戻すためのダイエットは、演劇からは足を洗った後の話だ。

なんてこった……いや、まて。まてよ。それはおかしいか。だってこの仮説が当たっているとしての話だが、四年後の一九九二年、体型を元に戻した紀巳絵は別人の如く変貌していたわけだ。仮に雪花が彼女を見ても、あの夜、雫石邸から立ち去った女だとは夢にも思わなかったはずだ。そうだ。あり得ない。こんな考えは、まるっきり的外れの、ただの妄想……い、いや。

あることに思い当たった悠成は愕然となるあまり、その場にへたり込んでしまった。たとえ別人かと見紛うほど外見が変わっていても、紀巳絵があの夜、現場にいた女と同一人物だと雪花は判断できた。その根拠とは……名前だ。

雪花と徳幸夫妻に送った結婚式と披露宴の招待状。そこには悠成と連名で紀巳絵の名前も記載されていた。旧姓居郷紀巳絵と。

もちろんその時点ではそれが何者か、雪花は知らない。知る由もない。が、たまたま〈喫茶シスターズ〉で雇ったばかりの女性従業員と雑談の折にでもその招待状のことを話題にした。その従業員こそがチョクさんこと、鳥海直穂だったのだ。

あ。居郷紀巳絵ってあたし知っています。同級生で同じ演劇部だったんですよ、と。そんなふうに鳥海直穂は反応した。

いまにして思えば、紀巳絵もチョクさんが主催する龍磨ファンクラブのメンバーだったのかもしれない。そこまでチョクさんが言及したかどうかは判らないが、雪花は当然その話に興味を抱く。いろいろ聞いているうちに、チョクさんと紀巳絵が学生時代にいっしょに〈モルテ・グラッィエ〉でアルバイトしていた事実も明らかとなった。

じゃあひょっとして、あたしたちが三次会をやったとき、お店で接客してくれていたひとがユウくんの花嫁だったりしてね、と雪花も最初はおもしろがっていたかもしれない。しかし直穂からもっと詳しい話を聞いているうちに、すなわちバイト時代の紀巳絵の容姿などを知るうちにその特徴から、あの夜、雫石邸の前で目撃した女と同一人物ではないか……と雪花は思い当たったのだ。

あるいは最終的にはチョクさんから当時の写真などを見せてもらって、確信したのかもしれない。ということは……ということは悠成はそうとは知らずに、龍磨殺害事件の犯人と結婚しようとしている？　そう悟って慌てた雪花は陸央に相談しようとした。が、陸央の都合がつくのを待つのももどかしく、自分で直接、紀巳絵と接触してしまい……まて。まて待てまて。

そんなばかな。あり得ない。だって、あれは紀巳絵と結婚後、賃貸から分譲マンションへ引っ越す際、洋書を模した文箱の存在に悠成は気づいた。そして紀巳絵に訊いてみたではないか。「なんだこれ。おまえの？」と。すると彼女は「え。知らないよ、そんなの。ユウくんじゃあるまいし。あたしが英語の本なんか、持っているわけないじゃん」と、あっさり答えたではないか。

もしも紀巳絵が龍磨から文箱の郵送を託された女だったのだとしたら、あのとき、もっと動揺して然《しか》るべきで……そこまで考えて悠成は思わず呻《うめ》き声を上げた。

見ていない……あの女は文箱の現物を一度も見ていないのだ。ヒトミから譲り受けた龍磨はすぐにあれを段ボール箱に詰めた。そしてそのまま雫石邸へと持ってこさせた。

箱詰めの状態で龍磨を殴った女は彼を殺害後、へたに処分したりせず、そのまま郵送した。つまり女は龍磨から「写真入りの文箱」とは聞いていたかもしれないが、それが洋書を模したものだとまでは知らなかった。少なくとも現物を目の当たりにする機会は一度もなかったのだ。当然、箱に入っていない文箱を見せられた紀巳絵が特に反応を示すはずもない。ましてやあのときは悠成も洋書という前提で話していたのだ。

（……ちゃんとおかたづけもするから）

認知症が進んで、娘のことを自分の母親と混同していた紀巳絵の父親の科白が悠成のなかでぐるぐる、ぐるぐる回って残響する。

（もっとお手伝いもするから。要らないものも、ちゃんと棄ててくるから。ね。この前みたいにいっしょに、おかたづけして、要らないものを全部ぜんぶ、どこかへ棄ててこようよ）

要らないもの……とは、口封じのために殺害した雪花たちの遺体のことなのか。

龍磨殺害の件を告発されそうになって慌てて雪花も殺してしまった紀巳絵は困って、父親に相談したのか。遺体の処理を手伝ってくれ……と。

そして行方不明になった妻を捜しにきた徳幸も、紀巳絵の大学時代のバイトの事情などを知っている鳥海直穂も、なしくずしに。殺すしかなかったのか。そして遺体をどこかに隠蔽するしかなかったのか。父親に協力してもらって。

夢……悠成は夢のなかで義父に憑依し、そして。三人の遺体の処分をする作業を永遠に反復する。いつ醒めるとも知れぬ悪夢の牢獄《ろうごく》に閉じ込められたまま。

夢《む》魔《ま》の牢《ろう》獄《ごく》

〈初出〉
「メフィスト」2019VOL.1〜2019VOL.3
単行本化に際し、
改題（連載時タイトル「夢魔の光陰」）、
加筆修正しました。

西澤保彦（にしざわ・やすひこ）
1960年高知県生まれ。
米エカード大学創作法専修卒業。
'95年に『解体諸因』でデビュー。
本格ミステリとSFの融合をはじめ、
多彩な作風で次々に話題作を発表する。
近著に『夢の迷い路』、『沈黙の目撃者』、
『逢魔が刻 腕貫探偵リブート』などがある。

第1刷発行 2020年8月17日
第2刷発行 2020年9月8日

著者 西澤保彦《にしざわやすひこ》
発行者 渡瀬昌彦
発行所 株式会社講談社
東京都文京区音羽2-12-21 〒112-8001
電話 出版 03-5395-3506
販売 03-5395-5817
業務 03-5395-3615

本文データ制作 凸版印刷株式会社
印刷所 凸版印刷株式会社
製本所 株式会社国宝社

定価はカバーに表示してあります。

ISBN978-4-06-520304-0 N.D.C.913 271p 19cm